KB024772

영원에 관한 증명

EIEN NI TSUITE NO SHOMEI
ⓒ Keiya Iwai 2018
First published in japan in 2018 by KADOKAWA CORPORATION, Tokyo.
Korean translation rights arranged with KADOKAWA CORPORAION,
Tokyo through Eric Yang Agency Inc, Seoul.

영원에 관한 증명

1판1쇄 펴냄 2021년 2월 8일

지은이 이와이 게이야 | **옮긴이** 김영현 | **감수** 임다정
표지 그림 제임스비(@jamesb119)

펴낸이 김경태 | **편집** 홍경화 성준근 남슬기 | **디자인** 박정영 김재현 | **마케팅** 곽근호 전민영
펴낸곳 (주)출판사 클
출판등록 2012년 1월 5일 제311-2012-02호
주소 03385 서울시 은평구 연서로26길 25-6
전화 070-4176-4680 | 팩스 02-354-4680 | 이메일 bookkl@bookkl.com

ISBN 979-11-90555-40-1 03830

영원에 관한 증명

이와이 게이야岩井圭也 지음
김영현 옮김

차례

1 ——————————————— 콜라츠 추측

쉽사리 믿어주지는 않겠지만, 어쩔 수 없다.

구마자와 유이치는 어떻게 말을 꺼내야 할지 망설였다. 단번에는 믿기 어려운 이야기다. 망상이라고 치부해도 별수 없었다. 설득하려면 정情에 호소하는 수밖에 없었다.

정원으로 향하는 벽은 통유리로 되어 있어서 흐드러지게 피어난 붉은 철쭉이 보였다. 나머지 삼면은 하얀 벽이 둘러싸고 있다. 무균실. 그런 단어가 어울리는 방이었다.

"국립수리과학연구소는 깨끗해서 부럽네요."

구마자와가 중얼대자 테이블 건너편에 앉아 있던 고누마는 온화한 표정으로 앞머리를 쓸어올렸다. 평소 습관이다.

고누마와 만난 건 작년 연회 이래 처음이다. 고누마는 최근 몇 년 사이 급격하게 흰머리의 비율이 늘어났고 볼살도 야위었다. 오십대도 이미 중반에 접어들어 나이 듦의 윤곽이 뚜렷하게 드러났다. 그렇지만 전혀 초라해지지 않았고, 외려 품성을 갖춘 것처럼 보이는 게 구마자와는 왠지 능글맞다고 생각했다.

"최근에 새로 지었거든. 전에는 깜짝 놀랄 정도로 낡은 건물이었어. 몇 년 동안 가지 않았는데 이과학부는 지금도 그대로인가?"

"벽 같은 건 이제 원래 무슨 색이었는지도 모를 정도예요."

"사립대학에 그렇게 낡은 건물이 있는 것도 드문 일이지."

온화한 표정과는 다르게 눈동자에 깃든 절박감은 감출 방법이 없다. 분명히 고누마는 초조해했다.

"자네와 오랜만에 만나서 하고 싶은 이야기는 많지만 시간이 그렇게 여유롭지는 않아. 설마 부교수에 취임했다는 인사만 하러 온 건 아닐 테지?"

고누마는 수학에 뛰어날 뿐만 아니라 인간을 꿰뚫어 보는 안목도 갖추었다. 우수한 연구자라는 이유만으로 국립수리과학연구소의 특별연구원이 될 수는 없다. 게다가 구마자와는 고누마의 제자다. 구마자와의 생각 따위는 대부분 빤히 보일 것이다. 구마자와는 마침내 결심했다.

"며칠 전에 방을 정리하다 묘한 것을 찾아냈습니다."

"금괴라도 찾았나?"

어떤 의미로는 금괴나 마찬가지다. 아니면 잡동사니일지도 모르지만.

"료지의…… 미쓰야 료지의 연구 노트입니다."

고누마는 살짝 얼굴을 찡그렸다. 6년도 전에 죽은 제자의 이름이다. 미심쩍어하는 게 당연했다. 하지만 이내 냉정을 되찾아 다음 이야기를 재촉했다.

"연구실에 두었던 건가?"

"아닙니다. 제가 개인적으로 가족들에게서 받은 것입니다. 귀국이니 이사니 해서 정신없던 탓에 제대로 살피지 못했지만요."

그렇다 해도 6년은 너무 긴 시간이다. 구마자와는 자신의 변명에 스스로 부끄러워졌다.

"그래서?"

"이 노트입니다."

구마자와는 종이봉투에서 두꺼운 대학 노트를 꺼냈다. 300페이지가 넘는 노트는 어지간한 사전만큼 묵직했다. 무늬 없는 표지에는 갈색 얼룩이나 살짝 구겨진 자국이 남아 있어서 오랫동안 써온 것임을 알 수 있었다. 구마자와가 표지를 넘기니 기호와 영단어로 가득 채워진 페이지가 나타났다. 글자의 오른쪽 위가 올라가는 버릇이 있는 글씨체. 여백에도 메모와 갈겨쓴 글자가 넘쳐나고, 손때와 잉크 탓에 더러워진 부분도 드문드문 있었다.

고누마는 넘겨받은 노트를 대충 넘겨보고는 덮어버렸다. 급격하게 흥미가 식은 것 같았다. 슬픈 듯이 고개를 저었다.

"미안하지만 나는 의미를 모르겠네. 료지의 마지막에 대해서는 자네도 잘 알지 않는가."

료지의 마지막. 구마자와는 떠올리기만 해도 괴로웠다. 크게 변해버렸던 료지의 모습에 마음이 아프다기보다는 자신의 말과 행동이 후회되기 때문이다. 하지만 이 노트를 발견하고서는 싫어도 당시 기억이 되살아났다.

"따지고 보면 애초에 내가 그를 추천했기 때문이니까. 몹쓸 짓을 저질렀다고 생각한다네."

"그런 이야기를 하려는 건 아닙니다. 여기를 봐주세요."

구마자와는 미리 쪽지를 붙여둔 페이지를 펼쳐서 첫 문장을 가리켰다.

지금부터 콜라츠 추측의 증명을 적는다.

고누마는 상체를 앞으로 숙이고는 잡아먹을 듯이 노트를 보았다. 거기에 쓰여 있는 기호들은 대부분 현대 수학에 존재하지 않는 것들이다. 미지의 언어로 쓰인 노트를 한참 동안 뚫어지게 본 고누마는 이윽고 고개를 들었다.

"진짜인가?" 여태 침착하던 고누마가 몹시 당황하며 따지듯이 물었다. 이번에는 구마자와가 고개를 저었다.

"아쉽지만 저도 여기에 쓰여 있는 증명의 의미를 이해하지는 못합니다."

구마자와는 이 문장을 처음 읽었던 순간을 선명하게 기억한다. 방을 정리하다 노트를 발견하고 펼쳤는데 이 문장부터 눈에 들어왔다. 증명의 의미를 이해하지 못했음에도 틀린 게 아니라는 걸 직감했다.

료지가 콜라츠 추측의 증명을 보여준 것은 이번에 두번째다. 그 어둑어둑한 만화카페에서 건네주었던 증명과는 전혀 다르다. 이번에야말로 성공한 것이다. 17년이라는 시간을 건너서.

콜라츠 추측은 유명한 미해결 문제 중 하나다. 1930년대 독일의 수학자 콜라츠Lothar Collatz가 제시한 것으로 수학을 연구한 적이 있다면 누구든 들어보았을 난제다. 문제 그 자체는 어린아이도 이해할 수 있을 정도로 평이하지만 아직도 증명의 단서조차 발견되지 않았다.

"수학은 아직 이 문제를 풀 준비가 되어 있지 않다."

이렇게 말한 이는 20세기의 전설적 수학자 에르되시 팔[1]이다. 전설적인 수학자가 이렇게 여길 정도로 벽이 높은 문제다.

고누마는 주저하면서 열기를 잃은 목소리로 중얼거렸다.

"료지를 의심하는 건 아니지만, 이 증명이…… 과연 맞을까?"

구마자와는 답하지 않은 채 다시금 노트를 펼쳤다.

"콜라츠 추측을 증명하기 전에 200페이지 넘게 할애해서 이론을 정립했습니다. 증명을 이해하려면 먼저 이론 그 자체를 이해해야만 합니다."

"즉, 이론이 망상이라면 증명도 망상이라는 뜻인가."

고누마는 눈썹을 찡그렸다. 낙담하는 기색이 역력했다.

"분명 료지는 오랫동안 새로운 이론에 매달렸었지. 이름이……."

"풀비스 이론. 그렇게 불렀습니다."

입에 담는 것만으로 가슴이 아팠다.

종이 위에 남아 있는 료지의 필적을 보면 젊었던 시절의 기억이 생생하게 되살아난다. 학창 시절에 살았던 아파트. 뜻대로 되지 않는 난제에 맞서 싸우던 나날. 연인과 함께한 달콤 쌉쌀한 기억. 그것들이 한 덩어리가 되어 정면으로 들이닥쳤다.

료지를 죽인 사람은 나다. 구마자와는 어금니를 꽉 물었다.

"고누마 교수님." 구마자와의 목소리에 고누마의 시선이 끌려왔다.

"정말로 이 증명이 망상이라고 생각하십니까? 료지가 죽기 직전까지 연구했던 이론이 망상이라고, 진심으로 그렇게 생각하십니까?"

고누마는 쉽사리 답하지 못했다. 팔짱을 끼고 정원을 내다보았다.

"검토해보지 않으면 뭐라고 못 하지. 자네는 어떻게 생각하나?"

"틀림없이 증명했다고 생각합니다."

"근거는?"

수학적인 근거 따위는 없다. 근거라 할 만한 것은 하나뿐이다.

"미쓰야 료지가 썼기 때문입니다."

고누마는 관자놀이 근처를 문지르며 또다시 창밖으로 시선을 돌렸다.

이런 반응을 예상했지만 막상 눈앞에서 보니 조금이나마 충격을 받았다. 전혀 모르는 사람도 아니고 료지의 은사마저 이렇게 반응하다니.

어색함을 수습하듯이 고누마는 한결 밝아진 목소리로 물었다.

"그래서 이제 어떻게 할 건가?"

"해독해서 논문을 쓰겠습니다."

"이 두꺼운 노트를 전부?"

"수백 페이지라면 어떻게든 되겠지요."

불안하긴 했지만 구마자와는 진심이었다. 그것이 료지에 대한 책임이자 최소한의 속죄라고 확신했다.

"자네 마음은 알겠네. 정말로 콜라츠 추측을 증명해냈다면 그야 말로 빅뉴스야. 전 세계가 뒤집히겠지. 하지만 이게 정말로……."

"교수님도 아시지 않습니까. 료지는 평범한 수학자가 아닙니다. 증명은 분명 옳을 겁니다."

지금껏 구마자와는 수많은 천재들을 만나왔다. 미국 유학 시절에는 눈부실 정도로 재능이 뛰어난 이들과 교류했고, 귀국한 뒤에도 일본이 자랑하는 두뇌라고 일컬어지는 이들과 만났다. 그렇지만 료지 이상으로 '수각数覚'이 있고 명확하게 수학의 세계를 볼 수 있었던 사람은 없었다. 언젠가 언론에서 붙인 '21세기의 갈루아'[2]라는 평가는 절대 과찬이 아니었다.

료지는 평범한 천재가 아니었다. 수학의 화신이라고 부를 만한 존재였다.

구마자와에게도 일류 수학자라는 자부심은 있다. 은사 덕분이라고는 해도 삼십대 중반이라는 어린 나이에 부교수가 되었고 산술 대수기하학 분야에서는 젊은 연구자의 대표로 손꼽히고 있다. 그럼에도 불세출의 천재가 만들어낸 이론에 홀로 도전하는 것은 두려운 일이었다.

"고누마 교수님께서도 도와주셨으면 합니다. 저 혼자서는 감당하지 못할지도 모릅니다. 힘을 빌려주십시오."

고누마의 시선은 방 안을 헤맸다. 연기가 아니라 진짜로 망설이는 듯했다. 구마자와는 그저 답을 기다렸다. 고누마는 곤혹을 감추지 않았다.

"이게 현역으로서 마지막 일이 될지 모른다고 생각하니, 아무래도 망설여지는군."

구마자와와 처음 만났을 때는 젊은 교수였던 고누마도 곧 환갑을 바라보는 나이다. 여전히 다수의 논문을 써내는 철인이지만 노화는 거스를 수 없었다. 노화는 수학자들에게 영원히 극복할 수 없는 적이다.

애착 있는 주제를 제쳐두고 정체 모를 새로운 이론을 연구하자고 압박하는 것은 구마자와에게도 괴로운 일이었다. '이와사와 이론'[3]에 대한 고누마의 각별한 마음을 알기 때문에 더욱 힘들었다.

하지만 부탁할 사람은 고누마밖에 없었다. 가족에게도 동료에게도 학생에게도 상담하지 못한 채 몇 주 동안 홀로 고민해왔다. 평소에는 그러지 않지만 이런 때만은 아내가 수학자였으면 하고 생각할 수밖에 없었다.

"이 나이가 되어서도 교수님께 기대서 송구합니다. 하지만 학생이나 다른 수학자들은 분명 감당하지 못할 겁니다. 료지와 정면으로 맞서고 싶습니다. 부분적이라도 좋습니다. 그만한 가치가 있는 일입니다."

구마자와는 의자를 뒤로 밀며 자리에서 일어났다. 직각으로 허리를 굽히고 머리를 깊게 숙였다. "부탁드립니다."

그 머리 위로 고누마가 말했다.

"가치가 있다는 건 수학계에 말인가? 아니면 구마자와 유이치 개인에게 말인가?"

개인적인 미련에 휩쓸리는 건 사양한다는 뜻인가. 정곡을 찌르는 질문이었다.

"양쪽 모두입니다."

거짓은 아니다. 풀비스 이론 덕에 콜라츠 추측이 증명된다면 수학의 풍경은 크게 변할 것이다. 물론 이론으로서 정립되었어야 하지만. 고누마는 아직도 주저하는지 답을 하지 않았다.

"교수님, 정말로 료지의 죽음에 책임감을 느끼신다면, 협력해주십시오."

이 한마디가 결정타가 되었다. 고누마는 길게 한숨을 내쉬고는 노트의 표지를 내려다보았다.

"알 만한 부분부터 풀어나가야겠군."

"협력해주시는 겁니까?"

"취미로서 하겠네. 이렇게 의미도 모를 연구로는 예산도 신청할 수 없고. 그보다 자네는 어쩔 셈인가. 이 주제가 산술대수기하학의 범주에 들어가는 건가?"

"해결될 기미가 보이면 곧장 대학과 논의해보겠습니다. 세기의 미해결 문제를 증명한다고 하면 예산도 받게 될지 모르지요."

묘한 침묵이 흘렀다. 그 해결될 기미란 언제 보일까. 고누마가 그렇게 말하는 것만 같았다.

두 사람 모두 다음 약속이 있었다. 별다른 근황도 나누지 못한 채 구마자와는 노트를 복사해서 보내겠다는 약속만 하고 방에서 나서려 했다. 유리창을 배경으로 선 고누마가 문득 떠올랐다는 듯이 말했다.

"그러고 보니 사이토에게도 얘기했나?"

구마자와는 동요가 겉으로 드러나지 않도록 신중하게 답했다.

"사이토는 수학에서 손을 뗀 지 오래돼서요."

건드리지 않았으면 한다는 구마자와의 속뜻을 알아챘는지 고누마는 더 이상 파고들지 않았다.

사이토 사나와 마지막으로 만난 것은 6년 전. 료지가 세상을 떠난 직후였다. 친구의 죽음에 큰 충격을 받아 피폐해진 그녀의 옆얼굴을 보며, 구마자와는 염치없게도 아름답다고 생각했다.

바람이 정원의 철쭉을 흔들어댔다. 짙은 색의 꽃들이 빽빽이 피어 있는 광경은 눈 안쪽에 각인이 될 듯이 선명했다.

봄은 막 시작되었을 뿐이다.

2 ──────────────────────

　4월의 햇볕을 받으며 미쓰야 료지는 교와 대학의 정문을 들어섰다. 갈색 머리카락이 햇빛을 받아 반짝거린다.

　백팩을 멘 채 주위를 산만하게 둘러보는 모습은 영락없는 중학생 같다. 동안이 콤플렉스였지만 고모는 "20년 뒤에는 부모님께 감사해할걸"이라고 했다.

　문을 지나자 바로 안쪽에 설치된 캠퍼스 안내도가 보였다. 교와 대학은 이과 명문으로 알려진 곳답게 이과학부가 충실하다. 캠퍼스에는 의학부, 약학부, 공학부, 농학부의 건물들이 나란히 늘어서 있고, 중앙에는 학교 내의 서열을 드러내듯이 이과학부 건물이 위풍당당하게 우뚝 솟아 있다.

　료지는 안내도 앞에 멈춰 서서 가는 길을 확인했다. 여기에 온 것은 지난가을의 입시 면접 이래 두번째다. 그때도 이과학부에 갔지만 길은 깨끗이 잊어버렸다.

입학식 날이지만 학생들은 드문드문 눈에 들어왔다. 아직 입학식이 끝날 시간이 아닌 데다 입학식장은 학교 밖의 컨벤션 센터였다. 각종 동아리 가입을 권유하는 무리들도 입학식장에 집결해 있다. 료지는 그런 줄도 모르고 인적이 드문 캠퍼스를 걷기 시작했다.

널찍한 캠퍼스에 바람이 부니 주택가보다 쌀쌀하게 느껴졌다. 점퍼라도 입고 올걸 하고 후회했다. 고향에서는 4월이 되면 아무도 외투를 입지 않지만 도쿄에서는 긴소매 운동복 한 장만으로는 춥다. 적어도 속에 셔츠를 입었어야 했다.

엉뚱하게 공학부 건물이나 학생회관을 이리저리 왔다갔다한 끝에 마침내 이과학부 건물에 다다랐다. 유서 깊은 건물인 듯 외벽에는 오랫동안 비바람을 견뎌온 흔적이 새겨져 있다. 이번에는 이 건물에서 연구실을 찾아내야만 했다. 면접을 보러 왔을 때 정신없이 허둥댄 탓에 거의 기억이 나지 않았다.

입구 옆에는 경비실이 있는데 환갑은 넘었을 것 같은 경비원이 있었다. 고누마의 연구실이 어딘지 묻자 입으로 숨을 내쉬며 위치를 가르쳐주었다. 중앙 계단으로 2층에 올라가서 서쪽으로 꺾으면 바로 보이는 방.

가르쳐준 대로 가보니 확실히 학생들이 쓰는 듯한 방이 나왔다. 바로 옆에 붙은 교수실에는 고누마의 이름이 쓰인 팻말이 걸려 있다. 닫혀 있는 문에 노크를 했지만 안에서는 반응이 없었다. 손잡이를 돌려봤지만 잠겨 있다. 고누마는 자리에 없는 모양이었다.

할 수 없이 학생들의 연구실로 가보았다. 문이 열려 있어서 "실례합니다" 하며 발을 들였다. 책상에 앉아 무언가를 읽고 있던 두 남자가 동시에 돌아보았다. 한 명은 작은 몸집에 머리카락을 길게 길렀고, 한 명은 큰 키에 머리는 삭발이었다. 둘 다 얼굴에는 마구잡이로 자란 수염이 덥수룩했다. 나이는 이십대 같기도 하고, 사십대 같기도 했다. 장발 남자가 입을 열었다.

"어? 뭐야?"

료지는 사람과 이야기하는 데 서툴렀지만, 깔보이는 것은 싫었다.

"저, 고누마 교수님이 불러서 왔는데, 어디 계신지 아세요?"

변성기 전의 흔적이 남아 있는, 쉰 듯한 높은 목소리. 이번에는 삭발 남자가 말했다.

"입학식장일걸. 아직 11시니까 안 끝났겠네."

"근데 누구야? 신입생? 고등학생? 중학생은 아니지?"

장발의 높아진 목소리는 명백히 동요하고 있었다.

"아, 신입생입니다."

"입학식에 안 가도 괜찮아?"

"부모님은 가라고 했는데 위치를 잘 몰라서요. 귀찮기도 하고."

"귀찮다니……."

말문이 막힌 장발을 대신해서 삭발이 물었다. "혹시 특추로 들어온 신입생?"

"특추?"

의미를 몰라 반문하니 가르쳐주었다.

"특별 추천생 말이야. 고누마 교수님이 올해 지도교수니까."

그거라면 들은 적이 있다. 예, 하고 답하니 두 사람 모두 감탄하는 소리를 올렸다.

료지는 특별 추천생이 어떤 존재인지 제대로 알지 못했다. 그저 고누마가 권한 대로 따랐을 뿐이다.

애초부터 대학 서열 따위에는 흥미가 없었다. 수학과 영어 외에는 시험을 잘 볼 자신이 없었기 때문에 입시가 면접만으로 이뤄지는 것이 좋았다. 게다가 특별 추천생은 4년 동안 학비가 면제되었다. 료지에게는 사소하지만 효도를 하겠다는 의도도 있었다.

"특추는 실적이 있어야 합격할 수 있잖아. 올림픽이라거나."

"그게 뭔가요?"

"국제수학올림피아드, 몰라?"

"아, 들어봤어요. 그런데 저는 그런 데 나간 적 없어요."

"그럼 아무런 실적이 없다고?"

짐작되는 것은 거의 없었다. 료지는 문득 면접에서 들었던 질문을 떠올렸다. "논문 내용을 이것저것 물으시긴 했는데."

"논문? 네가?"

"예, 문샤인 추측[4]의 다른 풀이에 대해서요."

20

"고등학생이 논문을 썼다고?"

"진짜야?"

두 선배의 눈이 휘둥그레졌다. 료지는 당황해서 손을 저었다.

"하지만 아직 잡지에서 실리지도 않았어요. 벌써 반년이나 지났는데, 국내 잡지에 투고하는 게 나았겠다고 고누마 교수님은 말씀하셨지만."

논문을 투고한 것은 지난가을 면접 직전이었다. 면접관 중에 위상기하학 전문가가 있었는데 구석구석까지 캐묻는 통에 지쳤었다.

쭈뼛쭈뼛하는데 장발이 물었다. "이름은?"

"그게, 저널 오브 매스매……."

"아니, 잡지가 아니라 네 이름."

"아, 미쓰야 료지요. 교수님이 오실 때까지 기다려도 될까요?"

삭발이 여기 앉으라고 하려는데 장발이 제지했다.

"저쪽 빈방이 낫지 않겠어? 우리랑 같이 있으면 어색할 테고. 교수실 맞은편에 쓰지 않는 소회의실 있잖아. 거기는 잠기지도 않았고. 창고 같기는 하지만 신경 쓰지 마. 교수님이 오시면 부를 테니까."

장발의 손을 슬쩍 보니 논문 복사본 아래로 표지가 화려한 잡지가 숨겨져 있다. '파친코'라는 글자가 보인다. 역시. 신입생이 없어야 농땡이 부리기 편하겠지. 료지는 두 사람에게 인사를 하고 방을 나섰다.

교수실 맞은편 방에는 '소회의실'이라는 팻말이 걸려 있었고 들은 대로 문이 열려 있었다. 정면의 벽은 허리께부터 위로 창문이었고 나머지 벽은 책장으로 꽉 차 있다. 오래된 책이나 잡지, 졸업 논문 등이 꽂혀 있다. 진짜 창고 같다. 방 중앙에는 원탁이 있고 접이식 의자가 제멋대로 흩어져 있다.

료지는 접이식 의자를 가까이 당겨서 앉았다. 입학식은 10시에 시작했을 테니 12시 전에는 끝나겠지. 집을 나서기 전에 빵을 먹어서 그때까지는 배고프지 않을 것이다.

책장에 꽂혀 있는 것은 수학에 관한 책과 잡지뿐이다. 이 방에서는 며칠이든 시간을 보낼 수 있을 것 같다. 료지는 눈에 띈 정수론 책을 골라 들고 훑어보았다.

지루하게 공식들이 나열되어 있었다. 긴장이 풀린 탓도 있어서 료지는 졸리기 시작했다. 하지만 다른 책을 보려던 순간 시선이 어떤 문제에 못이 박히듯 고정되었다.

콜라츠 추측. 수학이 해결하지 못한 것으로 유명한 난제다. 료지도 문제의 내용은 알고 있지만 진지하게 살펴본 적은 없었다.

콜라츠 추측의 내용은 덧셈, 곱셈, 나눗셈만 할 줄 알면 이해할 수 있다.

'임의로 양의 정수 n을 고른다. n이 짝수면 2로 나누고, n이 홀수면 3을 곱하고 1을 더한다. 어떤 n에서 시작하더라도 이 과정을 유한하게 반복하면 결국에는 1이 된다.'

가령 처음 고른 수가 21, 24, 29라면 다음과 같은 과정을 거쳐

1이 된다.

$$21 \rightarrow 64 \rightarrow 32 \rightarrow 16 \rightarrow 8 \rightarrow 4 \rightarrow 2 \rightarrow \textcircled{1}$$

$$24 \rightarrow 12 \rightarrow 6 \rightarrow 3 \rightarrow 10 \rightarrow 5 \rightarrow 16 \rightarrow 8 \rightarrow 4 \rightarrow 2 \rightarrow \textcircled{1}$$

$$29 \rightarrow 88 \rightarrow 44 \rightarrow 22 \rightarrow 11 \rightarrow 34 \rightarrow 17 \rightarrow 52 \rightarrow 26 \rightarrow 13 \rightarrow 40$$
$$\rightarrow 20 \rightarrow 10 \rightarrow 5 \rightarrow 16 \rightarrow 8 \rightarrow 4 \rightarrow 2 \rightarrow \textcircled{1}$$

지금까지 컴퓨터를 이용해서 약 7000조에 이르는 자연수들에서 모두 성립한다는 것을 확인했다. 하지만 그보다 큰 수에서 반례가 나오지 않으리라는 법은 없다. 즉, 계산을 반복하는 것만으로는 영원히 증명에 다다를 수 없다.

료지는 필기구를 찾았지만 눈에 띄지 않아서 학생들의 방으로 돌아갔다. 장발 남자는 파친코 잡지를 숨길 새도 없이 "뭐야, 뭐야" 하며 허둥댔다.

"종이랑 펜 좀 빌릴 수 있을까요?"

삭발 남자에게서 종이와 펜을 받은 료지는 곧장 콜라츠 추측 증명에 달라붙었다. 시간을 죽이는 데 딱 좋다. 우선은 특기 분야인 군론群論으로 확장할 수 있을지 시도해봤다. 분야가 달라도 골격이 같은 경우가 수학에서는 종종 있다.

한동안 료지는 시계를 보는 것도 잊은 채 쉴 새 없이 펜을 움직였다. 3n+1이라는 연산을 반군半群으로 변환하고 이제 어떻게 요리할까 고민하는데, 뒤에서 누군가가 불렀다. 그래도 료지는 눈치채지 못하고 계속 펜을 움직였는데 어깨를 붙잡고 흔드는 통에 겨우 정신을 차렸다. 돌아보니 고누마가 서 있었다.

"아, 교수님."

"뭐 하는 거야?"

고누마가 앞머리를 쓸어올렸다. 벽에 걸린 시계는 이미 2시를 가리키고 있다. 료지는 겨우 몇 분 지났다고 생각했는데, 확실히 배고픔이 느껴졌다.

"콜라츠 추측을 검토하고 있었어요."

"콜라츠 추측? 또 귀찮은 데에 발을 들였구나."

고누마의 뒤에는 정장을 입은 신입생 두 명이 있었다. 파운데 이션으로 얼굴이 새하얘진 여자와 안경을 쓴 마른 남자. 두 사람은 긴장한 표정으로 료지와 고누마의 대화를 지켜보았다.

"어떻게 이 방이 우리 연구실인 줄 알았나?"

"머리가 긴 분하고 삭발한 분이 알려주었어요."

"다나카랑 기노시타인가."

"그 둘은 몇 살인가요?"

"너보다 3년 선배다. 모두 겉늙긴 했다만."

얼굴이 하얀 여자가 뒤에서 끼어들었다.

"저, 지인이신가요, 고누마 교수님?"

"지인이라고 할지…… 너희와 같은 특추생이다."

질문한 이는 "네?" 하고 놀랄 뿐 뒷말을 잇지 못했다. 남자 쪽은 개의치 않고 관심 없다는 얼굴로 서 있었다.

고누마는 신입생들을 원탁에 앉히고 자신은 창문을 등진 채 접이식 의자를 가져다 앉았다. 료지는 미련이 남아서 계속 콜라츠 추측을 살펴보고 싶었지만, 고누마가 주의를 주어서 마지못해 손을 뗐다. 남자와 여자는 작은 소리로 대화를 나눴다. 예전부터 알던 사이 같았다.

"구마자와, 한 명 더 있는 거 알고 있었어?"

"몰랐어."

"올림픽에서도 본 적 없는데."

료지는 머릿속 한편에 자리 잡은 콜라츠 추측을 떨쳐내며 고누마가 건네는 봉투를 받았다.

"그러면 지금부터 특추생을 위한 오리엔테이션을 시작하겠습니다. 새삼 인사드리지만 지도교수인 고누마입니다. 어느 학부, 어느 학과든 특추생을 담당하는 지도교수가 있는데, 이과학부 수학과에서는 올해 제가 맡게 되었습니다. 연구실 배치가 이뤄지는 3학년까지는 연구를 하다 모르는 것이 있을 때 저에게 물어보세요."

건성으로 대답하면서 료지는 봉투에서 책을 꺼냈다. 표지에 '특별 추천생 여러분에게'라고 인쇄되어 있다. 배고픔을 참기 위해 책장을 넘겼다. '특추생은 세미나나 연구실에 배치되기 전에도 필요하다면 담당교수에게 지도를 요청할 수 있다.' 료지는 책에 적힌 글을 보고서야 그랬구나, 하고 제도를 이해했다.

교와 대학이 특별 추천생 제도를 도입한 것은 7년 전. 이과 명문으로서 수준 높은 인재들을 확보하기 위해 실적이 있는 학생들을 모으고 있다. 보상은 학비 면제와 연구 환경 제공이다.

"뭐, 특추라고 해도 대학생이니까, 대체로 2학년까지는 동아리나 아르바이트로 바빠서 딱히 지도교수가 할 일이 없는 것 같지만. 연구하길 강요하지는 않으니 놀고 싶으면 놀아도 된다. 책은 집에서 읽으면 되니까, 일단 자기소개라도 할까? 구마자와부터."

안경을 쓴 남학생이 지루하다는 표정으로 입을 열었다. "구마자와 유이치입니다."

"구마자와는 수학올림피아드 일본 대표였다." 고누마가 료지에게 덧붙였다.

"메달은 따지 못했지만요."

자조적으로 말한 구마자와는 웃지도 않고 료지에게 시선을 향했다.

"미쓰야였지? 콜라츠 추측 해결했어?"

솔직하게 고개를 저었다. "아니, 아직 못 풀었어."

"그렇겠지." 구마자와는 한쪽 뺨을 위로 올리며 비웃는 듯한 미소를 머금었다.

"풀릴 리가 없어. 에르되시 팔도 지금의 수학으로는 절대로 풀 수 없다고 했고."

"하지만 언젠가는 풀지도 몰라."

"100년이 지나도 힘들걸."

거기까지 말하고 구마자와는 입을 다물었다. 안경 너머 눈빛이 차가웠다. 료지는 자신이 시비를 건 것 같았지만 짐작 가는 이유가 없었다. 고누마는 그대로 구마자와의 소개를 끝냈다.

"다음, 사이토."

"사이토 사나입니다. 저도 구마자와처럼 수학올림피아드 일본 대표였어요."

"사이토는 동메달리스트."

두 사람이 서로 아는 이유는 알았지만 메달의 의미는 알 수 없었다.

"동메달이면 어느 정도로 대단한 건가요?"

"어, 몰라? 특추생이잖아."

사나는 상상 속 동물이라도 본 듯한 눈이었다. 연구실에 있던 선배들과 같은 반응이다. 역시 당연히 알아야 하는 건가. 무뚝뚝한 표정으로 일관하던 구마자와가 눈썹을 찡그렸다. 료지는 당황했다. 그래도 모르는 것이니 어쩔 수 없었다.

"나는 수학 대회 같은 데 나간 적이 없어서."

"하지만 특추생은 뛰어난 실적이 있어야 하잖아. 그래서 수학과 특추생은 대부분 국제수학올림피아드 일본 대표 예선 상위권이라고 들었는데. 그렇죠, 교수님?"

따지고 드는 사나에게 고누마는 쓴웃음을 지으며 답했다.

"미쓰야는 논문을 투고했다. 그것도 뛰어난 실적이지."

고누마는 교수실에서 종이 몇 장을 가져오더니 사나 앞에 펼쳐 놓았다. 료지가 쓴 논문의 복사본이었다.

"군론의 중요한 문제에 대해 새로운 풀이를 제시했다. 아직 심사가 끝나지 않았지만 대단히 획기적인 방법이지."

사나는 복사본을 훑어보더니 분을 억누르듯이 중얼거렸다.

"알겠습니다."

구마자와는 입도 벙긋하지 않은 채 소리를 내며 책을 덮었다.

—

"어, 뭐야? 그럼 입학식 날 교수님이랑 만난 게 세번째야? 그런데 그렇게 친해?"

다나카는 얼굴뿐만 아니라 정수리부터 손끝까지 빨갛게 물들었다. 몸을 흔들 때마다 치렁치렁한 앞머리도 같이 흔들린다. 료지가 입학 전에 고누마와 만난 것은 고등학교 2학년 때가 첫번째, 입학 면접이 두번째였다. 그렇게 말하니 다나카는 손가락을 접으며 헤아렸다.

"고등학교 2학년이 언제야? 3년 전?"

"2년 전이잖아. 수학과 주제에 뺄셈도 못 하냐."

다나카를 바로잡아주는 기노시타는 평소와 얼굴색이 변함없다. 체격 좋은 기노시타 손에 들리니 생맥주잔이 찻잔 정도로 보였다.

특추생 환영회에 고누마는 없다. 이틀 전에 해외 출장이 잡혀서 고누마는 부랴부랴 출국했다. 지나치게 허둥지둥하는 것은 그 자신 탓인지, 교수라는 입장 탓인지 알 수 없었다.

교수가 없는 틈을 타 구마자와 사나는 술을 주문했지만, 료지는 우롱차를 마셨다. 료지에게 알코올은 아름다운 수학의 세계를 어지럽히는 것에 불과하다. 예전에 음식에 들어간 맛술에 취해서 문제에 대해 제대로 생각하지 못했던 적이 있다. 여럿이 모인 자리에서도 수학을 생각하는 료지에게 음주는 사고의 걸림돌일 뿐이다.

다나카와 기노시타는 학부 4학년이다. 료지가 연구실에 들를 때면 대체로 두 사람이 자리를 지키고 있다. 박사 과정 학생을 제쳐놓고 두 사람이 연구실의 주인 같은 분위기를 풍겼다.

기노시타는 카푸치노라도 마시는 듯한 동작으로 맥주잔을 비워냈다.

"편지를 주고받은 것만으로 용케 논문을 썼네."

"그래도 전화보다는 편지가 훨씬 내용을 공유하기 쉬워요."

"우리랑 다른 세계에 사는 것 같다."

다나카는 입을 삐죽 내밀며 작은 잔에 차가운 술을 따랐다.

"아슬아슬하게 커트라인 넘어 들어온 내가 특추생이랑 술을 마시다니. 뭔가 신기해. 아, 미쓰야는 마시지 않는구나."

료지는 우롱차를 목으로 흘려넣었다.

"어떻게 아슬아슬하게 들어왔다는 걸 아세요?"

"공개 요청하니까 알려줬어. 너네는 면접밖에 안 봐서 모르나? 이건 자랑이지만 수학은 만점이었다."

료지는 옆에 앉은 구마자와를 곁눈으로 봤지만 입을 다문 채 맥주잔을 입으로 옮기고 있을 뿐이었다. 시험 삼아 "아" 하고 말해봤지만 분위기만 썰렁해졌다.

"다나카, 너도 옛날에는 신동 소리 듣지 않았냐?"

기노시타가 달래봤지만 다나카는 허무하다는 듯이 차가운 술의 표면을 바라보았다.

"친척이 그랬지. 하지만 나 같은 가짜 신동이랑 다르게 이 녀석들은 진짜 신동 아니냐. 뭐, 결국 우리는 일반인처럼 살 뿐이야. 그렇지, 기노시타?"

"나는 한데 엮지 말아줘."

다른 테이블에서 사이토 사나의 높은 목소리가 들렸다. 남자들의 시선이 자연스레 그쪽으로 쏠린다. 안 그래도 여자와 인연이 드문 이 연구실에서는 여자라는 이유만으로 눈길을 끈다. 다나카는 귀엽다는 듯이 술을 홀짝거렸다.

"나도 저쪽 테이블로 갈까?"

"너무 티 나잖아."

"그러고 보니 구마자와는 올림픽에 사나랑 함께 나갔지. 어떤 애야?"

구마자와는 양손을 흔들며 들떠 있는 사나를 냉담하게 바라보면서 얼굴색도 바꾸지 않고 말했다.

"글쎄요. 저런 느낌인데요."

"그러니까 어떤 느낌?"

"처음 만났을 때도 자꾸 말을 걸었어요. 사교적이라고 할지 외향적이라고 할지. 뭐, 좋을 때도 있지만 저런 걸 싫어하는 사람도 있지 않나요. 그래서 좀 피하는 사람도 있었어요."

"……너 진짜 열여덟 살 맞냐? 너무 냉정한 거 아냐?"

냉정하다기보다 관심이 없다. 구마자와의 쌀쌀맞은 옆얼굴을 관찰하는 사이에 료지의 사고는 어느새 군론의 세계로 빠져들었다.

료지의 의식은 언제나 수학의 세계와 연결되어 있다. 홀로 검토에 집중할 때뿐만이 아니다. 걸어갈 때도, 밥을 먹을 때도, 다른 이야기를 할 때도, 의식의 한편에서는 끊이지 않고 문제에 대해 생각한다. 한창 흥이 오른 술자리라고 예외는 아니다.

고등학생 때부터 생각하던 문제가 갑자기 머릿속에 스쳐갔다. 끈 한 줄이 자유롭게 형태를 바꾸면서 아무것도 없는 공간을 떠다닌다. 이윽고 끈은 원이 되고 다각형으로 변화한다. 꺾고, 비틀고, 겹치고, 떼어내고, 풀어내고는 다른 부분을 묶어본다. 료지는 끈의 움직임을 차례차례 시험해보는 데 의식이 사로잡혔다.

"야, 미쓰야."

정신을 차리니 다나카의 얼굴이 코앞에 있었다. 어깨는 앞뒤로 흔들리고, 얼굴에는 술 냄새 나는 숨이 덮쳤다.

"아, 예. 뭐가요?"

"뭐가요라니! 갑자기 정신줄 놓은 줄 알고 큰일 났나 했잖아."

다나카의 옆에서 기노시타도 걱정스럽다는 듯이 상태를 살폈다. 료지는 천연덕스럽게 대답했다.

"일반화된 문샤인Generalized moonshine에 대해 생각하고 있었습니다."

구마자와는 자기와는 상관없는 일이라는 듯이 튀김을 먹었다.

한순간의 침묵이 흐른 후, 다나카와 기노시타는 얼굴을 마주 보고 쓴웃음을 지었다. 기노시타가 붙임성 없는 구마자와에게 말을 걸었다.

"구마자와는 아냐? 문샤인이라나 뭐라나."

"모릅니다. 들어본 적도 없어요."

그 대답을 듣고 료지는 순진무구하게 말했다.

"아, 그러면 수학올림픽에는 나오지 않은 거네."

구마자와는 거칠게 젓가락을 접시에 내려놓더니 료지를 노려보았다. 그릇이 날카로운 소리로 울렸다.

"사이좋게들 지내."

중재하는 기노시타 옆에서 다나카가 싱글싱글 웃고 있다.

술자리는 끝까지 실없는 이야기만 하다 끝났다. 술집에서 나오니 다나카가 앞장서서 "2차 갑시다!"라고 외쳤다. 기노시타는 휴대전화로 다른 술집을 예약했다. 다나카가 신입생 쪽을 돌아보았다.

"너네도 2차 갈래?"

"얼른 문제를 풀어보고 싶어서요, 오늘은 돌아갈게요."

료지의 답에 화를 내기는커녕 다나카는 가슴을 펴고 당당하게 말했다.

"신경 쓰지 말고 집에 가. 나는 마시기 싫어하는 사람한테 강요하지 않으니까."

구마자와도 2차를 망설임 없이 거절하고는 그 자리에서 떠나려 했다. 사나는 고민했지만 2차에 동기가 없는 것을 알고 주눅이 들었는지 같이 돌아가기로 했다. 참가자 중 대략 절반이 다음 가게로 향했고 료지 일행은 어째서인지 나란히 걷기 시작했다. 셋 다 도중까지는 길이 같았다.

대학가의 밤길은 인기척이 적었고, 빛이라고 해봤자 아파트나 주택에서 새어나오는 조명 정도가 전부였다. 아직 촌티를 벗지 못한 료지나 구마자와와 함께 걸으니 사나의 세련됨이 두드러졌다. 연한 노란색 원피스에 청재킷을 걸치고 손톱에는 수수한 분홍색 매니큐어를 발랐다. 술자리의 여운이 남아 있는지 사나의 목소리가 높아졌다.

"둘 다 아르바이트 할 거야?"

"안 할걸"이라는 료지의 답에 "생각 중"이라는 구마자와의 답이 이어졌다. 사나는 동아리와 연구실을 어떻게 할지도 물었지만 남자들이 비슷하게 반응하자 질문의 방향을 틀었다.

"고누마 교수님 멋지지 않니? 독신이라더라."

"아, 그래." 구마자와는 건성으로 대답했다. 료지는 또다시 머릿속으로 끈을 움직이는 데 빠져들어서 잠자코 걷기만 했다. 사나는 갑자기 말이 없어진 료지의 얼굴을 들여다보았다.

"왜 그래?"

"응? 아니, 잠깐 신경 쓰이는 문제가 있어서 생각 좀 했어."

"술자리 뒤에도 수학을 생각하다니, 근본이 다르네. 도저히 흉내도 못 내겠다."

구마자와가 가시 돋친 목소리로 끼어들었다.

"미쓰야는 자기한테 재능이 있다는 걸 자각하고 있겠지."

"음?"이라고 얼버무리는 것이 료지의 최선이었다. 무관심한 것 같던 구마자와의 눈에 어느새 질투가 타올랐다.

"입학식은 농땡이치고 오리엔테이션에 정장이 아니라 사복을 입고 오고. 술자리에서도 뻔뻔하게 선배들 무시나 하고. 자유분방한 천재라고 티를 내는지 모르지만 그런 건 꼴사나울 뿐이야."

"왜 그래, 구마자와. 취했어?"

사나가 끼어들었다. 구마자와는 곁눈으로 사나를 보고는 코웃음을 쳤다. 깨끗한 안경 렌즈에 가로등 불빛이 반사되었다.

"난 이제 수학에서 손 뗄 거야."

네거리에 다다르자 구마자와는 오른쪽으로 길을 꺾었다. "난 이쪽이야. 잘 가." 이 말만 남긴 채 구마자와의 등이 멀어졌다. 남겨진 료지와 사나는 직진했다.

"구마자와한테 입학 전에 무슨 일 있었어?"

사나는 불쾌한 듯이 답했다.

"글쎄, 전부터 저렇기는 했어. 속을 알 수 없다고 할까. 올림픽 합숙에서도 모두랑 떨어져 있었거든. 신경 쓰지 않는 게 좋아."

이윽고 사나가 사는 12층짜리 맨션 앞에 도착했다. 사나의 집은 꼭대기 층으로 캠퍼스가 한눈에 들어온다고 했다. 료지의 방에서는 옆집의 나무밖에 보이지 않는다.

"사이토도 3학년까지 수학은 하지 않을 거야?"

자동문으로 들어가던 사나가 고개를 갸웃했다.

"몰라. 이제 생각해야지."

료지는 엘리베이터로 사라지는 사나를 배웅하고 다시 걸음을 옮겼다.

사나의 맨션에서 아파트⁵까지는 가까웠다. 대학교 정문에서도 10분이 채 걸리지 않는다. 이과학부 건물 못지않게 오래되고 낡은 2층 건물로 복도의 형광등은 절반이 꺼져 있다. 집세는 이 동네에서 특히나 저렴했다. 열쇠를 꽂고 단단한 감촉에 저항하며 손목을 돌리자 딸깍하는 소리가 크게 나며 문이 열렸다. 이러다 열쇠가 부러지지 않을까 걱정되었다.

료지의 집은 2층 모서리에 있다. 현관 바로 옆에 소형 냉장고가 있고 장난감 같은 가스레인지와 개수대가 있다. 세 평이 조금 넘는 좁디좁은 다다미 방에는 고향집에서 보낸 이불이 깔려 있다. 머리맡에는 방석과 탁자가 있고, 그 주위에 문제 풀이 종이 묶음, 교과서, 논문 등이 널려 있다. 아직 이사하고 한 달이 지나지 않았는데 모든 물건이 무질서하게 흩어져 있다.

옷을 벗어 방 한편에 던져두고 화장실에서 샤워를 했다. 시원하게 나오지 않는 온수가 샤워커튼을 적셨다. 술집에는 처음 가봤지만 그 정도로 담배 냄새가 날 줄은 몰랐다. 약품 냄새가 나는 샴푸를 손바닥에 짜서 머리카락에 박박 문질렀다. 가게 앞의 매

35

대에서 가장 싸게 파는 제품이다.

왠지 구마자와가 신경 쓰였다. 구마자와는 료지에게 천재인 척할 뿐이라고 했지만, 료지가 보기에는 구마자와야말로 상처 입은 수학 소년을 연기하는 것처럼 보였다. 부루퉁한 태도로 툴툴거리며 관심을 끌고 있는 것이다.

분노나 경멸보다는 안타깝다는 생각이 먼저 들었다.

국제대회에 일본 대표로 나갈 정도면 구마자와에게도 뛰어난 '수학적 감각'이 있다는 뜻이다. 그런 구마자와가 수학에서 손을 떼다니 커다란 손실이다. 안타깝다.

샴푸의 거품을 헹궈냈다. 작은 거품들이 소용돌이를 그리며 배수구로 빠져들었다. 눈을 감은 채 따뜻한 물을 맞고 있자니, 갑자기 눈앞에 무언가가 떠올랐다. 눈을 감고서는 망막에 상이 맺힐 리도 없는데 확실히 무언가 보였다.

료지는 얼굴을 들고 방금 전에 보았던 것을 다시금 불러내려했다. 물을 맞으면서 주의 깊게 떠올리고 심각하게 되새겼다. 무언가 번뜩일 것이라는 예감이 들었다.

뇌리에 떠오른 것은 겹겹이 얽힌 끈. 반사군reflection group의 끈이다. 복잡하게 춤추는 끈들은 이윽고 결정구조를 이룬다. 세공한 다이아몬드처럼 아름다운 결정이 돌연 료지의 눈앞에 출현했다.

서둘러서 샤워를 마치고 벌거벗은 채 화장실에서 뛰쳐나왔다. 혹시 그 문제의 단서를 찾아냈는지도 모른다. 일반화된 문샤인. 머릿속은 온통 그 문제뿐이었다.

몸에서 물방울을 떨어뜨리며 료지는 탁자에 달라붙었다. 수건으로 대충 손을 닦고 볼펜을 쥐었다. 왼쪽에 쌓아둔 종이를 집어서 떠오르는 대로 펜을 굴렸다. 펜 끝이 탁자를 두드리는 소리만이 방에 울리더니 5분이 지나기도 전에 백지가 기호와 숫자로 빼곡해졌다. 사이사이는 영어 메모로 채워졌다.

피부에 맺혀 있던 물기가 마를 무렵에는 엄지손가락 뿌리 쪽이 아파왔다. 늘 있는 일이다. 머릿속에서 폭발적으로 확산하는 이미지를 몸이 따라가지 못한다. 료지가 영어를 배운 것은 조금이라도 빠르게 쓰기 위해서였다. 일본어로 쓰다보면 어쩔 수 없이 한자에 시간을 뺏겼다. 자잘자잘한 선을 긋다보면 번뜩임에 안개가 드리워지곤 했다.

아픔을 참다못해 슬쩍 손을 멈추니 갑자기 추위가 느껴졌다. 벌거벗고 지내기에 4월 중순의 밤은 기온이 낮았다. 속옷과 잠옷을 입고 담요를 걸친 채 탁자로 향했다.

실재하지 않는 추상적인 이미지인데 손에 잡힐 듯이 현실감이 넘쳤다.

아직 자정도 지나지 않았다. 료지에게는 기나긴 밤이 남아 있다.

구마자와도 콜라츠 추측도, 머리에서 깨끗하게 사라졌다.

—

소회의실의 창문으로 들이치는 햇볕을 쬐며 료지는 펜을 움직이는 데 몰두했다. 원탁에는 도서관에서 빌린 소립자물리학 전문서들이 쌓여 있다. 료지는 때때로 전문서를 펼치며 종이를 묵묵히 채워나갔다.

잉크가 떨어져갔다. 료지는 쓰던 펜을 버리고 새로운 펜을 꺼냈다. 다섯 자루에 100엔씩 하는 싸구려라 쓰다 버려도 주머니 사정에 별다른 타격은 없다.

오전 8시가 넘을 무렵 문이 드르륵 조용하게 열렸다.

"혁, 있잖아."

문을 연 것은 다나카와 기노시타였다. 나란히 아침밥이 담긴 편의점 봉지를 들고 있다. 료지는 자기 세계에 빠져서 돌아보지도 않고 펜을 움직이기만 했다. 그들은 이런 료지의 반응에 익숙했다. 다나카는 접이식 의자를 꺼내 앉더니 원탁 위의 전문서를 집어들고 페이지를 후루룩 넘겼다. 기노시타는 휴대전화를 만지작거렸다.

이윽고 적절한 시점에 료지가 손을 멈췄다. 펜이 달리는 소리가 멎자 방 안은 정적에 휩싸였다. 료지는 고개를 들고 갈라진 목소리로 말했다. "안녕하세요."

"언제부터 여기 있었냐?"

"어제 저녁부터요."

"안 잤어?"

"……그러고 보니, 안 잤네."

"무슨 집중력이 그래. 배도 안 고파?"

다나카가 묻자 지금껏 잊고 있던 배고픔이 한꺼번에 밀려왔다.

"배고파요."

비닐봉지에서 편의점 주먹밥들이 굴러나왔다. 다나카는 그중 하나를 무심히 집더니 료지에게 내밀었다.

"우선, 이거 먹어."

"정말요? 감사합니다."

"이것도 줄게."

기노시타는 크림빵을 주었다. 수돗물을 종이컵에 따라 마셨다. 주먹밥을 한입 베어 문 다나카가 물었다.

"문샤인은 해결될 것 같아?"

"목적지는 보이는데 설명하는 데 쓸 말이 잘 떠오르지 않아요."

료지에게는 도달해야 할 곳이 분명이 보였다. 하지만 이론적으로 설명할 말을 아직 찾지 못했다. 하늘 위에서 악천후의 미로를 보는 것만 같았다. 목적지의 위치는 아는데 그곳으로 향하는 길의 도중에 안개가 끼어 있다. 료지 혼자 안개를 걷어내는 데는 한계가 있었다.

"그런데 웬 소립자야?"

"소립자 언어로 설명할 수 있을까 해서요. 콕세터군Coxeter group은 이론 물리학에서도 쓰니까 그 감각에 알맞은 언어가 물리학 어딘가에 있을 것 같거든요."

료지의 특기는 문제 해결에 물리학 이론을 도입하는 것이다. 일종의 결벽증이 있는 수학자들은 순수 수학을 너무 사랑한 나머지 물리학을 싫어하지만, 료지는 정반대라 수학 문제를 해결하기 위해 적극적으로 이론물리학을 공부했다.

다나카는 페트병에 든 녹차를 마시고 주먹밥 포장지를 구겼다.

"소립자까지 가버리면 나는 못 따라가겠네."

"처음부터 못 쫓아가잖아."

기노시타는 어처구니없다는 듯 지적하고는 료지에게도 덧붙였다.

"우리보다 연구실에 오래 있는 학생은 너뿐이다."

눈 깜짝할 사이에 음식을 먹어치운 료지는 탁자 위의 전문서를 고쳐서 쌓았다.

"선배들 연구는 어때요?"

"네가 걱정하지 않아도 잘하고 있어. 기노시타는 모르겠다만."

"예, 예. 신동보다는 못하지."

다나카와 기노시타의 연구 주제는 이와사와 이론의 일반화다. 다나카는 보형 형식, 기노시타는 타원 곡선이 전문 분야다. 이와사와 이론은 고누마를 대표하는 분야였고 이 연구실의 주된 주제이기도 했다.

입이 찢어져라 하품을 한 기노시카의 눈에 눈물이 맺혔다.

"그러고 보니 저번에 구마자와 봤어."

"어디서요?"

환영회 이후, 연구실에 찾아오는 특추생은 료지뿐이었다. 구마자와와 사나가 무엇을 하는지는 고누마도 모른다. 료지처럼 입학하자마자 연구에 매달리는 학생은 극히 일부고, 특추생 대부분은 주변에 휩쓸리는 대로 놀거나 아르바이트에 열중하며 생활한다.

"역 앞에 있는 만화카페. 야간 알바인 것 같던데."

"특추생 시급이 천 엔 정도라. 일본 대표인데 너무 싸잖아."

다나카가 짓궂게 한마디 보탰다. 기노시타는 커다란 몸을 웅크렸다.

"말을 걸었는데 얼마나 냉랭한지. 엮이기 싫다는 눈치던데."

"딱히 우리 연구실 소속도 아니니까. 지도교수가 고누마 교수님일 뿐이지."

"그렇긴 한데. 그래도 노골적으로 싫어하니까 슬프더라."

난 이제 수학에서 손 뗄 거야. 료지는 환영회 날 밤에 구마자와가 연극 대사처럼 내뱉은 말을 떠올렸다. 구마자와가 진심으로 수학을 버릴 것 같지는 않다. 정말로 싫어졌다면 그런 상투적인 말도 남기지 않고 조용히 떠나면 그만이다. 수학과를 선택한 것도 그렇고 구마자와의 행동은 뒤죽박죽이었다.

"몇 시부터 일하던가요?"

"모르겠는데, 나는 11시쯤 갔어."

"가보려고?" 다나카의 반응은 그만두라는 말이나 마찬가지였다.

"만화카페는 가본 적이 없거든요. 궁금해요."

기노시타가 알려준 가게 이름을 메모했다.

료지는 그 뒤에도 연구를 계속했고 저녁에 아파트로 돌아가 잠깐 눈을 붙였다. 눈을 뜨니 마침 밤 11시를 지난 참이었다. 백팩에 지갑과 열쇠를 넣고 역 앞으로 향했다.

역 앞은 프랜차이즈 술집과 편의점의 네온사인으로 눈이 부실 정도였다. 기노시타가 가르쳐준 만화카페는 다양한 가게가 모인 빌딩에 있는데 다이닝바와 패밀리레스토랑이 위아래로 자리하고 있었다. 5층까지 엘리베이터로 올라갔다. 엘리베이터 안에는 방향제 냄새가 가득했고 벽에는 테이프나 껌 자국 같은 얼룩이 잔뜩 있었다.

양옆으로 열리는 문 정면이 카운터였다. 무인 카운터였지만 료지가 들어서자 오른쪽 커튼이 열리더니 직원이 나타났다. 안쪽에서 감시 카메라 화면이라도 보고 있는 걸까?

검은 유니폼을 입은 직원은 생기 없는 얼굴로 카운터에 들어갔다. 직원의 가슴팍에는 '구마자와'라는 명찰이 붙어 있다. 료지의 얼굴을 보자 코에 걸린 셀룰로이드 안경테가 씰룩했다.

"역시 여기서 일하고 있구나."

"⋯⋯근데 뭐?"

"기노시타 선배가 알려줬어."

"그 빡빡머리 선배? 그래서 굳이 놀리러 왔어?"

구마자와는 화이트보드에 그려진 좌석표를 가리켰다. "빨리 자리 골라."

"다시 연구실에 왔으면 좋겠어."

자신의 손에서 눈을 떼지 않고 초조한 기색으로 구마자와가 답했다.

"무슨 소리야. 나 수학 안 한다니까. 일하는 데 방해하지 마."

"같이 풀고 싶은 문제가 있어. 나한테 이미 목적지는 보여."

"그러면 혼자 해. 자, 자리. 내 맘대로 정한다."

구마자와는 '사용 중'이라 쓰인 자석을 13번 좌석에 붙이고는 료지를 남겨둔 채 커튼 안쪽으로 사라졌다. 료지는 잠시 생각하더니 카운터에 굴러다니던 볼펜 한 자루를 빌리고는 복사기에서 A4 용지 한 뭉치를 맘대로 꺼냈다.

만화책이 빈틈없이 꽂혀 있는 책장들 사이를 지나 13번 좌석에 도착했다. 좁은 개인실은 데스크톱 컴퓨터 한 대와 리클라이너 의자가 점령하고 있다. 료지는 방 안에 몸을 밀어넣고 의자에 몸을 누였다.

컴퓨터 키보드를 치우고 복사용지를 내려두었다. 펜을 쥐고, 떠오르는 대로 종이에 수식을 적어나갔다. 24시간 내내 수학을 생각하는 인간으로서 눈 감고도 할 수 있는 작업이다. 지금 검토해야 할 문제는 하나밖에 없다. 구마자와는 문샤인은 모르는 듯했지만 콜라츠 추측은 알고 있었다. 료지는 입학식 날 하던 것을 이어서 보여주려 했다. 다이아몬드 가루처럼 빛나는 입자들이 춤을 추며 퍼져나가는 모습이 뇌리를 스쳤다. 머리에 떠올랐다 바로 사라지는 사상[6]을 닥치는 대로 종이 위에 묶어두었다. 만화카페든 이과학부 건물의 소회의실이든, 하는 일은 똑같았다.

아무리 비좁고 숨 쉬기 힘든 공간이라도 일단 수학의 세계에 들어가면 전혀 불편하지 않다. 료지는 스탠드 불빛에 의지해서 백지를 기호들로 채워갔다. 구마자와를 설득하는 데는 어떤 말보다도 수식이 강한 힘을 낼 것이다.

하룻밤을 꼬박 들인 결과 료지는 백지 열다섯 장에 수학의 환상세계를 그려냈다. 료지가 창조한 세계는 '수각'이 뛰어난 사람이라면 매혹될 수밖에 없는 빛을 발했다. 료지에게는 한순간에 벌어진 일이었지만 시간은 이미 오전 5시를 넘고 있었다.

몹시 목이 말랐다. 여섯 시간 동안 마시지도 먹지도 않았으니 당연하다. 료지는 음료 코너에서 멜론 소다를 연달아 세 잔 들이켰다. 네 잔째를 컵에 따라 마시면서 자리로 돌아갔다. 싸구려 인공향료가 왠지 계속 당겼다.

엘리베이터 앞으로 가니 또다시 구마자와가 말없이 나왔다. 료지는 하룻밤을 들여 쓴 수식들의 이야기를 조용히 카운터에 놓았다.

"그 뒤가 궁금하면 연구실로 와."

구마자와는 슬쩍 보고는 일부러 종이를 옆으로 치우고 돈을 받았다. 한마디도 하지 않은 채 다시 등을 돌려 커튼 안쪽으로 사라졌다.

료지가 빌딩에서 나오니 담배꽁초로 가득한 길에 아침 햇빛이 비치고 있었다. 만화카페에는 창문이 없는 탓에 시간의 흐름을 알 수 없었다. 눈을 가물가물하게 뜨고 캠퍼스를 향해 걸음을 옮겼다. 혹시 오늘 당장 구마자와가 연구실에 올지 모른다. 아니, 분명히 올 것이다. 승산은 있다.

잠시 걸어가던 료지는 만화카페의 컵을 가지고 나와버렸다는 사실을 뒤늦게 깨달았다. 돌려주러 가기도 부끄러워서 어쩔 수 없이 음료를 다 마신 다음 컵을 백팩에 넣었다. 나중에 구마자와한테 사과할 것이다.

연구실에는 아직 아무도 나오지 않았다. 료지는 소회의실에 틀어박혀서 여느 때처럼 문샤인을 검토하기 시작했다. 전문서와 비교하며 수식을 써내려가는 지겨운 작업을 계속했다.

지금껏 료지는 외로이 수식과 마주해왔다. 고누마와 편지를 주고받기는 했지만 동반자라기보다는 길잡이 같은 존재였다. 고등학교 동급생 중에서는 당연히 수학을 이야기할 만한 친구가 없었다. 함께 달릴 수 있는 동료를 만드는 것은 료지의 목표 중 하나였다. 자신과 같은 특추생이라면 수학 실력이 부족할 리는 없을 터. 굳이 도쿄까지 왔는데 계속 혼자 연구하기는 외로웠다.

1교시가 끝날 무렵이 되자 이과학부 건물에 조금씩 활기가 돌았다. 오늘 수업이 있었던 것 같기는 한데 눈앞에 있는 계산이 더 중요했다. 료지는 손을 쉬지 않고 오로지 소립자의 세계에만 몰입했다.

이윽고 2교시가 시작되었는데 갑자기 소회의실 문이 확 열렸다. 료지가 깜짝 놀라 고개를 드니 사나가 서 있었다.

"사이토."

"미쓰야, 수업 계속 빠지고 있지? 특추생이 선형대수에서 낙제하면 다들 비웃을걸."

사나는 자연스러운 동작으로 접이식 의자에 앉더니 청바지를 입은 가느다란 다리를 꼬았다.

"왜 연구실이 아니라 여기에서 해?"

"1학년은 아직 연구실 소속이 아니니까. 자리가 없기도 하고."

"그렇구나. 그럼 나도 여기에서 할까."

료지는 무슨 말을 하는지 알 수 없었다. 사나는 비밀을 털어놓듯이 낮은 목소리로 말했다.

"입학하고 동아리 같은 데 들어가봤는데 별로 재미가 없어. 맨날 마시자, 와, 하면서 놀기만 하거든. 이제 어떡할까 생각하고 있었는데 고누마 교수님이 미쓰야가 재미있는 걸 한다고 하시더라."

"나는 여기서 수학 문제 푸는 게 다인걸."

"역시나 수학을 할 때가 제일 재밌는 것 같아."

"그럼 같이 검토해줄 거야?"

사나는 "그러지, 뭐" 하더니 전문서를 들고 신기하다는 듯이 페이지를 넘겼다.

"그래서 무슨 문제인데?"

료지는 신이 나서 지금 매달리고 있는 문제에 대해 설명하기 시작했다.

생물이 빛에 끌리는 성질을 양성 주광성이라고 한다. 나방이나 일부 미생물은 밝은 장소를 좋아하고 어두운 곳을 싫어하는데, 이런 생물은 양성 주광성을 지니고 있다고 한다.

료지는 인간에게도 양성 주광성 같은 성질이 있어 모두가 수학에 끌리도록 타고난다고 믿었다. 특히 감각이 발달한 일부 인간은 수학이 내는 눈부신 빛에 반드시 가까이 다가가고 만다. 본인의 뜻과는 상관없이 본능적으로 사로잡히는 것이다. 료지도 사나도 본능적으로 수학을 원하고 있다.

구마자와의 '수각'이 진짜라면, 역시 반드시 이곳에 올 것이다. 료지는 또 다른 동료가 오길 기다렸다.

창문으로 들이치는 햇빛이 한층 강해지는 정오를 앞두고, 한 사람의 발소리가 소회의실 앞에서 멈췄다. 료지는 눈치챘지만 문을 열러 가지는 않았다. 무리하게 강요해도 소용없다. 자신의 의지로 문을 여는 것이 중요하다.

이윽고 약간 주저하면서 문이 열렸다. 좁은 틈으로 남자가 얼굴을 들이밀었다. 아, 하고 사나가 놀랐다. 문이 마저 열리면서 구마자와가 방 안으로 발을 들였다.

"그거, 콜라츠 추측이지?"

밤새 일한 탓에 피곤이 내려앉은 구마자와의 얼굴을 보며 료지는 뺨에 번지는 미소를 참을 수가 없었다.

"잘도 알았네."

"무시하지 마. 해결한 거냐?"

"이제부터 해결하려고."

료지는 접이식 의자를 손으로 두드렸다.

"자, 앉아."

3 ——————————————————————— 티끌

만년필의 잉크가 떨어졌다.

노트의 여백에 시험 삼아 그어봤지만 펜이 지나간 자리에는 아무것도 남지 않았다. 이 만년필은 작년 생일에 아내 사토미가 선물로 준 것이다. 교체용 카트리지를 사지 않은 것이 후회스러웠다.

소회의실에서 나와 부교수실로 향했다. 오래전 고누마가 쓰던 방은 이제 구마자와의 연구실이 되었다. 문구를 모아둔 상자를 뒤졌지만 볼펜 한 자루조차 없었다. 이럴 때마다 비서가 있으면 좋겠다는 생각이 든다. 하지만 젊은 부교수 구마자와에게는 그 정도 예산을 마련할 수단이 없다. 이미 밤 10시가 지나서 학생은 아무도 없었다.

혹시 몰라 책상을 찾아봤다. 여기에도 없으면 오늘은 포기하고 돌아가자. 이렇게 생각하며 서랍을 열었는데 서류 아래에서 짙은 감색 볼펜을 발견했다. 펜대에는 'Y. Kumazawa'라고 새겨져 있다. 석사 1년 차에 받은 것이니 벌써 13년도 지난 물건이다. 시험 삼아 메모지 위에 써보았는데 아직 잉크가 남아 있었다.

어쩔 수 없이 사나의 얼굴이 떠올랐다. 구마자와는 잠시 망설였지만, 잡일을 처리하고 겨우 확보한 시간을 허비하고 싶지는 않았다. 전철 막차까지는 한 시간 정도 남아 있었다. 구마자와는 펜을 들고 소회의실로 돌아갔다.

귀국하고 교와 대학에서 조교수로 일하기 시작한 이래, 소회의실은 구마자와 전용 작업실이 되었다. 부교수로 승진한 지금도 집중하고 싶을 때는 소회의실을 쓴다. 이 방에는 내선전화가 없어서 열쇠를 잠그고 휴대전화 전원을 끄면 손쉽게 외부와 연락을 끊을 수 있다.

원탁 위에는 료지의 노트가 펼쳐져 있다. 구마자와는 먼지를 뒤집어쓰고 있던 펜을 쥐고 검토를 재개했다.

노트를 다시 발견하고 두 달이 지났지만 여전히 해독의 실마리는 찾지 못했다. 부교수가 된 뒤로는 매일매일 잡무에 치이는 탓에 좀처럼 시간을 빼기가 어려웠다. 구마자와의 연구실에는 다른 교원이 없다. 학생 지도도, 사무도, 교섭도, 예산 신청도, 모든 일을 구마자와 혼자 해야만 했다.

료지가 애용했던 전문서를 옆에 두고 노트를 거듭거듭 비교하며 계산한다. 새로운 정리가 예고 없이 등장하고, 논지를 설명하지 않은 채로 증명이 시작되고, 복잡한 도형이 느닷없이 등장한다. 구마자와는 부족한 설명을 보충하며 내용을 정리하는 것도 벅차서 아직 논리가 정확한지 검토하는 단계에는 돌입하지 못했다.

몇 번씩 등장하는 '풀비스pulvis'라는 단어는 라틴어로 '티끌'을 의미한다. 이 개념이 이론의 핵심을 구성하는 게 분명하다. 하지만 구마자와는 '풀비스'의 정체를 전혀 알아내지 못했다.

독자적인 언어로 정리된 탓에 이해하는 것도 만만치 않았다. 듣도 보도 못한 단어가 등장하면 관련이 있을 법한 전문서를 닥치는 대로 살펴봤다. 하지만 책에서 발견하는 단어는 거의 없었고, 대부분은 료지가 직접 만든 말이었다. 이런 과정이 반복된 탓에 두 달이나 지났는데도 1퍼센트밖에 제대로 이해하지 못했다.

한 시간이 순식간에 지나갔다. 참고서를 탁자 위에 펼쳐둔 채 허둥지둥 문단속을 마친 구마자와는 역으로 향했다. 학교와 가장 가까운 역에서 전철로 20분. 주택가 한복판에 구마자와의 집이 있다. 결혼하자마자 대출을 받고 맨션 한 채를 구입했다. 단독주택은 관리가 큰일이니 맨션에서 살자, 이렇게 주장했던 사람은 사토미다.

사토미는 거실에서 잠옷 차림으로 텔레비전을 보고 있었다.

"어서 와."

승진한 뒤로 평일에는 늘 막차 시간이 임박해서야 퇴근했다. 오늘 늦었네, 하는 말조차도 없어졌다. 깨어 있는 딸을 볼 수 있는 건 주말뿐이다.

방에서 재킷을 벗고 거실로 돌아오니 텔레비전이 꺼져 있었다. 고기 감자 조림과 된장국을 데우던 사토미가 구마자와의 가슴께에 시선을 고정했다.

"처음 보는 펜인데?"

무의식중에 가슴 주머니에 펜을 꽂아둔 모양이다. 구마자와는 태연한 것 같은 사토미의 말투에 의심이 숨어 있음을 눈치챘다. 주머니에서 펜을 꺼내 테이블에 올려놓았다.

"예전에 친구가 줬던 거야. 생일 선물로."

"이름까지 새겼네."

"받은 지 10년도 넘었어. 당신이 준 만년필 잉크가 떨어져서 대신 쓴 거야."

"그래, 별로 상관없지만."

사토미는 냄비 쪽으로 돌아섰다. "맥주 마실 거면 냉장고에서 꺼내."

매일같이 료지의 유품과 마주하다보면, 그 방 안에 가득했던 숨이 막힐 듯한 알코올 냄새가 떠올랐다. 구마자와는 냉장고 문을 잡았던 손을 거두었다. "오늘은 안 마실래."

"요즘 잘 안 마시네?"

"피곤해서. 숙취가 있을 것 같거든."

네 살 어린 사토미와 처음 알게 된 것은 조교수가 된 무렵의 일이다. 이과학부 교무과에서 일하던 사토미와 얼굴을 자주 마주쳤는데, 교직원 친목회에서 이야기를 나눈 것이 계기가 되었다. 말한 마디 한 마디에 깃든 호감을 알아채고 구마자와 쪽에서 접근했다. 이내 사귀기 시작했고 결혼까지 그리 오래 걸리지 않았다.

꼼꼼한 편인 사토미의 성격이 때로는 답답했지만, 결혼 생활은 순조롭다고 해도 괜찮았다. 딸이 태어난 뒤로는 아버지의 사명감도 싹텄다. 딸의 성장과 비교하면 수학 따위 아무것도 아니라고 생각할 정도다.

그런데 왠지 쓸쓸하기도 했다.

부교수란 다른 말로 관리직이다. 펜을 쥐고 노트와 마주하는 시간이 극단적으로 줄어들었다. 미칠 정도로 연구에 몰두하고, 기진맥진할 때까지 수학에 매달렸던 그날들이 그립지 않다면 거짓말이었다.

따뜻하게 데운 된장국을 후루룩 한 모금 마시니 다시마 육수의 풍미가 입안에 퍼졌다. 사토미는 고집스럽게 직접 육수부터 우렸다.

국그릇에서 올라오는 따뜻한 김을 바라보면서도 머릿속으로는 그 노트에 대해서만 생각했다. 태연하게 등장하는 풀비스라는 단어. 그 단어가 무엇을 가리키는지 아직 보이지 않는다.

"왜 그래?" 정신을 차리니 사토미가 얼굴을 들여다보고 있었다.

"응?"

"내 얘기 안 들었지?"

"어, 미안. 뭔데?"

"보험 말이야. 바꿀까 고민하고 있는데."

기분을 해치지 않도록 아내의 이야기에 의식을 집중했다. 사토미는 최근 알아보고 있는 인터넷 보험에 대해 10분 정도 설명하더니 갑자기 입을 다물었다. 딸이 자고 있는 방으로 시선을 돌렸다.

"부교수가 된 뒤로 계속 퇴근이 늦네."

아내가 이런 말을 한 건 처음이다. 가슴 주머니에 꽂아두었던 펜이 불러일으킨 일인지도 모른다.

"잡일이 늘어났거든."

"그것뿐이야?"

"내가 이상한 짓이라도 한다고 생각해?"

"그런 생각은 안 해. 단지 숨기는 일은 없었으면 해."

료지의 노트에 대해서는 아직 말하지 않았다. 말한다고 아내의 기분이 다시 좋아질 것 같지는 않지만, 구마자와는 각오했다.

"미쓰야 료지라고, 기억해?"

"대학 친구지? 몇 년 전에 죽었다고."

사토미의 말투에 조금이지만 질투가 섞여 있다. 문학부를 졸업한 사토미는 수학을 정말 싫어해서 남편의 연구 내용을 이해할 생각이 추호도 없었다. 그런 반면 구마자와가 동료 수학자들의 이야기를 하면 질투하곤 했다. 특히 학창 시절 이야기에 더욱 그랬다. 확실히 이야기한 적은 없지만, 사나와의 관계도 어느 정도 눈치챈 것 같았다.

구마자와는 료지의 노트를 다시 발견한 경위를 간단하게 설명하고, 해독하기 위해 매일 밤늦게까지 학교에 남아 있음을 밝혔다.

"콜라츠 추측을 증명한다는 게 그렇게 대단한 거구나."

"진짜라면 굉장한 일이야. 뉴스에도 나올걸."

"미쓰야 씨도 좀 쉽게 적었으면 좋았을 텐데."

더 이상 쉽게 쓸 수는 없었겠지. 구마자와는 왠지 알 것 같았다.

료지는 치밀하게 논리를 쌓아 증명하는 방식을 따르지 않았다. 처음에 목표를 발견하면, 그 뒤에는 자신과 목표 사이의 거리를 줄여나갔다. 증명을 서두른 탓에 논리가 비약될 때도 종종 있었다. 게다가 료지의 말년을 생각하면, 제대로 연구를 했다는 것 자체가 기적이나 다름없다.

"학생한테 시키면 안 돼?"

"학생은 못 해. 너무 난해하거든. 게다가 이 문제를 해결하면 수학계 전체, 사회 전체에 도움이 될 수도 있어. 그만큼 중요한 증명이야."

"……그냥 자기가 하고 싶은 것뿐이면서."

타이르는 듯한 목소리였다. 구마자와는 용맹하게 치켜든 자신의 주먹을 누군가 뒤에서 부드럽게 다독이는 것만 같았다.

"교무과에서 일하다가 가끔씩 연구비 신청서를 읽어보잖아. 모두들 똑같이 써. 이 연구는 사회에 도움이 됩니다, 하고. 이 연구는 정보 보안에 응용할 수 있다든가, 저 연구는 자동차 제어에 써먹을 수 있다든가. 거짓말은 아니겠지. 하지만 진짜 이유는 다르잖아. 그냥 하고 싶으니까 하는 거잖아."

내심 구마자와는 수긍할 수밖에 없었다. 수학자의 길을 선택한
건 수학에서 기쁨을 찾아냈기 때문이다. 사회를 위한다는 둥 말
은 해도 결국은 수학이 즐거울 뿐이다. 분명 연구자라고 불리는
인종에게는 많든 적든 모두 그런 면이 있을 것이다.

"그러면 나쁜 걸까?"

"나쁘지는 않지. 하지만 그냥 그렇다는 걸 인정했으면 좋겠어.
연구비 신청서에 적는 명분이랑 자기의 진심을 제대로 구별했으
면 좋겠어."

사토미는 눈을 비볐다. 가사에 육아까지 도맡아 지친 탓인지
얼굴이 여윈 것 같았다.

"이제 잘래. 그릇은 싱크대에 넣어놔."

잠옷을 입은 뒷모습이 침실로 사라졌다. 국그릇 바닥의 차게
식은 두부를 먹었다.

벌써 1시가 다 됐다. 빨리 샤워하고 잠자리에 들지 않으면 아
침에 힘들 것이다. 알고는 있지만 구마자와는 아직 자고 싶지 않
았다. 방금 전까지 검토를 했던 탓인지 머리가 맑다. 거실 조명을
끄고 서재로 갔다.

넓지 않은 방은 책장과 책상으로 꽉 차 있다. 책상의 스탠드를
켜고 책장에서 파란 파일을 꺼냈다. 논문을 추려서 모아둔 파일
이다. 구마자와가 저자로 이름을 올린 논문은 모두 모아두었다.
모두 30편 정도.

구마자와는 첫 페이지에 끼워진 논문을 꺼냈다. 주저자는 료지, 구마자와는 두번째다. 그 뒤로 사나, 고누마가 이어진다. 처음으로 구마자와의 이름이 들어간 논문이자, 지금까지 피인용 횟수가 가장 많은 논문이다. 군론의 역사를 풀어내는 총설에서는 반드시라고 해도 지나치지 않을 정도로 인용된다.

료지와 다른 길에 도전하겠다고 결심하게 한 계기.

내용을 암송할 정도로 반복해 읽었다. 대학에 입학하고 1년 남짓한 시간 동안 거의 이 연구에만 매달렸다. 논문이 통과된 날은 지금도 생생히 기억한다. 5월 하순, 상쾌하게 맑은 날이었다.

굳이 떠올릴 필요도 없이 구마자와의 곁에는 료지와 사나가 있었다.

바람이 불어와 티셔츠가 펄럭였다.

정오 직전의 태양은 높은 위치에서 열을 방사하고 있었다. 장마가 아직 시작되지도 않았는데 성질 급한 여름이 먼저 온 것 같은 기분이었다.

료지는 아파트 계단으로 3층까지 올라가 정면에 있는 집의 초인종을 망설이지 않고 눌렀다. 반응이 없다. 손잡이를 돌려서 당겨보는데 문이 열려 있었다. 안을 들여다보니 구마자와가 책을 읽고 있었다. 료지는 맘대로 구두를 벗고 들어섰다. 구마자와는 돌아보지도 않았다.

"없는 줄 알았어. 초인종 눌렀는데도 조용해서."

"맨날 그러잖아."

료지는 익숙한 손놀림으로 냉장고를 열었다. 언제 와도 구마자와네 냉장고에는 보리차가 들어 있다. 티백을 넣기만 하면 된다지만, 료지에게는 불가능한 일이다. 맥주 회사의 로고가 들어간 유리컵에 보리차를 따라서 단숨에 반을 마셨다.

"나도."

다른 컵에 보리차를 따라서 건넨 뒤 바닥에 책상다리를 하고 앉았다. 구마자와는 입술을 적시는 정도로만 보리차를 홀짝였다.

"너 며칠 연속으로 우리 집 보리차를 마시는 거냐?"

료지는 적어도 일주일 전부터 거르지 않고 원룸에서 보리차를 마시고 있다. 그보다 앞선 일은 기억나지 않았다.

"하고 싶은 말이 있는데."

"뭐야?"

"겨울에는 호지차로 바꾸면 좋겠어. 따뜻한 걸로."

"멍청아, 맘대로 마시는 놈이 할 소리냐."

구마자와는 리모컨으로 에어컨을 켰다.

"오늘 덥네. 5월인데 이러면 8월에는 얼마나 덥다는 거야."

도호쿠 출신인 구마자와는 더위에 약하다. 작년에 처음으로 도쿄의 여름을 경험하면서 호되게 더위를 탔다. 자비를 털어서 에어컨을 사고 설치한 학생은 몇 안 되는 료지의 지인 중에서 구마자와가 유일하다.

구마자와는 탁자에 빠져들 듯한 자세로 책을 읽고 있었다. 료지는 등 뒤에서 구마자와가 무엇을 보는지 넘겨다봤다.

펼쳐진 페이지에는 리만 가설의 해설이 실려 있었다. 리만 가설은 가장 중요한 미해결 문제 중 하나로 100년 하고도 수십 년이 지난 지금까지도 수학 세계에 군림하고 있다. 리만 가설이 증명된다면 많은 문제들이 함께 해결될 것이라고들 말한다.

"다음 주제는 소수 분포로 해볼래?"

소수란 1과 그 자신밖에 약수가 없는 양의 정수를 가리킨다. 료지는 2, 3, 5, 7, 11, 13…… 하고 작은 수부터 소수를 외웠다. 227까지 외우고 그만두었다.

"규칙성이 없네."

리만 가설은 소수 분포와 관련이 있다. 순서대로 나열한 소수들에는 얼핏 일정한 규칙이 있는 것 같지만, 분명하게 증명된 적은 없다.

소수라고 하는 잡힐 것 같지만 잡히지 않는 숫자들은 어느 시대에서든 수학자들을 매료했고 절망에 빠뜨렸다. 리만 가설에 도전한 수학자들은 프로와 아마추어를 가리지 않고 무수히 많았으며 몇 가지 증명이 제시되기도 했지만 여태껏 옳다고 공인된 증명은 없다.

"이거 봐. 리만 가설 증명하면 상금이 100만 달러래. 1억 엔이야, 1억 엔."

일, 억, 엔, 하고 구마자와는 한 글자씩 끊어서 말했다.

"그렇게 큰돈을 누가 준대?"

"글쎄, 외국의 연구기관 아냐?"

지겨워졌는지 구마자와는 책을 덮고 벌렁 드러누웠다. 안경다리에서 짤랑 소리가 났다.

"볼래?"

"아니."

"아, 맞다……. 우리 논문은 언제쯤 통과될까?"

일반화된 문샤인에 관한 성과를 투고하고 3개월이 지나려 하고 있다. 편집자가 고누마에게 연락을 할 텐데, 아직 어떤 소식도 없다고 한다. 구마자와는 처음으로 이름을 올린 논문이 통과되길 목을 빼고 기다리는 모양이었다.

최근 1년 동안 료지는 태어난 이래 가장 밀도 높은 나날을 보냈다. 매일같이 사나와 구마자와까지 모여서 각자 진도를 보여주고 소회의실에서 서로 의견을 나누었다. 막 시작했을 무렵에는 구마자와도 사나도 문샤인은커녕 몬스터군monster group조차 몰랐지만 역시 일본 대표라 그런지 공부하기 시작하자 금세 흡수했다.

증명의 골격은 료지가 세우고, 구마자와와 사나가 논리에 살을 붙이는 일을 담당했다. 때로는 고누마가 얼굴을 비추고 두세 가지 조언을 해주었다. 처음 증명을 완성한 날은 지나치게 흥분해서 한숨도 자지 못했다. 혼자서 증명을 써냈을 때보다 훨씬 성취감이 컸다.

도쿄에 나온 건 잘못된 선택이 아니었다.

"몰라. 내가 쓴 논문은 1년 반이나 걸렸는데."

고등학생 때 쓴 논문이 통과된 건 대학교 2학년 진급을 코앞에

둔 3월이었다. 평가자가 몇 번씩 지적을 해서 그때마다 고누마와 머리를 맞대고 대응을 고심했다. 다만 고생한 보람이 있었는지 반향이 컸다. 고누마는 만나는 동업자마다 그 논문에 대해 이야기한다고 했다.

구마자와는 몸을 일으켜서 탁자에 대고 턱을 괴더니 한숨을 내쉬었다.

"일반화된 문샤인은 어느 정도 대단한 걸까? 리만 가설 증명보다는 못하겠지?"

료지는 어느 쪽이 대단한지 알 수 없었다. 미해결이라는 점에서는 양쪽 다 똑같다.

"뭐, 우리 논문이라고 해도 실질적으로 일을 한 건 료지니까."

"그건 아니지."

절로 큰 소리가 났다. 구마자와는 돌아보더니 안경을 고쳐썼다.

"왜 그래? 갑자기."

"아니, 진짜 그건 아니니까. 나 혼자서는 논문 못 썼어."

"우리는 네가 지시한 대로 조사해서 결과를 썼을 뿐이야."

귀찮다는 듯이 일어선 구마자와는 유리컵을 싱크대에 두었다.

"점심 먹자."

료지와 구마자와는 어디로 갈지 정하지도 않고 밖으로 나섰다. 구마자와와 점심을 먹는 곳은 학생식당 아니면 편의점이다. 굳이 상의할 필요도 없었다.

캠퍼스로 향하는 길을 터덜터덜 걸었다. 주위에 걸어다니는 사람들은 전부 학생 같았다. 길거리에서 간식을 먹고 있는 여자, 면접용 정장으로 단단히 무장한 선배, 무슨 관계인지는 모르지만 보도를 꽉 채우고 걸어가는 한 무리.

"갈루아는 스무 살에 죽었지?"

구마자와가 중얼거린 말의 의미를 몰라서 료지는 고개를 갸웃하기만 했다.

"우리도 벌써 스무 살이야. 갈루아는 십대에 갈루아 이론을 구축했다고."

"우리는 갈루아가 아니잖아."

"그렇긴 한데, 좀 멋지지 않냐? 요절이라니, 진짜 천재답지 않아?"

료지는 구마자와가 타인의 재능을 과도하게 동경하고 자기에게 콤플렉스를 품고 있는 것을 알고 있다. 구마자와 자신도 수학의 재능을 타고났으면서 더 뛰어난 인간을 질투했다. 그리고 료지는 구마자와의 창끝이 자신에게로 향하는 것도 알고 있었다.

가는 길 쪽에서 돌풍이 불어왔다. 손을 들어 맞바람을 막는데, 손가락 틈으로 구마자와의 냉정한 옆얼굴이 보였다. 사람들이 모두 발을 멈춘 와중에 구마자와만이 머리카락을 흩날리며 걸어갔다.

돌풍이 그치자, 돌연히 구마자와가 물었다.

"료지, 좌절해본 적 있냐?"

"좌절?"

"예를 들면 도저히 풀 수 없는 문제에 부딪혔다든가, 그런 적 없어?"

"있지. 셀 수도 없어. 하지만 죽기 전까지 풀면 되니까 좌절하지는 않아. 지금은 풀 수 없어도 죽기 전까지 계속 도전하면 돼. 그리고 내가 풀지 않아도, 다른 사람이 풀 수도 있는 거잖아. 그러니까 애초에 문제 때문에 좌절하지는 않아."

얼굴 주변에 모기떼가 날아다녔다. 구마자와는 기분 나쁘다는 듯 손을 휘저어 내쫓았다. 우쭐댈 생각은 아니었지만 료지의 대답은 구마자와의 자존심을 자극한 것 같았다.

"시험에서 못 푼 문제는 없었어?"

"시험에서는, 없었어."

"정말로? 단 한 문제도?"

"없었어." 료지는 지체하지 않고 답했다.

"나는 옛날부터 시험이 싫었어. 시험 문제에는 정답이 있잖아. 정답이 있다는 건 이미 누군가 풀었다는 말이고. 다른 사람이 해결한 문제를 내가 왜 풀어야 하나 늘 생각했어."

구마자와는 입을 다물었다. 지금의 답이 왜 친구를 기분 나쁘게 했는지, 료지는 절대 이해하지 못한다. 평소 생각을 솔직하게 말했을 뿐이었다.

"미안해. 내가 이상한 소리를 했나."

"응? 아냐, 별로. 잠깐 다른 생각 좀 했어."

억지웃음 뒤에 무엇이 있는지, 료지는 고민하지 않기로 했다.

구마자와는 입학하고 얼마 안 됐을 때 수학을 그만두겠다고 했다. 매일 만나는 지금도 그때 왜 그랬는지는 모른다. 사나에게도 물어봤지만 역시 모르는 모양이었다.

마침 점심시간이 된 탓에 학생식당에는 사람이 넘쳐났다. 두 사람 다 사람이 많은 곳은 질색했다. 매점에서 빵과 음료를 산 다음 이과학부로 향했다.

연구실에는 평소처럼 다나카와 기노시타가 있었다. 동기들은 취직에 여념이 없어 모두 학교 밖으로 나갔지만, 박사 과정에 진학하려 하는 둘은 연구실에서 매일매일 수학 삼매경에 빠져 지냈다.

빵을 씹으며 조금 전에 읽은 리만 가설에 대해 이야기를 하는데, 고누마가 연구실로 뛰어 들어왔다. 여느 때와 달리 표정에 긴장이 돌았다.

"료지, 구마자와."

두 사람은 낚싯줄에 낚이듯이 일어나 예, 하고 나란히 대답했다.

"논문, 통과됐다."

"정말입니까!"

외친 것은 구마자와였다. 한편 료지는 기쁘기보다 당황스러웠다.

"수정하지 않고요?"

"단번에 통과했다."

흥분한 고누마와 목소리를 동기화하듯이 다나카도 소리 높여 말했다.

"대단한데!" 기노시타는 박수로 축하했다.

"사이토한테도 연락해야지."

구마자와는 곧장 휴대전화로 사나에게 연락했다. 료지 혼자, 흥분의 소용돌이에서 소외되어 있었다. 논문이 잡지에 게재되든 말든 료지, 구마자와, 사나가 이끌어낸 결론은 무엇 하나 달라지지 않는다. 딱히 수학계에 돌풍을 일으키길 원하지는 않았다. 료지가 기쁨을 느끼는 때는 새하얀 눈밭에 처음으로 발자국을 남기는 것처럼 해명되지 않은 영역에 발을 디디는 그 순간뿐이다.

사나에게 소식을 전한 구마자와는 아직도 웃고 있었다.

"료지."

"응."

"고마워. 네가 아니었으면 나는 지금도 만화카페에서 아르바이트나 했을 거야."

그 한마디에 가슴속에 따뜻한 불이 켜졌다. 그렇구나. 그런 거였구나.

료지에게는 학계처럼 모르는 사람들로 이뤄진 집단의 인정을 받는 것이 전혀 중요하지 않았다. 지금처럼, 가까운 사람들이 받아들여주는 것이 중요했다. 지금 여기 있는 모두가 자신을 받아들여주고 있다. 그런 사실이 논문 통과와 비교할 수 없을 정도로 료지에게 큰 행복을 주었다.

집 뒤로 펼쳐진 숲은 어린 료지에게 정원이나 다름없었다.

주민이 적은 동네였고, 나무로 지은 2층 집에서 가장 가까운 집은 수십 미터 떨어져 있었다. 뒷마당이 그대로 숲과 연결된 덕에 툇마루에서 몇 걸음만 걸으면 울창한 나무들에 둘러싸였다. 숲은 계속해서 이어져 이윽고 험준한 언덕과 계곡이 나타났다. 어디부터 어디까지가 우리 집인지 확실하지 않았고, 굳이 확인할 필요도 없었다.

깊은 숲은 어린 료지에게 유일한 놀이터였지만, 아무리 오랫동안 놀아도 질리지 않았다. 햇빛이 조금만 바뀌어도 숲은 새로운 모습을 드러냈다. 다른 놀이터는 필요하지 않았다.

료지는 무성한 나무들과 거기에서 살아가는 생물들에 마음을 빼앗겼다. 상수리나무 잎에 뻗은 잎맥, 풍뎅이의 울퉁불퉁한 다리, 잡초로 몸을 숨긴 돌멩이의 모양. 그 모든 것이 누군가 교묘하게 디자인을 한 듯 아름다웠다. 숲은 광대한 천연 미술관이었다.

학교에는 그 아름다움을 나눌 친구가 없었다. 딱 한 번, 집 뒤의 숲을 친구들과 함께 탐험한 적이 있었다. 료지는 선두에 서서 누구보다 열심히 숲속으로 나아갔다. 잡초를 밟아 길을 만들고 작은 시내를 건넜는데, 문득 돌아보니 뒤에 아무도 없었다. 모두들 금세 질려서 맘대로 해산한 것이었다.

학교의 동급생들은 모두 마을의 풍경을 지긋지긋해했다. 한시라도 빨리 도시에 나가겠다고 공언하는 친구들도 많았다.

료지는 도시를 동경하지 않았다. 그것보다는 숲의 아름다움 속에 무엇이 숨어 있는지 그 정체를 밝히고 싶었다. 나무에도 벌레에도 돌에도, 정체를 알 수 없는 무언가가 깃들어 있음을 본능적으로 알 수 있었다.

가끔씩 숲을 산책하다보면 마주치는 것이 있었다. 눈꺼풀에서 불꽃이 튀는 듯한 감각. 동시에 눈앞이 전부 어렴풋하게 빛을 내기 시작한다. 그때껏 몰랐던 것을 이해했을 때만 느껴지는 상쾌함.

생물학에 그다지 흥미를 갖지 못한 것은 생물을 세세하게 나누기 때문이다. 료지가 알고 싶은 것은 식물과 동물과 곤충에 공통되는 아름다움이었다. 세세하게 나누는 것은 오히려 반대되는 일이었다. 료지가 찾아 헤매는 '정체불명의 무언가'는 생물학의 언어로 표현할 수 없었다.

그래서 수학과 만났을 때 느낀 감동은 한층 더 컸다.

계기는 터울이 뜨는 형의 교과서를 본 것이었다. 거실 테이블에 방치되어 있던 교과서를 별생각 없이 펼쳤을 때 받은 감동은, 스무 살이 된 지금도 생생히 기억한다. 학교에서는 사칙연산밖에 배우지 않았지만, 미분과 적분, 행렬, 벡터 등의 개념은 한번 읽기만 해도 자연스럽게 스며들었다. 마치 오래된 친구 같은 친밀함이 느껴졌다.

이것이야말로 숲속에 숨은 '정체불명의 무언가'를 표현할 수 있는 언어라고 직감했다.

만화책을 읽듯이 형의 교과서를 독파하고 스스로 문제집을 풀

기 시작했다. 가족들은 료지가 수학 문제에 몰입하여 전부 풀어
내자 깜짝 놀랐다. 산수는 그런대로 잘했지만, 학교 성적이 특별
히 뛰어나지는 않았기 때문이다.

하지만 누군가 만들어낸 문제를 아무리 풀어도 '정체불명의 무
언가'의 정체는 밝힐 수 없었다. 그 앞에 있는 아직 본 적 없는 영
역에 도달하고 싶다. 그 소망에 이끌리듯이 료지는 탐욕스럽게
지식을 갈구했다.

중학교에 진학한 료지는 공립도서관을 다니기 시작했다. 자전
거로 편도 한 시간은 걸리는 길을 매일같이 왕복하고 두꺼운 전
문서를 빌려서 독학으로 지식을 익혔다. 전문서를 읽는 것도 전
혀 힘들지 않았다. 동급생들이 잡지를 읽는 것과 같은 감각으로
수식들로 짜인 이야기에 푹 빠졌다. 원하는 책을 요청하면 다른
도서관에서 수배해주었다. 갖고 싶은 책도 있었지만 값비싼 책을
부모님께 사달라고 조르기가 꺼려졌다. 그 대신 내용을 전부 머
릿속에 새겼다.

학교 수업은 지루하기 짝이 없는 것이 되었다. 문제를 보면 답
이 쓰여 있는 것이나 마찬가지였다. 동급생들이 아주 초보적인
대수나 기하 문제에 쩔쩔 매는 것이 진심으로 신기했다.

수학 교사는 료지를 칭찬하기는커녕 괴상하게 보았다. 가끔 교
무실로 가서 질문을 해도 아무도 답해줄 수가 없었다. 평범한 수
학 교사는 료지의 흥미를 감당할 수 없었다. 자존심에 상처를 입
은 교사 중에는 료지를 무시하는 사람도 있었다.

한번은 시험 뒤에 불려가기도 했다. 부른 이는 오십대 여성 교사로 생활지도를 담당하여 교칙 위반에 매우 엄격했다.

저물녘의 교무실에서 료지는 교사와 단 둘이 대면했다.

"왜 풀이 과정 없이 답만 적었니?"

교무실 안에 노을빛이 들이쳐서 교사의 얼굴 절반을 비추고 있었다. 료지는 솔직하게 답했다.

"아니까요."

"안다니 무슨 말이니?"

"풀이는 필요 없어요. 문제를 보기만 하면 답을 알 수 있어요."

"풀이를 잘못하면 어떻게 될까? 답도 틀리지 않을까?"

"제가 적은 답이 틀렸나요?"

도발하려는 속셈은 아니었다. 단순히 사실을 확인했을 뿐이었다. 하지만 그 한마디가 용의 역린을 건드린 듯 교사의 얼굴빛이 돌변했다.

"틀리지 않았으니 이상하잖아?"

"뭐가 이상한가요?"

"너, 증거가 없다고 시치미를 뗄 셈이지?"

"증거라니 무슨 말인가요? 제가 문제를 풀었다는 증거요?"

교사는 한층 목소리를 높였다.

"커닝은 가장 나쁜 짓이야. 정학까지 될 수 있어."

료지는 지금 의심받고 있다는 사실을 겨우 깨달았다. 반박하고 싶지 않았다. 증거도 없이 의심만 하는 상대에게는 해명할 여지가 없었다. 료지는 말없이 혼나면서 그 자리를 견뎠다. 교사는 그 태도를 반성하는 것이라고 여겼는지 곧 놓아주었다. 그 후 료지는 수학 시험을 볼 때 반드시 풀이 과정을 적었다.

같은 시기에 학교 게시판을 보고 수학 경시대회가 열린다는 것을 알았지만, 지원할 의욕이 솟지 않았다. 경시대회라 해도 어차피 시험이나 마찬가지였다. 또 커닝을 의심받기는 싫었다.

초등학교 때 친구들과는 시간이 흐를수록 멀어졌다. 만날 때마다 료지가 수학 이야기만 했기 때문이다. 기분 나쁘게 할 셈은 아니었다. 단지 자기가 좋아하는 것을 친구에게도 알려주고 싶었다. 그랬지만 수학이라는 이유만으로 모두들 외면했다. 료지도 자신이 평범한 중학생보다 수학을 잘한다는 사실 정도는 자각하고 있었다. 그래서 가능한 한 쉽게 설명하려 했지만, 반응은 똑같았다.

외부 견학을 하고 돌아가는 길이었다. 버스 안에서 료지는 집이 가까운 친구에게 열심히 말을 걸었다. 무슨 이야기를 했는지는 잊어버렸지만, 친구의 지루해하던 표정은 기억한다. 친구는 꽤 오래 듣고 있었지만 결국 이렇게 말했다.

"재미없다고."

료지는 입을 다물었다.

"너랑 있으면 심심해."

친구는 그렇게 말하더니 눈을 감고 학교에 도착할 때까지 다시는 눈을 뜨지 않았다. 그때도 료지의 머릿속에는 수식밖에 떠오르지 않았다.

—

그 뒤로 교실에서 이야기하는 것은 포기했다. 자신의 흥미와 동급생의 흥미 사이에는 절망적일 정도로 깊은 골짜기가 있었다. 료지에게는 지루함이라는 골짜기를 메울 수단이 없었다. 외로울 때는 수학을 친구 삼았다. 수학의 세계에서는 모두들 료지에게 호의적이었다. 그렇게 점점 수학에 빠져들었다.

고등학교 입시는 남들만큼 준비해서 중간 수준인 학교로 진학했다. 더 이상 학교에는 아무런 기대를 하지 않았다. 수학자가 되려면 어떻게 해야 하는지, 이런 것만 생각하게 되었다. 수학을 하면서 돈을 벌려면 일단 대학교에서 가르쳐야 했다. 교사는 료지가 가장 싫어하는 직업이었지만 다른 방법이 없었다.

고등학교에 진학하자 료지의 재능은 갈수록 눈에 띄었다. 수업을 따라가지 못하는 학생들이 잇따르는 와중에 료지는 계속해서 만점을 받았다. 물리 과목도 거의 매번 만점이었다. 교실에 친구는 아무도 없었지만 수학의 세계에서 얼마든지 놀 수 있었다.

고독에는 익숙해졌지만 가끔씩 강렬한 열등감에 사로잡혔다. 숨 쉬듯이 친구를 사귀는 동급생들은 다른 별에서 온 듯 보였고, 그 한가운데에 고립된 자신이 애처로웠다. 료지는 분위기를 파악하라는 말을 좀처럼 이해하지 못했다. 겁쟁이라고 여겨지는 것도 싫어서 무리하게 끼어들어봤지만 상처만 입었다. 그런 일들이 반복되었다.

중학교와 달랐던 점은 료지의 재능을 알아본 교사가 있었다는 점이다.

그 수학 교사는 예전에 수학자를 꿈꿨다. 박사 과정을 거쳐 박사후 과정까지 갔지만 어디에도 채용되지 않아서 좌절하고 고등학교 교사가 된 것이다. 그 교사는 첫 시험에서 료지가 믿을 수 없을 만한 재능을 지니고 있음을 꿰뚫어보았다.

이 선생님은 달라, 하고 료지도 직감했다. 수학자 특유의 신앙에 가까운 외골수 기질이 그 교사에게도 있었다. 다시금 책을 보다 모르는 부분이 있으면 교무실을 찾아 질문하게 되었다.

대학교 도서관을 가보길 추천해준 사람도 그 교사였다. 영어만 할 줄 알면 도서관에 있는 귀중한 논문을 얼마든지 읽을 수 있었다. 료지는 흥미가 가는 대로 한 손에 영어사전을 들고 논문을 읽기 시작했다. 밤늦게까지 도서관 책상에 들러붙어서 게걸스럽게 지식을 빨아들였다. 1년도 지나지 않아 료지는 혼자 계산을 할 때도 영어를 쓰게 되었다. 영어를 쓰는 게 일본어보다 훨씬 빨랐다.

교사는 곧 료지의 질문을 감당할 수 없게 되었다. 수학 경시대회를 권했지만 료지는 나가지 않겠다고 굳게 버텼다. 하지만 교사는 뛰어난 재능이 이대로 묻히는 것을 참을 수 없었다. 어떻게든 료지의 존재를 세상에 알리고 싶었다.

수업이 끝나자마자 대학교 도서관으로 향하는 료지를 수학 교사가 붙잡았다.

"너에게 소개해주고 싶은 사람이 있다."

"선생님이 아시는 분이에요?"

료지는 순진한 얼굴로 똑바로 바라보았다.

"대학 교수야."

수학 교사에게 부탁할 만한 곳이 있는 것 같았다.

"고누마 교수라고 해."

료지는 알려준 주소로 길고 긴 편지를 보냈다. 노트 50장에 걸쳐 적은 것은 문샤인 추측의 또 다른 풀이였다.

문샤인 추측은 군론과 수론數論이라는, 얼핏 상관없어 보이는 두 분야를 연결해주는 다리와 같은 것이다. 수학자들이 '문샤인 = 광기'라고 할 정도로, 그 기묘한 관계성은 호기심을 강하게 자극한다. 문샤인 추측은 이미 증명되었지만, 료지는 기존과 달리 위상기하학이라는 수단으로 증명을 구성했다.

료지는 도서관에서 수학 잡지를 읽다가 문샤인 추측과 처음 접했다. 곧장 증명이 수록된 논문을 찾아서 곡예와도 같은 해법을 감상했다.

증명을 다 읽고 논문에서 눈을 뗄 고개를 든 순간, 또 다른 해법이 있는 것을 깨달았다.

흔히 사용되는 비유가 있는데, 위상기하학에서는 도넛과 커피 잔을 보고는 '구멍이 하나 뚫린 것'으로 똑같은 값을 지녔다고 취급한다. 료지의 머릿속에서 몇 가지 기하무늬가 차례로 모습을 바꾸더니 어느 순간 완벽하게 일치했다. 생각나는 대로 노트 위에서 펜을 달렸더니 며칠이 걸렸는지는 모르겠지만 어느 날 갑자기 증명의 목적지에 도달했다. 구멍도 좀 있었지만 그다지 신경 쓰지는 않았다.

그 증명을 바라보며 잠시 성취감을 맛본 뒤 책상 서랍에 던져 넣었다. 료지에게는 일상적인 일이었다.

고누마에게 문샤인 추측의 또 다른 풀이를 보낸 이유는 우연히 증명을 마친 종이 더미 가장 위에 있어서였다. 수학자에게 편지를 쓸 때는 뭔가 수학적 식견을 제공해야 실례가 아닐 것이라고 생각했다. 1급 수학자밖에 이해하지 못하는 내용인 것도 모른 채 료지는 두꺼운 봉투를 발송했다.

고누마의 답장은 일주일도 지나지 않아 도착했다. 한 장뿐인 편지지에는 고누마의 조급함을 드러내듯이 한쪽으로 크게 기울어진 글자들이 늘어서 있었다. 증명에 대한 몇 가지 조언에 덧붙여 조만간 그쪽으로 갈 테니 꼭 만났으면 한다고 쓰여 있었다. 짧은 내용인데도 동요가 배어 있었다.

약속대로 고누마는 도쿄에서 시코쿠까지 찾아왔다. 기차역에 나타난 고누마는 수학 교사와 동갑이거나 몇 살 어려 보였다. 린넨 재킷에 폭이 좁은 면바지를 입고, 목에는 니트 타이를 둘렀다. 속세에서 벗어난 신선 같은 인물을 상상했던 료지는 의외의 풍모에 허를 찔렸다. 사교적이고 교양 있는 어른이라는 인상을 받았다.

자동개찰기 앞에서 기다리던 료지에게 다가온 고누마는 미소를 지었다.

"처음 뵙겠습니다. 고누마입니다."

76

주위에는 누군가를 기다리는 소년이 몇 명 더 있었다. 하지만 처음 만나는 것인데도 고누마는 곧장 료지에게 다가왔다.

"제 얼굴을 알고 계셨어요?"

"아니, 그래도 왠지 알 수 있어."

신기한 사람이다. 하지만 료지는 그 신기함이 편안하게 느껴졌다.

두 사람은 나란히 걸어 역 앞의 카페로 들어갔다. 프랜차이즈가 아닌 카페는 절반 정도 자리가 비어 있었다. 안쪽의 소파 좌석까지 들어가 편하게 앉은 고누마는 곧장 본론을 꺼냈다.

"감동했어."

문샤인 추측에 대한 이야기임을 바로 알았다.

"고등학생이 그 문제를 정확하게 이해한 것도 대단한데…… 불완전하기는 해도 대학교 연구자가 할 법한 일을 해내다니. 혼자 생각해낸 건가?"

"네, 뭐."

"지금은 뭘 하고 있지?"

"여러 가지요. 일반화된 문샤인이라든가."

"뭐! 진도는?"

두 사람은 주문한 커피를 마시는 것도 잊은 채 대화에 빠져들었다. 고누마와 이야기를 할 때는 료지도 자연스럽게 행동할 수 있었다. 자신을 있는 그대로 내보여도 고누마는 꺼리지 않았고 거부하지 않았다. 평소에 무의식적으로 억누르고 있던 감각을 숨기지 않고 내보일 수 있었다. 료지의 언어를 그대로 받아들이는 첫 상대. 그런 사람은 이 세상에 없을 것이라고 생각했는데, 지금 분명히 눈앞에 있다. 말하면 말할수록 기분이 고양되었다.

대화는 세 시간 가까이 이어졌다. 아무래도 슬슬 지친다 싶었는데 다음 일정이 있다며 고누마가 자리에서 일어났다. 아쉬웠지만 료지에게는 멈춰 세울 용기가 없었다. 고누마는 찻값을 계산하면서 아무렇지 않게 말했다.

"우리 대학교에 오지 않을래?"

교와 대학교는 료지도 알고 있다. 이과학부가 유명한 명문 사립대학교. 존재는 알고 있지만 한 번도 고향을 떠나 대학을 다닌다는 생각을 해본 적이 없었다.

"고등학교 재학 중에 논문을 한 편 써서 투고하면 특별 추천생으로 입학할 수 있을 거야. 우선은 문샤인의 다른 풀이를 착실하게 완성하자. 진척되는 게 있으면 또 연락하고."

료지가 당황하는 사이에 고누마는 바람처럼 떠나갔다.

도쿄로 올라가는 건 상상조차 하지 않았지만, 저 고누마라는 교수는 믿을 만해 보였다. 료지의 말을 이해하는 몇 안 되는 사람이고, 무엇보다 료지를 거부하지 않는다.

논문. 특별 추천. 여태껏 자신의 생활과 관계없던 말들이 갑작스럽게 현실로 다가왔다.

그날부터 문샤인의 다른 풀이에 집중했다. 논문을 쓰는 방법도 모르는 채 증명의 구멍을 메우기 위해 우직하게 펜을 굴렸다. 검토 과정을 적은 종이가 쌓이면 정리해서 고누마에게 보냈다. 돌아온 조언을 참고해서 다시 펜을 움직였다. 그런 일들을 1년 동안 반복했다.

더 이상 고독하지 않았다. 나와 대화할 수 있는 사람이 있다. 그 생각만으로도 검은 구름이 걷히고 눈앞이 탁 트이는 것 같았다. 열등감에 시달리는 일도 없어졌다.

점차 논문이 형태를 갖추었고, 어느새 료지는 고향을 떠나 있었다. 그 광대한 숲으로부터 멀리 떨어진 장소에서 동료들과 함께 마음껏 수학에 빠져드는 나날을 손에 넣었다.

신기한 사실은 아무리 깊게 파고들어도 여전히 그 숲의 아름다움을 표현할 언어를 찾지 못했다는 것이다.

—

연구실 앞을 지나치는데 다나카가 불러 세웠다.

"어이, 21세기 갈루아!"

료지는 처음에 자기를 부르는 줄 모르고 그냥 지나치려 했다. 다나카가 허둥대며 연구실에서 뛰어나왔다.

"너 말이야, 너. 갈루아 료지."

"네?"

다나카의 뒤에서 기노시타가 느릿느릿 나타났다. 손에는 신문이 들려 있다.

"이거, 저번에 교수실에서 인터뷰했잖아."

건네받은 신문에는 료지와 고누마가 찍힌 사진이 실려 있었다. 티셔츠 차림에 입을 반쯤 벌린 료지는 도저히 스무 살로 보이지 않았다. 사진 옆에는 얼마 전 인터뷰에서 답한 내용이 쓰여 있다. 대부분 고누마의 말이다. 말하는 게 영 서투른 료지를 대신해 질문에는 대부분 고누마가 대답해주었다.

다나카가 기사의 일부를 가리켰다.

"여기 봐. 군론에 관해 차례차례 획기적인 성과를 올리는 모습은 그야말로 '21세기의 갈루아'라고 불러도 손색이 없다…… 봤지?"

세번째로 진행한 인터뷰였다. 처음 두 차례는 학회지와 수학 전문지였기 때문에 조금 복잡한 이야기를 해도 괜찮았다. 하지만 전국에서 보는 일간지 기자는 군론과 모듈러 함수에 흥미를 보이지 않고 료지의 일화를 모으는 데 여념이 없었다. 술자리에서도 수학을 생각한다고 말하자 역시 천재는 다르다는 둥 하며 특히나 흥미진진해했다. 불쾌한 기억이 떠올라 료지는 콧방귀를 뀌었다.

"그렇군요."

"그게 다야? 너는 스스로 얼마나 대단한 일을 했는지 좀더 자각해야 해."

"혼자 해결한 것도 아니고요."

"그래도 주로 일한 건 너잖아. 더 자랑해도 돼."

기노시타가 끼어들었다. "교수님께서 찾더라. 방에 계셔."

아직 할 말이 많은 듯한 다나카를 남겨두고 료지는 교수실로 향했다. 마침 방에서 나오는 고누마와 마주쳤다.

"오, 여기 있었구나. 지금 같이 좀 갈 수 있을까?"

"어디를 가는데요?"

"학부장한테."

재촉하는 대로 이끌려서 료지는 학부장이 있는 곳으로 갔다.

이과학부장은 물리학과 교수가 맡고 있다. 물리학과에는 전문서를 빌리러 몇 번 가봤지만, 학부장을 만나는 것은 처음이었다. 빠르게 걷는 고누마의 옆얼굴에 대고 물었다.

"무슨 일인데요?"

"방금 전에 갑자기 부르더라고. 뭔지 짐작은 되는데."

학부장실 앞에 도착하자 고누마는 호흡을 정돈하고 노크한 다음 문을 열었다.

풍채 좋은 남성이 정면에 앉아 있었다. 고누마보다 스무 살 이상 나이가 많아 보였다.

"고누마 교수님이군요. 그쪽이 미쓰야 료지? 갑자기 불러 미안합니다. 그쪽에 앉아요."

머리는 깨끗하게 벗어졌는데 입을 여닫을 때마다 하얀 턱수염이 위아래로 움직였다. 고누마와 료지는 학부장을 마주 보며 소파에 앉았다.

"방금 전에 교수회의가 있었는데. 이번에는 의제가 중요해서 그런지 웬일로 출석률이 높았어요. 학부장으로서도 다들 이렇게나 관심이 많구나 싶어서 감회가 깊더군요."

긴 서두를 늘어놓은 다음 학부장은 료지 쪽으로 몸을 쑥 내밀었다. 서랍 속에 오랫동안 보관한 예복에서 나는 묵은내가 콧속으로 들어왔다.

"자네는 특별 추천생이지?"

"예."

"특별 추천생은 재능 있는 학생을 확보하기 위한 제도야. 다만 좀처럼 운영이 잘되지는 않았지. 고등학생 때까지 빛나는 실적을 쌓은 학생도 대학에 들어와서는 기대에서 어긋나기 일쑤였거든. 대놓고 말해 대부분 그랬지. 하지만 미쓰야, 자네는 대단해. 대학교 2학년인데 벌써 논문이 두 편. 게다가 학계에 큰 충격을 주었고. 최근에는 취재도 자주 오는 모양이던데. 실은 학장과 부학장도 자네에게 관심이 많다네."

료지는 곁눈으로 고누마를 살폈다. 몸이 굳은 채 가만히 있었다.

"그래서 두 가지를 제안하려 하네. 우선 자네에게 우수학생으로서 학장상을 수여하는 것이고, 그리고 또 하나는 아직 2년 이르지만 조기에 졸업하는 걸 인정하려 하네."

조기 졸업. 그런 제도가 교와 대학에 있는 줄은 몰랐다. 학부장은 천천히 서류 한 장을 테이블에 올려놓았다. 무슨 회의록 같았다.

"해외에서는 흔한 일이지만, 일본에서는 전례가 별로 없지. 미쓰야 료지가 부디 교와 대학의 첫번째 조기 졸업생이 되었으면 하네. 단 교와 대학의 대학원에 진학하는 게 조건이야. 학장도 그

조건만 지켜주면 조기 졸업을 승인하겠다고 동의했어. 이제 자네의 선택만 남았네."

학부장의 입에서 나오는 말들은 료지의 고막 겉면에서 미끄러져 내릴 뿐이었다. 어째서 바라지도 않는데 조기 졸업을 허가받아야만 하는 것일까. 마음속에 당혹감이 가득 퍼졌다.

"곤란합니다."

료지는 어느새 답하고 있었다.

"저희 집에는 그 정도로 돈이 없어요. 학비를 면제받지 못하면 곤란합니다."

민머리를 문지르며 학부장은 입꼬리를 올렸다.

"박사 학위를 받을 때까지 학비는 면제되네. 그러니 조기 졸업이 명예로운 일인 거야. 학부생인 채로는 자유롭지 않은 점도 있을 테니까."

자유롭지 않았던 적은 없었다. 료지가 모르는 곳에서 무언가 멋대로 진행된 것 같았다. 입을 다물고 있는 고누마가 갑자기 다른 사람처럼 느껴졌다. 료지는 학부장의 눈을 똑바로 보며 말했다. "저도 부탁드릴 게 있습니다."

"뭔가?"

"그 논문은 저 혼자 쓴 게 아닙니다. 공동 연구자 두 사람도 조기 졸업을 승인해주시면 안 될까요?"

학부장은 료지의 눈 속을 들여다보며 고개를 좌우로 저었다.

"조기 졸업 대상자는 한 명이야. 논문의 주저자도 자네 아닌가."

"그렇다면 저도 거절하겠습니다."

"료지" 하고 곧장 말한 사람은 고누마였다.

"그렇게 간단히 정할 문제가 아냐. 학부장님도 이 일을 위해 애 쓰셨어. 생각한 뒤에 대답해."

"하지만 저에게는 그럴 이유가 없어요."

학부장의 눈이 가늘어졌다. 소파에서 일어나더니 팔짱을 끼고 료지를 내려다보았다.

"너무 서둘렀나? 아직 시간이 있으니 한번 생각해보게. 단 대학 원 입시 원서 마감까지는 답해주길 바라네. 부탁하지."

부탁하지, 이 말은 료지가 아닌 고누마를 향한 것 같았다.

방에서 나와 복도를 걸어가는 동안 고누마는 한마디도 하지 않 았다. 덥수룩한 수염이 두드러지는 하얀 뺨은 피로 탓인지 윤기 가 없었다. 교수실로 돌아가려 하는 고누마에게 물었다.

"교수님은 알고 계셨어요?"

"……제대로 들은 건 처음이야."

어렴풋하게는 알았던 건가. 료지는 형언할 수 없는 불쾌함을 느꼈다.

연구실에는 다나카와 기노시타가 기다리고 있었다. 어느새 사 나까지 와 있었다. 여전히 완벽한 화장은 초여름인데도 전혀 흐 트러진 구석이 없었다.

곧장 다나카가 물었다. "학부장한테 갔던 거지? 무슨 얘기였어? 취재?"

료지는 학부장과 나눈 대화를 간추려서 설명했다. 조기 졸업이라는 단어에 사나는 흥분해서 손뼉을 쳤다.

"대단해! 조기 졸업이라니 멋지다!"

기노시타도 몸을 뒤로 크게 젖혔다.

"금시초문이야. 심지어 2학년인데."

"그래도 고민돼요."

"고민할 필요가 있어?"

"저 혼자라니 이상하잖아요. 구마자와랑 사나도 조기 졸업을 하지 않으면 불공평해요. 그 논문은 다 함께 쓴 건데."

당황했는지 사나가 양손을 저었다. 블라우스의 소매가 펄럭였다.

"나는 신경 안 써. 누가 봐도 료지가 훨씬 뛰어나니까."

"그래도 왜 나만."

"대학의 광고판이네."

다나카가 대화를 자르듯이 단호하게 내뱉었다.

"미쓰야가 조기 졸업을 하면, 그 자체가 뉴스야. 게다가 논문이 공개되어서 주목이 쏠려 있는 지금이 가장 좋은 시점이지."

"그런 걸로 광고가 될까요?"

"충분해. 자신의 위치쯤은 깨닫는 게 좋아. 네 생각 이상으로 모두 너를 주목한다고."

점점 말이 빨라졌다. 다나카의 조바심이 느껴졌다.

"왜 그러는 거예요? 저한테 주목하다니 다들 어지간히 지루한가 봐요."

장발로 둘러싸인 다나카의 얼굴이 붉게 물들었다.

"적당히 해. 사람 무시하냐."

불쾌함을 감추지도 않고 거친 말투로 말했다. 사나가 어깨를 움찔했다.

연구실 안에 긴장과 침묵이 가득 찼다. 료지만 영문을 모른 채 모두의 얼굴을 차례차례 보았다. "미안" 하고 다나카가 웅얼거리더니 연구실에서 나갔다. 장발이 드리워진 뒷모습을 바라본 료지는 기노시타에게 물었다.

"다나카 선배는 저를 싫어하게 된 건가요?"

"아니야." 기노시타가 답했다. 커다란 몸을 움츠렸다.

"다나카도 나도 너를 좋아해. 좋은 후배라고 생각해. 하지만 네 순진한 말이 가끔씩 우리 같은 일반인에게는 조롱으로 들리기도 해. 저 녀석 말대로 조금은 네가 어떻게 보이는지 생각해보면 어떨까?"

친숙해졌을 연구실에 자리가 없는 것처럼 느껴졌다. 료지는 혼자 소회의실로 향했다. 늘 함께했던 사나도 따라오지 않았다.

원탁에 팔꿈치를 대고 팔짱을 낀 팔에 얼굴을 묻었다. 이 미묘한 위화감은 무엇일까? 평범한 학교생활이 멀어지는 것 같았다. 눈꺼풀을 닫고 눈앞에 어른거리는 빛의 흔적을 바라보았다. 이대로 잠이 들고 싶었다.

누군가 문을 여는 소리가 들렸다. 얼굴을 드니 구마자와가 있었다.

"구마자와, 아까 전에……."

"기노시타 선배한테 들었어. 조기 졸업하는 걸 고민한다며."

료지의 설명을 막으며 구마자와는 접이식 의자에 앉았다. 안경 렌즈가 형광등의 빛을 받아 얼음처럼 차갑게 반짝였다. 아까 전 다나카와 분위기가 비슷했다.

"료지, 너는 10년 뒤에 뭘 하고 싶어?"

10년 뒤에는 서른 살이 될 것이다.

"수학만 할 수 있으면 돼."

"진지하게 생각해."

거짓말을 할 속셈은 아니었다. 료지는 본심을 말했다.

구마자와는 방 한구석에 놓인 종이상자를 바라보았다. 노트가 넘치게 쌓여 있었다. 1년 동안 료지, 구마자와, 사나는 수천 장이나 되는 종이를 계산에 사용했다.

"방에 틀어박혀서 문제만 풀어봤자 아무도 생활비를 주지는 않아. 논문을 쓰고 학생을 가르치지 않으면, 수학자로 인정받을 수 없어. 실적이 필요한 거야. 조기 졸업도 실적이잖아. 대학이 우수성을 인정한 증거야. 논문을 몇 편씩 써도 조기 졸업보다 못할걸."

"하지만 평범하게 대학을 졸업해도 수학자는 될 수 있어. 아무래도 뭔가 이상해. 내가 원하지도 않았는데 왜 이런 얘기가 튀어나온 거야?"

"······솔직하게 말할게."

구마자와의 눈동자가 흔들렸다.

"나는 네가 부러워. 질투도 하고 있어. 너 같은 재능을 손에 넣을 수 있다면 뭐든지 할 거야. 네 재능을 돈으로 살 수 있으면 백만이든 천만이든 낼 거야. 억이라도 상관없어. 부모한테 손이 닳도록 빌어서라도, 사채를 써서라도 돈을 낼 거야. 내 수명이 10년이나 20년 정도 줄어들어도 괜찮아."

두 사람의 눈가에서 눈물방울이 떨어졌다. 먼저 운 게 누구인지 료지는 몰랐다.

"료지, 너는 일류 수학자가 될 거야. 분명히 그렇게 될 거야. 운명이니까. 이제는 좀 인정해."

운명 따위는 생각해본 적도 없다. 료지는 그저 아름다움이 이끄는 대로 살아왔을 뿐이다. 동료들과 함께 연구하는 일상을 보내고 싶을 뿐이다.

구마자와의 눈가에서 샘물처럼 눈물이 솟아났다.

"나는 이제부터 죽을 만큼 노력할 거야. 네 보조만 하면 평생질투나 할 테니까. 나도 나만의 주제를 찾을 거야. 료지, 너처럼할 수는 없고 너랑 어깨를 나란히 할 수 있을지도 모르겠지만. 시간이 아무리 걸려도 수학자로 홀로 설 거야. 그러니까 너는 사양하지 말고 먼저 달려가."

울음 섞인 목소리 뒤로 분한 마음이 언뜻 비쳤다.

료지에게는 촛불이 보였다. 창백하고 유달리 격렬하게 타오르는 불. 그 불이 영원히 빛을 낼 수는 없다. 촛불은 언젠가 꺼진다. 격렬하게 타면 탈수록 빨리 꺼진다. 료지의 눈앞에 보이는 불은 점점 기세를 올렸다.

답안지가 새하얗다.

지문을 몇 번씩 읽어봐도 처음 보는 언어로 쓰인 듯 문제의 의미가 머릿속에 들어오지 않았다. 양옆에 앉은 소년들은 거침없이 펜을 움직였다. 이 방 안에 나 홀로 뒤처져 있었다. 초침이 움직이는 소리가 불쾌할 정도로 크게 울렸다.

점점 초조해져서 되는대로 답안지에 글자를 써보았지만 잉크가 떨어졌는지 선조차 그어지지 않았다. 예비용 펜을 꺼내보았지만 이쪽도 마찬가지다. 이번에는 연필로 바꿔보았지만 역시 종이에는 선 하나 그어지지 않았다. 이상하다. 이럴 수는 없다. 누군가 손을 쓴 것이 틀림없다.

다시금 좌우를 살피니, 모두가 수상해 보였다. 누구냐. 적은 누구냐. 의심에 시달리는 와중에도 시간은 흘러갔다. 발끝부터 늪에 끌려 들어가는 듯한 느낌. 주마등처럼 짧은 인생의 기억이 스쳐 지나갔다.

철이 든 뒤로 줄곧 신동이라 불리며 자랐다. 나는 수학을 위해 태어났다고 진심으로 믿었다. 언젠가는 역사에 이름을 남길 수학자가 되리라고 진지하게 생각했다. 꿈이 아니라, 틀림없이 실현될 미래로 여겼다. 그 신동이 지금 문제의 의미조차 파악하지 못했는데 시험은 끝나가려 했다.

목은 까끌까끌 말라서 토할 것만 같았다. 시야가 뒤틀리고 회전하는데, 동급생들의 비웃음이 귓가에 울렸다. "그렇게 잘난 척을 했는데 빵점이래." "한심하다." "저 자식한테 수학 빼면 뭐가 남냐."

그렇다. 나에게서 수학을 빼면 아무것도 남지 않는다.

충동에 휩싸여 발작하듯 문제가 인쇄된 시험지를 찢었다. 몇 번이고 찢었다. 종잇조각이 눈처럼 주위에 흩날렸다. 그것들을 주워서 더욱 잘게 찢었다. 몇 번이고 반복했다. 글자 하나하나가 산산조각이 나 티끌이 될 정도로 종이를 찢고 또 찢었다.

—

눈을 뜨니, 얼굴이 비지땀으로 흠뻑 젖어 있었다. 7월의 밤은 찌는 듯이 덥다.

눈앞이 뿌옇다. 눈을 비비자 익숙한 소회의실의 책장이 보였다. 이상한 자세로 잠을 잔 탓인지 여기저기 관절이 아팠다. 안경 다리도 살짝 휘었다.

이미 막차 시간이 지나 있었다. 결혼한 이래 막차를 놓친 건 처음이었다.

휴대전화에는 사토미의 부재중 전화 기록이 남아 있었다. 전화를 걸었는데 벨이 울리자마자 사토미가 전화를 받았다. 깜박 잠이 들었다고 솔직하게 말하니 사토미는 안도하는 숨을 내쉬었다.

"지금 바로 택시를 부르면 평소랑 비슷하게 도착하지 않을까?"

"아니, 오늘은 아침까지 있을게. 일 좀 정리해두려고. 내일 쉬는 날이니까."

사토미는 할 말이 남은 듯했지만 조심하라는 당부만 전하고 전화를 끊었다.

냉장고에서 아이스커피를 꺼내 마셨다. 늦은 밤 대학은 정적이 지배한다. 경비원의 발소리만이 가끔씩 들렸다. 오랜만에 느끼는 감각이었다. 이십대에는 밤새워 연구하는 일이 잦았지만, 삼십대에 접어들면서 몸이 따라주지 않았다.

교수가 된 지금도 구마자와는 때때로 그 꿈을 꾼다.

일본 대표로 출전했던 국제수학올림피아드에서 경험해본 적 없는 굴욕을 맛보았다. 이틀에 걸쳐 출제된 여섯 문제 중 단 한 문제도 제대로 답을 적지 못했다. 20년 가까이 지난 지금이야 실력이 아닌 긴장 탓이었다고 스스로도 이해하고 있다. 일본 대표라는 이름에 너무 들떴던 것이다. 하지만 당시에는 모자란 실력이 벌거벗겨진 것 같아서 바닥까지 의기소침했다.

결과가 발표될 때까지 사흘 동안은 지옥 같았다. 관광하면서 즐길 여유가 전혀 없어서 한마디도 하지 않았다. 무얼 먹으러 어디에 갔는지 전혀 기억나지 않았다. 단지 사나가 시험이 끝난 뒤의 해방감 때문인지 왁자지껄 소란을 떤 것만 기억했다. 스스로는 몰랐지만 그때부터 사나에게 신경이 쓰였는지도 모른다.

사나는 동메달을 받았다. 당연하지만 구마자와는 메달을 받지 못했다.

귀국한 뒤로 구마자와는 졸업할 때까지 수학에 손도 대지 않았다. 교와 대학의 특별 추천생 제도를 이용한 것은 필기시험이 없었기 때문이다. 평생 특기였던 수학 시험이 이제는 구마자와에게 견딜 수 없이 고통스러웠다.

대학에 입학하면 적당한 학부로 옮기려 했다. 되도록 수학과 상관없는 인문계가 좋았다. 수업을 대충 들으며 시간을 보내고, 아르바이트나 열심히 할 속셈이었다. 그랬는데 료지가 나타났다.

그 녀석은 아르바이트를 하던 만화카페까지 찾아와서는 숫자와 기호로 빼곡한 종이 뭉치를 놓고 갔다. 구마자와는 보자마자 수학의 언어라는 사실을 알아챘다. 의미는 거의 몰랐지만, 강한 인력을 느꼈다. 시험 문제를 풀 때와는 전혀 다른 느낌이었다. 여기 적힌 것들의 의미를 알고 싶다는 생각이 절실하게 들었다.

료지의 생각대로 구마자와는 연구실로 찾아갔다. 거기에 사나가 있었던 것은 우연이 아니다. 사나 역시 료지가 발하는 강렬한 인력에 이끌린 것이다.

료지는 자신의 재능이 특정한 사람들을 끌어당긴다는 사실을 알고 있었다. 료지는 순진무구한 수학의 요정이 아니었다. 자존심도 있고 이해타산에도 밝은 평범한 인간이었다. 그리고 인간이기 때문에 괴로워하기도 했다.

과거 회상에 잠겨 있는 와중에도 시시각각 첫차 시간이 다가왔다. 얼른 계산으로 돌아가고 싶었지만 잡무도 쌓여 있었다. 먼저 메일들부터 처리하기로 했다.

두 잔째 커피를 마시면서 컴퓨터 앞에 앉았다. 대학의 사무과, 함께 연구하는 연구실, 학회 사무국, 따분한 메일들 틈에서 익숙한 교수의 이름이 눈에 들어왔다. 이따금씩 학회에서 만나면 인사하는 사이로 용건도 별 영양가는 없었다. 구마자와의 눈길을 사로잡은 건 마지막 문장이었다.

내년에는 구마자와 교수님이 수상하실 수 있도록 저도 힘을 보태겠습니다.

노골적으로 생색을 내는 말투라 자기도 모르게 혀를 찼다. 이 한 문장을 쓰기 위해 메일을 보낸 것 같았다.

이 교수와는 초봄의 학회에서 만났다. 친목회에서 구마자와가 홀로 남길 기다렸다는 듯한 타이밍에 말을 걸었다.

"슌카春華상, 아쉬웠지요."

구마자와는 무슨 말인지 알아듣지 못했다.

"무슨 말씀이신지."

"어? 모르셨나요?"

상대는 일부러 그러듯이 잔을 들고 있지 않은 손으로 이마를 짚었다.

"구마자와 교수님, 슌카상 후보에 올랐었어요."

슌카상이란 일본수학회에서 40세 미만 수학자에게 주는 상으로, 가장 권위 있는 국내의 상 중 하나다. 젊은 학자가 손에 넣을 수 있는 가장 명예로운 상이었다.

"제가, 말입니까?"

"일본에서 끈 이론[7] 하면 구마자와 교수님밖에 없지 않습니까. 그런데도 지금껏 이름이 거론되지 않은 게 외려 신기하지요."

수학자 집단에서 구마자와는 끈 이론 전문가로 알려져 있다. 굳이 료지와 다른 분야를 고른 것이다. 계기는 일반회된 문샤인이었다. 그때 논문을 함께 쓰며, 같은 분야에서는 절대로 료지를 당해내지 못하리라 확신했다.

스무 살은 연상으로 보이는 교수가 수다스럽게 이야기를 이어 갔다.

"내년에는 유력할 겁니다. 뭐, 주로 미국에서 성과를 거두었다는 데 신경 쓰는 교수들도 있는 모양이지만요. 저는 꼭 수상해야 한다고 추천했습니다만."

"교수님께서도 심사위원이셨군요."

상대 교수는 긍정도 부정도 하지 않은 채 빙긋 웃더니 맥주를 들이켰다.

"그런 사정에는 어두우신 모양입니다."

경박한 웃음이 머릿속에서 되살아났다. 이제 와서 슌카상을 미끼 삼아 귀찮은 일을 부탁하려는 것일까? 바보 같았다. 애초에 그냥 허세일지도 몰랐다. 당시에도 구체적인 사실은 무엇 하나 입에 담지 않았다.

메일을 지우려다 손을 멈췄다. 몇 초 동안 고민하고는 지우지 않고 다음 메일을 확인했다.

구마자와에게도 명예욕은 있었다. 만약 그 교수가 정말로 심사위원이라면 사이가 좋아서 손해 볼 일은 없다. 적어도 메일을 지우는 건 나중으로 미뤄도 된다. 자신의 속물스러움이 싫었지만 그래도 슌카상을 향한 동경이 더 컸다.

풀비스 이론의 해명에 도전한 것도 실은 콜라츠 추측 증명이 목적이었다. 증명에 성공하기만 하면 국내뿐 아니라 전 세계에 이름을 알리는 것도 허황된 꿈이 아니다. 공명심이 원동력의 일부라는 사실을 부정할 수 없었다.

만약 료지가 같은 상황에 처했다면, 쓸데없는 고민은 하지 않고 마음 내키는 대로 문제에 맞섰을 것이다. 구마자와는 아무래도 그러지 못했다.

최근 몇 달 동안, 본업인 연구는 전혀 진행하지 못했다. 안 그래도 잡일이 몰리는데 풀비스 이론과 다른 연구를 병행하기란 무리였다. 어느 쪽도 그리 만만한 주제는 아니었다.

지금이라면 국립연구소로 옮긴 고누마의 심정을 이해할 수 있다. 안정된 환경에서 연구에 몰두하는 게 얼마나 행복한 일인지 부교수가 되고는 뼈저리게 깨달았다. 고누마는 나이 때문에 조바심을 내기도 했다. 교육자가 아니라, 수학자로서 다시 한번 꽃을 피워보고 싶어했다. 다만 고누마가 초조해하는 것이 나이 탓만은 아님을 구마자와는 알고 있었다.

처음 만났을 무렵의 고누마는 이미 수학자로서 내리막을 내려오고 있었다. 자신의 일은 재능을 발견하고 길러주는 것이라고 규정하고 있었다. 그랬기 때문에 료지와 편지를 주고받으며 논문 집필을 도와주었다.

고누마의 내면에 다시금 불이 붙은 것은 료지가 조기 졸업을 하던 무렵이었다.

다시 말해 고누마도 미쓰야 료지의 재능을 질투했던 것이다.

구마자와는 그렇게 확신했다. 닥치기 직전까지 료지에게 조기 졸업을 알려주지 않은 것도, 그 이유라면 납득이 되었다. 총론과 칼럼만 쓰던 고누마가 다시 본격적으로 논문을 쓰기 시작한 것은 바로 이듬해부터였다.

새삼 료지가 모두의 인생에 미친 영향을 깨달았다. 료지가 없었다면 구마자와는 수학자가 되지 않았을 것이다. 사나는 좀더 빨리 수학을 단념했을 것이고, 고누마는 교와 대학에 남아 있었을지도 모른다.

컴퓨터 앞에 앉아 읽지 않았던 메일을 모두 정리하는 데 두 시간이나 걸려버렸다. 구마자와는 유리컵에 아이스커피를 더 따르고 소회의실로 돌아갔다.

소회의실 가운데 있는 접이식 의자에 앉아 고개를 이리저리 돌렸다. 지금껏 어깨가 결린 적이 없었는데, 최근 들어 어떤 증상인지 알게 되었다.

원탁에 펼쳐져 있는 노트에 눈길을 주었다. 구마자와의 학창 시절만 헤아려도 소회의실 원탁을 세 차례나 새로 구입했다. 료지가 노트를 채우면서 수만 번, 수억 번씩 볼펜 끝으로 두드린 탓에 원탁에 수많은 홈이 파였기 때문이다. 새로 사도 며칠만 지나면 둥그런 상판에 새로운 홈이 몇 개나 생겨나곤 했다.

노트에서 문자들이 춤추고 있다. "나를 봐!"라고 료지가 외치는 것만 같았다.

구마자와는 사명감과 무력감 사이에서 짓눌려 터지기 직전이었다. 더 이상 혼자서는 이 거대한 유산을 감당할 수 없었다. 이대로는 언젠가 자멸할 뿐이었다.

노트를 공개할 수밖에 없어. 마음속에서는 점점 결심이 굳어 갔다.

보통 논문은 전문가의 심사를 거친 뒤에 공개된다. 하지만 프리프린트 서버Preprint Server라는 웹사이트를 이용하면 심사를 거치지 않고도 빠르게 논문을 공개할 수 있다. 구마자와는 료지의 노트를 그 웹사이트에 올려서 누구나 볼 수 있게 할 속셈이었다.

미쓰야 료지는 명성은 틀림없이 여전할 것이다. 료지가 적은 콜라츠 추측 증명이라면, 전 세계의 수학자들이 해독하려고 달려들 것이다. 해결하려면 그 방법밖에 없을 것 같았다.

이 노트는 말하자면, 료지가 오랜 시간을 들여 쓴 유서다. 그 유서를 만천하에 공개하자니 망설여지기도 했다. 하지만 연구실 한편에서 먼지를 뒤집어쓰는 것보다는 훨씬 나을 듯했다.

'미안해, 료지. 나는 네 유서를 읽어낼 수 없었어.'

정적이 가득한 심야의 연구실에서, 구마자와는 기도하듯이 양손을 모았다. 사과해도 용서해주지는 않을 것이다. 외려 후회만 깊어질 뿐이다. 왜 그렇게 헤어졌을까. 서른 살의 겨울을 떠올리면 구마자와는 후회에 사로잡혀 꼼짝도 할 수 없었다.

구마자와는 미국에서 료지의 죽음을 전해들었다. 미국으로 건너간 뒤 성과를 내느라 필사적이었다. 집필 중이던 논문 때문에 곧장 일본으로 떠날 수는 없었다.

간신히 일본으로 돌아온 것은 료지가 세상을 떠난 다음 달이었다. 구마자와는 시코쿠에 있는 료지의 본가를 찾아갔다. 도쿄에서 비행기로 출발해 버스를 갈아타고 다섯 시간. 평평한 길을 한참 걸어 도착한 곳에는 울창한 숲을 등진 2층 목조 주택이 있었다.

료지의 위패는 뒷마당을 보고 있었다. 마당과 숲이 명확한 경계 없이 이어져 있었다. 도시의 공원에서는 볼 수 없는 농밀한 초록. 사람 손이 가지 않은 만큼 무엇이 숨어 있을지 알 수 없었다.

영정의 료지는 꽤나 젊었다. 학창 시절에 찍은 사진 같았다. 향을 피우고 손을 모아 기도하는 동안 아무런 생각도 할 수 없었다.

"이렇게 구석진 곳까지 와주다니 고마워요."

료지의 어머니는 송구스러워하면서 차를 내주었다. 아버지는 외출한 것 같았다. 형은 오래전에 집을 떠나 멀리서 살고 있다고 했다.

"료지가 자주 이야기했어요."

"뭐라고 했나요?"

"무척 머리 좋은 친구가 있다고. 자기의 감각을 공유할 수 있는 동료라고. 고누마 교수님이나 사이토 씨도 료지에게 잘해준 것 같더군요. 장례식에서도 이것저것 도와줬어요."

료지의 어머니는 초췌한 얼굴로 이야기했다.

"히라가 교수님은 계시지 않았나요?"

"……아, 계셨어요. 저와는 이야기하지 않았지만."

그 이상 묻지 않았다. 즐겁게 이야기할 수 있는 사람은 아닐 것이다.

구마자와는 어머니가 들려주는 료지의 마지막을 묵묵히 들었다.

방 한편에 종이상자가 쌓여 있었다. 상자 겉에 매직펜으로 책장이라고 쓰여 있었다. 안을 들여다보니 전문서나 노트가 가득 들어 있었다. 한구석에 본 적 없는 노트가 끼워져 있었다. 워낙 두꺼워서 그런지 묘하게 눈길이 끌렸다.

"료지의 방에 있던 건가요?"

허락을 받은 다음 노트를 열어보니, 수식과 기호의 바다가 펼쳐졌다. 어느 페이지를 열어도 그리운 료지의 글씨가 가득했다. 마지막으로 만났던 날의 기억이 선명히 떠올랐다.

"복사를 해도 될까요?"

구마자와가 묻자 료지의 어머니가 작게 웃었다.

"줄게요. 가져가요."

"괜찮나요?"

"어차피 우리는 읽지도 못하고. 뜻을 아는 사람이 읽어주는 게 좋겠지요. 료지를 추억할 건 많이 있으니까."

구마자와는 숲의 냄새가 밴 노트를 가지고 미국으로 돌아갔다. 노트에 쓰인 수식을 해독해서 생전에 료지가 보았던 풍경을 재현하는 것이 자기 나름의 애도라고 생각했다.

그랬는데도 구마자와는 6년이나 노트를 방치했다. 끈 이론으로 두각을 나타내기 시작한 구마자와는 갈수록 바빠졌고 윗선의 뜻도 있어서 쉬지 않고 논문을 발표했다. 구마자와의 이름은 미국 수학계에 널리 알려졌고 젊은 유망주로 주목을 받았다. 연구와 교류로 정신없는 나날을 보내는 구마자와에게 옛 친구의 노트를 펼칠 여유란 없었다. 귀국한 뒤에는 일본 학계에 좀처럼 자리 잡지 못해서 자신의 실력을 인정받는 데 정신이 팔려 논문에만 매달렸다. 결혼하고 아이가 태어나는 등 개인적으로도 바빴다.

사실 전부 핑계에 지나지 않는다. 간단히 말해 구마자와는 눈앞의 현실을 우선했다. 평범한 인간인 구마자와에게 당연한 일이었다.

같은 상황이었다면 료지는 어떻게 했을까? 생각할 필요도 없다. 료지는 수학 세계의 주민이다. 시시한 현실에 연연하지 않고 '보이는 것'을 좇을 것이다. 구마자와는 보이지 않는 것이 료지의 눈에는 분명하게 비쳤다.

일본인으로는 처음 필즈상[8]을 받은 수학자 고다이라 구니히코 小平邦彦는 자신의 책에 다음과 같은 내용을 적었다.

수학을 안다는 것은 수학적 현상을 '보는 것'이다. '본다'는 말은 일종의 감각에 의해 지각한다는 뜻이며, 나는 이것을 '수각數覺'이라고 부른다.

—

수각을 알려준 사람은 료지다. 구마자와는 이 글을 료지가 세상을 떠난 뒤에 읽었다.

구마자와는 료지만큼 수각이 뛰어난 사람을 본 적이 없다. 료지는 이 세상이 아닌 수학의 세계에서 살았다. 구마자와는 그 표층밖에 보지 못했다. 깊숙한 안쪽에서 마그마처럼 감정이 용솟음치는 것을 끝까지 눈치채지 못했다.

칠흑 같던 하늘 색이 짙은 귤색으로 변하더니 점점 명도가 높아졌다. 첫차 시간이 다가왔다. 결국 풀비스 이론에 대해서는 오늘 밤에도 전혀 진척이 없었다.

준비를 마친 구마자와는 이과학부를 나와 새벽녘의 캠퍼스에 발을 디뎠다.

짙은 파란색 하늘에 찌그러진 구름이 떠 있었다. 바람이 불어 초록 나무가 흔들렸다. "세계의 모든 것은 프랙털fractal로 이루어져 있다"라고 료지가 말한 적이 있다. 구마자와에게는 그 말이 진실인지 아닌지 밝혀낼 방법이 없었다.

6 ——————————— 불타오르는 배

새벽녘의 캠퍼스에서는 모든 것이 빛났다. 료지는 전력으로 달리며 시야에 흘러가는 빛을 쫓았다. 팔을 앞뒤로 휘두를 때마다 가방이 등을 때렸다. 당장이라도 소리치고 싶은 흥분을 억누른 채 정문 밖으로 나섰다. 옆에서 보면 영락없이 서둘러 등교하는 중학생으로 보일 것이다.

드디어 발견했다. 마침내 이 세계를 표현하는 언어를 발견했다.

가슴속으로 몇 번이나 크게 외치면서 료지는 정장 차림 직장인과 교복 차림 고등학생을 제치고 쏜살같이 구마자와의 아파트로 달려갔다.

초인종을 연달아 두 번 눌렀다. 부족한 듯싶어서 한 번 더 눌렀다. 잠시 기다리자 문이 열리더니 잠에서 덜 깬 구마자와가 고개를 내밀었다. 예전에는 아침 일찍 들이닥치면 "지금 몇 시인지 알아?"라고 잔소리를 했는데 이제는 아무 말도 하지 않았다.

"열쇠를 하나 더 만들까?"

반바지를 입은 구마자와는 투덜거리면서 방석에 앉았다. 뒷머리는 화려하게 이리저리 뻗쳤고 볼에는 베개 자국이 선명했다. 료지는 맘대로 냉장고를 열고는 유리컵에 보리차를 따라서 구마자와에게 건넸다. 방 안에는 고향에서 보내온 포도 향이 가득했다.

"아직 너무 이른데? 또 밤샜어?"

"어제 낮에 잤거든."

"아직 6시밖에 안 됐어."

"1교시 전에 말하고 싶었어."

"오늘은 1교시에 수업 없어. 아, 피곤해. 새벽에 2시까지 못 잤단 말이야."

구마자와는 손가락으로 안경을 올리고는 눈을 비볐다. 책과 잡지로 어지러운 탁자 위에 깨끗하게 베껴 쓴 서류가 놓여 있었다.

"교직 과정 리포트야. 보지 마. 부끄러우니까."

유리컵을 비우니 그제야 구마자와의 얼굴에 생기가 돌아왔다.

"오늘은 뭐야?"

"프랙털 말이야. 세계는 전부 그걸로 표현할 수 있어."

"프랙털이라니…… 들어본 적은 있는데. 이와사와 이론이랑은 관계없잖아?"

일반화된 문샤인에 성공한 후, 구마자와와 사나는 고누마 연구실의 주된 주제인 이와사와 이론을 연구했다.

"너도 대학원생이잖아. 아무리 동기래도 학부생한테 묻지 마. 다나카 선배나 기노시타 선배랑 상담하라고."

"처음에는 너한테 얘기하고 싶었어."

구마자와는 살짝 웃었다. 빈 유리컵을 바닥에 내려놓았다.

"그래서 뭔데?"

프랙털은 '자기 유사성self-similar'이라고도 한다. 자기 유사성이 있는 도형은 일부가 전체와 같은 형태고, 아무리 확대해도 같은 구조가 나타난다. 예컨대 고사리 잎을 확대해서 관찰하면, 세부도 잎 전체와 똑같은 모양의 작은 잎들로 이루어져 있다. 더욱 확대해 보면 그 작은 잎은 더 미세한 잎들로 이루어져 있으며, 그 미세한 잎 역시 더 극소한 잎들로 구성된다.

무한히 계속되는 같은 도형. 그것이 프랙털이다.

자연계에 존재하는 것들은 대체로 구조가 복잡하다. 먼 산의 능선도, 여름 하늘의 적란운도, 하늘에서 치는 번개도, 복잡하게 얽힌 형태를 지닌 동시에 자기 유사성이 있는 구조를 갖추고 있다.

료지는 프랙털이야말로 우리 세계의 모든 것을 표현할 수 있는 언어라고 확신했다.

"자연계를 묘사하는 데 가장 적절한 언어는 프랙털이었어."

구마자와는 부엌에서 포도를 가져오더니 몇 알을 입안에 넣었다.

"갑자기 왜 그래? 지금까지 그런 얘기는 한 적 없잖아."

"이것 봐. '불타는 배 프랙털Burning Ship fractal'이라고 한대."

료지는 가방에서 논문을 꺼내고는 그림을 가리켰다. 흑백 그림은 그 이름대로 불타오르는 배와 비슷했다. 뱃머리를 이쪽으로 향한 배의 갑판에는 탑 같은 불기둥이 몇 개나 솟아 있었다.

"이게 뭔데?"

"아름답지 않아?"

"그렇긴 한데. 아름다운 그림이네."

"이 도형, 망델브로 집합[9]하고 식이 똑같아."

료지는 또다시 논문을 들이밀었다. 이번에는 '망델브로 집합'이라는 제목의 그림을 가리켰다. 크고 작은 원들이 이어진 모양은 불타는 배 프랙털과 전혀 닮지 않았다.

"두 도형은 실수부와 허수부를 절대치로 했는지 아닌지만 달라. 그런데 결과의 구조가 이렇게나 달라."

료지는 노래하듯이 말했다.

"자연계에서도 비슷한 일이 벌어지고 있는지 몰라. 구름을 표현한 식을 응용하면 파도가 될 수도 있어. 눈을 표현한 식을 변형하면 숲이 될지도 모르고. 기본식 하나에서 모든 것이 이끌어질 수 있는 거야. 아, 왜 지금까지 몰랐을까?"

학부 시절 읽은 책의 내용을 떠올렸다. 리만 가설에 대한 내용 중에 소수의 분포에는 자기 유사성이 있다고 쓰여 있었다. 이 주제는 장차 정수론까지 뻗어나갈지도 모른다.

"진정해."

"나는 이제부터 프랙털을 연구할 거야. 그렇게 정했어."

"지금 하는 연구는 어쩌려고?"

"동시에 하면 돼."

구마자와는 기가 막혔지만 "진짜 할 것 같네"라고 말했다.

배가 고파진 두 사람은 집에서 나와 최근 개업한 프랜차이즈 식당에서 아침밥을 먹었다. 학생식당과 비슷한 가격으로 훨씬 든든한 밥을 먹을 수 있어서 가난한 학생에게는 고마운 곳이었다. 식사를 마친 다음에는 곧장 연구실로 가서 시간을 보내기로 했다.

료지는 조기 졸업을 한 뒤 대학원에 들어가 석사 과정을 밟고 있었다. 구마자와와 사나는 순조롭게 3학년에 올라가 1순위로 지망한 고누마 연구실에 소속되었다. 세 사람은 명실공히 고누마 연구실의 학생이 되었지만, 좁아터진 학생 연구실에는 책상을 세 개나 들일 공간이 없었기 때문에 아직도 소회의실에 옹기종기 모였다.

다나카와 기노시타는 아직 오지 않았다. 소회의실을 들여다보니 사나가 원탁에 팔꿈치를 대고 턱을 괸 채 책을 읽고 있었다. 짧게 자른 머리카락 덕에 작은 얼굴의 윤곽이 한층 두드러졌다. 사나가 돌아보자 머리카락 끝이 섬세한 모빌처럼 흔들렸다. "안녕."

"맨날 이렇게 빨리 왔어?"

구마자와가 무심하게 물어봤다.

"나는 오늘 1교시에 수업 있어."

"진짜? 교직 과정이 1교시부터였나?"

"아냐. 공학부의 선택 과목. 재미있는 게 있거든."

"무슨 과목인데?"

"정보처리개론."

"내 취향은 아니네."

구마자와는 접이식 의자에 털썩 앉아 휴대전화를 만지기 시작했지만, 료지는 호기심이 솟는 듯 몸을 기울였다.

"재미있을 것 같은데. 나도 들으러 갈까?"

"혹시 화상의 부호화나 인공 신경망에 흥미 있어?"

료지는 고심 끝에 "별로 없는 듯"이라고 중얼거렸다.

"그럴 줄 알았어." 사나는 쓴웃음을 지었다.

그때 료지는 사나의 볼에 주근깨가 보이는 것을 깨달았다. 늘 짙었던 화장이 좀 옅어진 것 같았다.

료지는 새삼 사나를 관찰했다. 입학 이래 줄곧 밝은 갈색으로 물들였던 머리카락도 어느새 검정으로 돌아와 있었다. 언제부터였을까. 지난주였나, 지난달이었나. 반년 전 같기도 했다. 여자의 겉모습을 제대로 본 건 이때가 처음이었다.

"있잖아. 료지랑 구마자와는 혹시 사귀는 사이야?"

"바보냐." 구마자와는 대번에 부인했지만 사나는 히죽거리며 웃었다.

"둘 다 연애하는 것 같지도 않고 맨날 붙어 있잖아."

"이 자식이 아침부터 쳐들어오는 걸 어떡해. 야, 사나한테도 프랙털 얘기해줘."

료지는 다시금 아름답게 불타는 배를 보여주려 했지만, 사나가 미안해하며 막았다.

"미안, 이제 가야 돼. 그리고 구마자와, 머리 장난 아니게 뻗쳤어."

"그런 건 보자마자 말해야지"라고 투덜거리면서도 구마자와는 왠지 기뻐하는 것 같았다. 타인의 감정에 둔한 걸 자각하는 료지조차 알 수 있었다. 사나와 함께 소회의실에서 나간 구마자와는 화장실에서 머리를 정돈하고 돌아와서는 태연한 척하며 말했다.

"사나, 연애 시작했나?"

"왜?"

"화장이 좀 달라졌어. 옅어졌던데."

"나도 그건 알겠더라."

"분명 연애야. 료지, 다음에 한번 물어봐."

"네가 눈치챘으니까 직접 물어봐."

"너네는 학원에서 자주 만나잖아."

"사나는 한참 전에 졸업했어."

료지는 사나가 권유해서 3개월 전부터 운전면허학원을 다니고 있었다. 그 학원은 친구와 함께 등록하면 할인해주는 것으로 유명해서 학생들은 대부분 친구와 함께 다녔다. 사나는 구마자와도 꼬드겼지만, 입학하자마자 면허를 따서 어쩔 수 없었다. 료지는 부모님도 몇 번씩 재촉했기 때문에 내키지 않았지만 학원을 다니기 시작했다.

스스로 예상했던 대로 료지에게는 운전 센스가 전혀 없었다. 료지에게 운전은 고행일 뿐이었다. 사나는 한 달 전에 간단히 면허를 땄는데, 둘 다 학원을 다닐 때는 이따금씩 로비에서 마주쳤다.

"아." 불현듯 료지가 입을 열었다.

"뭐야, 왜 그래?"

"생각났어. 별일은 아니지만."

"아냐, 말해봐. 뭘 알고 있는데?"

"아는 건 아니고, 본 적이 있어."

잠시 침묵한 뒤에 구마자와가 물었다. "누굴?"

"사나가 사귀는 사람."

말하자마자 구마자와는 고개를 푹 숙이더니 머리의 가마를 보인 채 꼼짝도 하지 않았다.

사나의 남자친구와 마주친 곳은 학원 앞 버스 정류장이었다. 학원과 가장 가까운 역을 오가는 셔틀버스가 출발하는 곳이었는데, 학생들은 늘 지루해하며 정류장에서 기다리곤 했다. 언제나 그랬듯 학원 강사에게서 실컷 꾸중을 들은 료지는 지친 몸을 플라스틱 벤치에 기대었다. 비어 있던 옆자리에 누군가 앉았다.

"고생했어."

돌아보니 사나였다. 처음 보는 남자가 곁에 있었다. 평소처럼 인사를 나누며 료지는 남자에게 시선을 주었다. 키가 크고 눈이 외꺼풀인 남자였는데, 사나보다 몇 살은 많아 보였다. 얼굴이 작고 청재킷을 말끔히 입었으며, 처음 보는 료지에게도 친근하게 미소를 지었다.

"미쓰야."

사나는 늘 료지라고 이름을 불렀는데, 그날은 성을 불렀다.

"내 남자친구야. 동아리 선배."

아, 하고 소리를 냈지만 말이 이어지지 않았다. 관심이 없는 건 아닌데, 친구의 남자친구와 마주쳤을 때 어떻게 대처하면 좋은지를 몰랐다. 일단 료지는 사나의 남자친구와 서로 이름을 밝혔지만 상대방의 이름은 금세 까먹었다.

구마자와는 고개를 푹 숙인 채, 깊은 땅속에서 울리는 듯한 낮은 목소리로 말했다.

"언제부터 사귀었을까?"

"몰라. 너도 학원에 가보지 그래?"

료지의 가벼운 말투에 구마자와는 아무런 대꾸도 하지 않았다.

—

사이토 사나는 자신의 감정에 솔직한 여성이다.

괜히 고집을 부리지 않고, 감정이 이끄는 대로 행동한다. 수학 공부를 하고 싶으면 연구실로 가고, 다른 일에 흥미가 생기면 그쪽으로 돌진한다. 구마자와 주위에 감도는 일종의 비장함이 사나에게는 전혀 없다. "나는 수학으로 먹고살 수 있을지 어떨지 모르겠어." 이 말은 사나의 입버릇이었다.

셋이 토론을 하면 각자의 성격이 잘 드러났다.

대체로 문제를 제기하는 사람은 료지였다. 처음 의견을 내는 사람은 사나로 그 자리에서 느낀 점을 그대로 말했다. 한편 구마자와는 료지에게 질문들을 던져서 관련 정보를 모은 다음에야 자신의 의견을 밝혔다. 그러면 사나가 다시 그에 대해 무언가 생각을 말했다. 그것을 토대로 료지와 구마자와는 의견을 거듭했고, 점점 료지가 제기한 문제는 세 사람에게 공유되었다.

사나는 토론을 활성화하는 촉매이자 단서를 주는 나침반이었다.

료지는 수학자로서도 친구로서도 사나를 신뢰했다. 그래서 구마자와가 사나에게 특별한 감정을 품은 것을 알았을 때는 사실 당혹스러웠다. 그 감정 때문에 둘 사이가 틀어지기라도 하면 셋이 함께 보내는 시간도 없어질 수 있기 때문이다. 그래서 사나가 연애를 시작한 것은 어떤 의미로는 반길 만한 일이었다.

구마자와에게는 말하지 않았지만, 료지는 사나와 둘이서 별을 보러 간 적이 있다.

맑고 더운 한여름의 늦은 밤이었다. 료지 혼자 연구실에 남아서 계산을 하고 있었는데, 갑자기 사나가 나타났다. 느닷없이 소회의실 문이 열리더니 검은 머리의 사나가 얼굴을 들이민 것이다. 이미 오후 11시를 지나고 있었다.

"다들 집에 갔어?"

갑자기 들린 목소리에 당황하는 료지를 아랑곳하지 않고 사나는 방 안으로 들어왔다.

"지금 시간 있어?"

"왜?"

"별 보러 갈 건데, 같이 갈래?"

그런 제안에 왜 곧장 가겠다고 했는지, 료지 자신도 설명하기 어렵다. 그저 즐거울 것 같았다. 어디로 가는지, 언제쯤 돌아오는지, 아무것도 모른 채 료지는 사나와 함께 가기로 했다.

사나는 주차장에 세워둔 차로 향했다.

"웬 차야?"

"갑자기 별 보러 가고 싶어서 빌렸어. 면허 따고 처음 운전한 거라 긴장했다니까."

뒷자리에는 작은 숄더백이 있을 뿐이었다.

"망원경은?"

"없어. 망원경보다 눈으로 보는 게 좋거든."

사나는 1학년 때부터 천문 동아리에 소속되어 있다. 이과학부로 유명한 학교답게 천문 동아리도 꽤나 본격적으로 활동했다. 각 멤버들이 천체망원경을 가지고 있는데, 주말에는 밤을 새며 별을 관찰했다. 사나가 그런 이야기를 몇 번이나 들려줬기 때문에 당연히 망원경을 가지고 있는 줄 알았다.

사나가 핸들을 잡았고 료지는 조수석에 앉았다. 에어컨을 틀자 희미하게 곰팡내가 났다. 자동변속이 되는 자동차는 조용히 미끄러지듯 출발했고 국도에 나가서도 순조롭게 달렸다. 교외의 도로는 생각보다도 한적했다.

"나랑 같이 가도 괜찮아?"

사나는 앞을 바라본 채 답했다. "왜?"

"동아리 사람이 낫지 않아? 나 별은 전혀 몰라."

"괜찮아. 모르는 게 나아."

반대 차선에서 달려오는 차의 전조등 빛을 받은 사나의 볼이 창백하게 빛났다.

"더 피곤해. 다들 너무 많이 아니까. 그냥 별 보고 예쁘네, 하면 되는데."

사나의 옆얼굴은 진지했다. 운전에 집중하기 때문인 걸까.

2년 전 처음 만났을 때와 비교하면 인상이 꽤나 변했다. 화장은 옅어지고 옷차림도 바뀌었다. 다만 사나의 바닥에 잠겨 있는 고독한 부분만은 변함이 없다.

자동차는 이내 인적이 드문 주택가로 들어섰다. 아무도 다니지 않는 차창 밖은 어두컴컴했고, 이따금씩 가로등 불빛만이 흐릿하게 떠올랐다. 료지는 유리창에 얼굴을 가까이 대고 흘러가는 한밤중의 집들을 바라보았다. 수조에 갇힌 물고기가 된 것만 같았다.

차가 도착한 곳은 넓디넓은 공원이었다.

"초보자의 운전, 꽤 스릴 있었지?"

사나는 차를 입구 근처에 세웠다. 주차장에는 차가 몇 대 더 있어서 료지 일행 외에도 방문자가 있음을 알려주었다. 냉방이 되던 차에서 내리자 따뜻한 바깥 공기에 피부가 팽창되었다.

116

산책로를 따라 공원 안으로 들어가자 오른쪽에 커다란 호수가 나타났고 왼쪽으로는 풀밭이 펼쳐졌다. 여기저기에 흩어진 방문객들이 서로 일정한 거리를 둔 채 하늘을 올려다보고 있었다. 망원경을 들여다보는 일가족이 있는가 하면, 홀로 누워서 하늘을 보는 정장 차림의 남자도 있다. 머리 위에서는 빛나는 모래알을 흩뿌린 듯 별들이 반짝였다.

"이런 장소를 용케 알았네."

"명색이 천문 동아리니까."

둘은 사람들 사이에 자리를 잡고 풀밭 위에 앉았다.

"돗자리 정도는 가지고 올걸 그랬나."

청바지를 입은 사나는 책상다리로 앉았다. 료지가 다리를 뻗자, 풀에 맺힌 밤이슬이 허벅지 뒤쪽을 흥건히 적셨다. 손을 뒤로 짚고 하늘을 보았다. 한없이 검정에 가까운 감색을 배경으로 별들이 깜박였다. 하나하나가 호흡을 하는 듯했다. 이렇게 집중해서 별은 본 것은 고향을 떠난 이래 처음이었다.

짙고 옅은 밤하늘에 활엽수의 새까만 실루엣이 떠올랐다. 수백 명의 사람이 일제히 손을 든 것 같았다. 무섭지는 않았다. 그들은 공격하려고 팔을 뻗은 것이 아니었다. 모두들 료지를 지키기 위해 손을 한데 모아 감싸주는 것 같았다.

별을 보는 내내 사나는 한 마디도 하지 않았다. 사나의 몸은 누구도 접근하지 못할 정도로 고독을 내뿜었다. 아무리 많은 친구들에게 둘러싸여도 사나는 어딘가에 타인을 막는 선을 그어두었다. 연인도 가족도 결코 들어서지 못할 영역이 사나에게는 있었다. 그 영역에 조용히 잠기기 위해 이렇게 밤하늘을 올려다보는 것이다. 망막에는 밤하늘이 맺혀 있지만, 사나의 마음속에는 자기 자신만 보일 것이다.

한 시간 정도 지났는데 갑자기 사나가 말했다. "돌아갈까?"

료지는 밤새도록 보고 싶었지만 혼자서 돌아갈 수단이 없었기에 얌전히 따랐다.

사나는 료지를 학교까지 데려다주었다. 내일 봐, 하며 손을 흔드는 사나는 더 이상 고독을 발산하지 않았다.

두 사람은 같은 장소에서 같은 밤하늘을 봤지만, 마음속에는 서로 다른 풍경이 남았다.

료지는 사나가 언젠가 수학의 세계를 떠날 것이라 직감했다.

—

오르막길을 오르는 사이에도 다나카의 수다는 멈추지 않는다. 구슬땀을 흘리며 끌고 가는 여행가방은 2박 3일용이라고는 믿기지 않을 정도로 거대했다.

"그래서 처음에는 그 집 어머니도 좋아하더라. 대학원생에 심지어 '마스터'인 분이 과외를 해주신다니 영광이에요, 이랬다니까. 엄청 대접이 좋았어. 어이, 료지, 듣고 있나?"

"마스터 말이지요."

"듣고 있네. 근데 얘기할수록 뭔가 영 이상해. 자세히 들어보니까 그 어머니가 실은 박사 과정 뒤에 마스터가 있다고 생각했던 거야. 마스터는 모든 일에 통달했다는 이미지가 있었나봐. 그래서 아뇨, 그건 반대예요. 마스터는 석사 과정이고 그다음이 박사 과정입니다, 이렇게 설명했더니 갑자기 기분 나빠하더라고. 속이는 건 너무하지 않느냐면서 말이야. 너무한 게 누구야, 진짜."

너무하다고 생각하는 건 료지였다. 도쿄에서 출발해 이즈 고원에 도착할 때까지, 두 시간이나 다나카의 수다를 들어야 했다. 고속철도를 탄 동안에는 괜찮았지만, 아무래도 이제는 힘들 것 같았다. 게다가 맞장구를 치느라 수학 생각을 전혀 하지 못했다. 사흘 동안 이래야 한다고 생각하니 괴로울 수밖에 없었다.

"다나카, 조용히 좀 해."

진절머리가 났는지 앞에서 걸어가던 기노시타가 돌아보고는 잔소리를 했다. 하지만 다나카는 흥분한 채 입을 쉬지 않았다.

"합숙인데 좀 시끄러워도 봐줘."

"료지가 힘들어 보이는데."

"어, 그래? 재미없어? 다른 얘기 할까?"

고속철도에서 같은 4인석에 앉았던 구마자와는 어느새 떨어져 있었다. 구마자와는 고누마와 무언가 얘기를 나누며 바로 옆에서 걷는 사나에게는 눈길도 주지 않았다. 사나는 사나대로 여자 선배와 높은 목소리로 잡담을 했다. 여행복을 입은 연구실 멤버들의 발걸음은 왠지 붕 떠 보였다.

고누마 연구실은 매년 이즈 고원에서 정례 합숙을 한다. 2박 3

일 동안 연구실 멤버 전원이 동료들 앞에서 연구 내용을 발표하는데, 료지 일행이 참가하는 건 처음이었다. 작년까지는 정식으로 연구실에 소속되지 않아 낄 수 없었지만, 올해는 당당히 참가했다.

연수원에 도착하자 간사인 기노시타가 로비에서 방 열쇠를 나눠주었다. 료지와 구마자와는 같은 방이었다. 열쇠를 건네면서 기노시타가 작게 말했다.

"다나카가 료지를 너무 좋아해서 그런 거니까, 좀 봐줘."

고누마 연구실은 2박 3일 동안 연수원을 빌렸다. 2층 건물인 숙소 주변에는 산과 숲만 드넓게 펼쳐졌고, 편의점도 없었다. 2층의 방은 크지도 작지도 않았는데, 침대 둘에 책상 하나, 옷장 하나만 간소하게 있었다. 1박에 3천 엔이니 고급이라고는 할 수 없다. 짐을 내리자마자 료지는 침대에 드러누웠다.

구마자와는 창문을 열었다. 무성한 나무들 사이로 저 멀리 집들이 보였다. 새들이 지저귀는 소리가 들렸다.

"상상 이상으로 아무것도 없네."

구마자와는 중얼거리더니 침대에 앉았다. "준비 다 했어?"

"뭘?"

"발표."

"당연히 했지. 구마자와, 너는 안 했어?"

학생들은 모두 일주일 넘게 합숙 발표를 준비했다. 오늘은 점심시간 뒤에 석사 과정 2년 차 이상이, 내일은 석사 과정 1년 차이하가 발표할 예정이다.

"아직 못 끝냈어. 밤에 마저 해야지."

구마자와답지 않았다. 생활 태도는 둘째치고 연구에 관해서는 누구보다 성실한 구마자와가 발표 전날까지 준비를 마치지 못했다니, 드문 일이었다.

창밖에서 여자들의 높은 목소리가 들렸다. 목소리의 주인이 사나라는 걸 바로 알 수 있었다. 구마자와는 돌아보지도 않고 여행 가방을 정리했다. 두꺼운 전문서가 침대 위에 쌓였다.

료지는 누군가를 좋아해본 적이 없다. 아름다운 여성을 보고 두근대는 감정은 알 듯도 했다. 하지만 특정 인물에게 한정된 감정을 품은 적은 없었다. 누군가를 애절하게 좋아한 적도, 연애를 하고 싶다고 생각한 적도 없었다. 그래서 사나에게 남자친구가 있다는 사실을 안 뒤로 구마자와가 거리를 두는 이유를 실은 잘 몰랐다.

점심식사 후에 곧장 발표가 시작되었다. 학생들은 세미나실에 모였다. 'ㄷ'자로 테이블을 놓고 발표자는 테이블 가운데에 서는 배치였다.

처음에는 고누마가 나서서 간단하게 순서를 설명했다. 각자 준비한 자료 외에 화이트보드를 사용해서 15분 동안 발표하고, 그 뒤에는 고누마가 내킬 때까지 질의응답을 계속한다. 학부생이나 석사 과정은 대략 질의응답까지 30분이면 끝났지만, 박사 과정의 경우 한 시간 넘게 진행될 때가 많았다. 작년에는 두 시간이 걸린 선배도 있어서 저녁식사가 세 시간이나 늦춰졌다는 다나카의 불평을 료지는 몇 번이나 들었다.

고누마가 첫 학생에게 자리를 양보하나 했는데, 그대로 화이트보드에 펜을 댔다.

"그럼 이번에도 나부터. 그 뒤로는 학년 순서대로."

료지는 옆에 앉은 기노시타에게 작게 물었다.

"교수님도 발표하세요?"

"매년 그랬어. 직접 움직이는 걸 좋아하는 분이니까. 논문은 쓰지 않아도 합숙에서는 꼭 발표를 하셔."

고누마는 자료도 배포하지 않은 채 곧장 화이트보드에 수식들을 적기 시작했다.

그 자리에 함께한 멤버들에게는 익숙한 내용이었다. 이와사와 이론의 일반화. 멤버들에게 익숙한 서론은 건너뛰고 갑자기 본론으로 들어갔다. 고누마는 학생들이 소화하기 쉽게 조곤조곤 발표를 시작했지만, 갈수록 열기가 더해졌다. 침을 튀기고 마치 때리듯이 수식을 적으며 펜을 쥐지 않은 팔은 춤추듯이 휘둘렀다. 중간중간 설명을 생략하면서 마지막에는 거의 억지로 결론에 다다랐다.

고누마의 본성은 이처럼 호쾌하게 발표하는 모습에 있었다. 세세한 가지는 죄다 쳐내면서 결론으로 돌진하는 모습은 료지와 무척 비슷했다.

발표가 끝나자 고누마는 씌었던 귀신에서 벗어난 듯 온화한 표정으로 모두를 둘러보았다.

"자, 질문은?"

학생들은 교수의 열정에 압도되었다. 특히 발표를 앞둔 박사 과정들은 모두 표정이 딱딱하게 굳었다. 고누마의 에너지 넘치는 발표를 눈앞에서 보면, 대부분의 학생은 자신감을 상실할 것이다.

료지도 고누마의 기백에 소름이 돋을 것 같았다. 기백의 이면에는 초조함도 있었다. 수학자의 전성기는 이르면 십대, 늦어도 삼십대라는 통설을 들은 적이 있다. 마흔을 넘어선 고누마가 현역으로서 초조해하는 것도 당연했다.

학생들의 발표가 시작되었다. 박사 과정은 수학의 프로나 마찬가지였지만, 고누마 다음 차례라 아무래도 존재감이 흐릿했다. 하지만 모두들 최선을 다해 자신들의 연구를 설명했다.

박사 과정의 발표가 무사히 끝나고, 남은 사람은 석사 2년 차인 다나카와 기노시타뿐이었다. 먼저 기노시타가 타원 곡선의 이산 대수와 이와사와 이론의 관계에 대한 진척을 보고하고, 한 시간을 꽉 채워서 질문을 받았다. 마지막 차례는 다나카였다. 시계는 5시를 가리키고 있었다. 다나카가 한 시간 만에 끝낸다면 예정대로 6시에 저녁을 먹을 수 있었다.

"그러면 제가 오늘의 마지막을 장식하겠습니다."

다나카는 치렁치렁한 앞머리를 쓸어올리더니 의기양양하게 발표를 시작했다.

료지는 다나카의 얼굴이 점점 사색이 되는 광경을 똑똑히 보았다. 다나카도 발표를 끝낸 직후에는 기운차게 질문에 답했지만, 질문하는 고누마가 고양될수록 점점 답이 산으로 갔다. 게다가 박사 과정 선배들까지 질문자로 돌아선 탓에 다나카는 고양이에게 둘러싸인 생쥐처럼 이리저리 도망치는 꼴이 되었다.

사나는 도중부터 꾸벅꾸벅 졸기 시작했는데, 잠에서 깬 뒤에도 여전히 토론이 이어지고 있는 것을 보고 혼자 깜짝 놀랐다. 6시 반이 조금 넘자 기노시타가 원통해하며 이마에 손을 짚었다.

"올해는 6시에 밥을 먹을 줄 알았는데……."

결국 다나카의 질의응답은 7시까지 진행되었다. 눈이 퀭해졌던 다나카는 3분 만에 기분을 전환하고 기운차게 식당으로 향했다.

"아싸, 밥이다, 밥!"

좌절을 극복하는 데는 다나카에게 견줄 자가 없다.

료지 일행은 방금 전까지 들었던 발표 내용에 대해 이야기하면서 그 지역에서 나는 재료로 만든 저녁을 먹었다.

숙소에서 준비해준 식탁에는 생선회와 생선조림, 조개술찜 등이 놓여 있었다. 료지는 오랜만에 밥을 두 공기 먹었다. 주변은 고요하고 밥도 맛있었다. 무언가에 집중하기 좋은 환경이었다.

"료지, 밥 다 먹으면 우리 방으로 와." 다나카는 기노시타와 같은 방이다.

"한잔 마실 거니까."

"뒤풀이는 내일 아닌가요?"

"내일까지 어떻게 기다려. 우리가 술 가져왔으니까 한잔해야지. 다른 애들한테도 말해둘 테니까 너는 구마자와랑 사나 데리고 와."

이로써 다나카의 여행가방이 기묘하게 거대했던 이유가 밝혀졌다.

"마작도 있어. 패를 섞어도 시끄럽지 않게 매트도 가져왔고."

다나카는 경박한 웃음소리를 높였다. 하지만 넓지 않은 방에 그렇게 많은 사람이 들어갈 수 있을까? 약간 불안해하면서 료지는 다나카의 부름에 흔쾌히 응했다.

사나도 기뻐하며 참석하기로 했다. 어지간히 지루했는지 같은 방 선배를 데리고 곧장 다나카의 방으로 향했다.

료지가 자기 방으로 돌아갔을 때, 구마자와는 이미 책상에 참고서를 쌓아두고 내일 발표 원고를 쓰는 중이었다. 침대에 앉자 책상 위에 쌓인 책들의 제목이 눈에 들어왔다. 료지도 본 적 있는 끈 이론의 전문서들이었다.

"다나카 선배 방에서 술 마신다는데, 구마자와는 안 갈 거야?"

구마자와는 대답 대신에 곁눈으로 료지를 흘깃 보았다.

"낮에 말했잖아. 내일 발표 준비해야 해."

"너는 양반이야. 나는 원고에 손도 못 댔어."

구마자와는 뭔가 말하려다 입을 다물더니 다시 말했다.

"너는 그래도 되겠지만, 나는 달라."

"다르지 않아."

"다르다고."

"너한테도 수각이 있어. 나는 알 수 있어."

"수각?"

고다이라 구니히코의 에세이에 이런 내용이 있다. 수각이란 '보는' 감각이라고. 도서관을 오가던 중학생 시절, 료지는 그 에세이를 읽었다. 그때 어렴풋하게나마 자신에게 보이는 것이 무엇인지 이해할 것 같았다.

료지의 이야기에 구마자와는 코웃음을 쳤다. 비웃었다고 해도 상관없다.

"보이는 건 너뿐이야."

그렇게 말하더니 웃음을 싹 지웠다. 비장한 분위기가 감돌았다.

"아무튼 나는 안 갈 거니까. 다나카 선배가 기다리겠다. 얼른 가."

할 수 없이 료지는 방에서 나섰다. 저 상태라면 꼼짝도 하지 않을 것 같았다.

다나카의 방으로 가려고 걸음을 떼는데 사나와 딱 마주쳤다.

"왜?"

"우리 방에서 과자 가져가려고. 구마자와는?"

"발표 준비한대."

그래, 하더니 사나는 방문을 쳐다보았다. 그 안에서는 구마자와가 비장한 싸움을 벌이고 있다. 료지는 자연스레 떠오른 질문을 던졌다.

"사나는 스스로 수학의 재능이 있다고 생각해?"

사나는 눈길을 료지에게 돌리더니 쓴웃음을 지었다.

"료지가 물어보니까 있다고 답하기 어렵네."

사나는 벽에 기대면서 슬리퍼를 신은 발끝을 내려다보았다.

"우리한테 무슨 재능이 있는지는 해보지 않으면 몰라. 가령 나한테 수학의 재능이 있다 해도 그 이상으로 무술에 재능이 있을지도 모르지. 료지도 해본 적 없겠지만 알고 보면 서핑에 재능이 있을지 모르고."

"없을 거 같은데."

"가정한 거야. 태어나자마자 누군가 당신에게는 이러이러한 재능이 있습니다, 하고 가르쳐주면 좋겠지만 그러지 않잖아. 그러니 흥미가 가는 걸 전부 해보고 어디에 재능이 있는지 확인해볼 수밖에. 나에게 수학은 흥미 있는 것들 중 하나라는 말이야."

료지는 그렇게 생각해본 적이 없었다. 생각하는 건 오로지 수학뿐이었다. 동갑인데도 사나가 훨씬 어른처럼 보였다.

"내 가능성을 죽이고 싶지 않거든."

그렇게 말하더니 사나는 복도를 걸어갔다.

구마자와는 고행을 하듯이 수학을 대하고 있다. 사나에게 수학은 선택지 중 하나일 뿐이다. 다나카와 기노시타는 수학을 사랑하는 한편 약간 무서워하기도 한다.

모두 좋아하니까, 즐거우니까 수학을 한다고 생각했는데 아무래도 그러지 않는 것 같았다. 료지는 그런 사실을 겨우 깨닫기 시작했다. 속 시원히 정리되지 않은 생각을 품은 채 료지는 선배들이 기다리는 방으로 들어갔다.

즉석 술자리였지만 분위기는 달아올랐다. 발표를 끝낸 학생들은 해방감 때문인지 시종일관 목소리를 높이며 떠들었다. 그 와중에 료지는 잠이 들었는데, 눈을 떴을 때는 두 침대 사이에 몸을 욱여넣고 있었다. 졸린 눈을 비비며 일어나는데 옆에서 다나카가 이를 닦고 있었다.

"언제까지 잘 거야? 벌써 아침 먹을 시간이야."

숙취 때문에 갈라진 목소리를 듣고서야 료지는 허둥대며 방으로 돌아갔다.

아침식사가 끝나자 모두 어제와 같은 세미나실로 모였다. 둘째 날은 석사 1년 차 학생들부터 순서대로 발표한다.

점심시간을 앞두고 료지의 차례가 되었다. 료지는 화이트보드에 오른쪽 위를 살짝 올리는 버릇대로 글씨를 썼다.

"d차원 가케야 집합[10]의 하우스도르프 차원은 d이다."

가케야 추측. 료지가 대학원 연구 주제로 삼은 것이다.

몇 분 만에 화이트보드가 기호와 그림들로 가득 채워졌다. 료지는 처음 적은 부분부터 지우고는 다시 새로운 기호들을 적었다. 종횡으로 수식들이 나타났다가 사라졌다. 호수에 떨어진 빗방울이 원을 남기며 없어졌고, 또 새로운 빗방울이 떨어져 흔적을 새겼다. 찰나의 반짝임 같았다.

프랙털 기하에서는 정수 이외의 차원이 빈번하게 등장한다. 1.5차원이나 2.7차원 등 수수께끼 같은 도형들이 활개를 치며 수학자의 상상력을 시험한다. 가케야 추측이 다른 해석학[11] 문제들과 밀접하게 관련 있다는 것은 알지만, 아직 추측을 증명할 실마리는 찾지 못했다.

익숙하지 않은 용어들을 연발하는 료지의 발표를 학생들은 귀신에 홀린 듯한 얼굴로 들었다. 충혈된 눈을 번뜩이던 구마자와마저 넋이 나간 듯 입을 벌리고 있었다.

료지가 발표를 끝내자마자 고누마가 말을 꺼냈다.

"일반화된 문샤인보다 어려울지 모르겠는데."

"어느 게 더 쉽고 어려운지는 몰라요."

"그렇겠지. 어쨌든 아까 연구 방향을 말했다만, 햄 샌드위치 정리ham sandwich theorem에 계속 매달리는 게 좋을지, 아니면……."

고누마는 점점 빨려들듯 연달아 질문을 던졌고, 료지는 막힘없이 답했다. 마치 대본을 읽는 것처럼 두 사람의 대화는 매끄러웠다. 다른 학생들은 넋이 나가 있었지만, 둘 다 전혀 개의치 않았다. 이 순간이 료지는 가장 행복했다.

이어지는 학부생들의 발표는 모두 무난하게 마무리되었다. 약간 지루하긴 했지만, 료지는 수학 이야기라면 무엇이든 즐겁게 들을 수 있었다. 사나는 비가환 갈루아군에서 이와사와 이론의 적용에 대해 발표했다. '재미라고는 없는 내용.' 사나는 내심 이렇게 생각했다.

마지막으로 학부 3학년 구마자와가 나섰다. 이미 오후 6시를 지나 창밖이 쪽빛으로 물들려 했다. 세미나실의 정체된 공기에는 피로감이 가라앉아 있었다. 학생들 대부분은 나른한 듯이 의자에 기대어 앉은 채 마음은 한발 먼저 뒤풀이 자리로 향하고 있었다.

구마자와는 깊이 숨을 들이마시고 가라앉은 공기를 날려버리듯이 목소리를 냈다.

"여러분은 '끈 이론'을 알고 계신가요?"

그 한마디에 세미나실에는 위화감이 퍼졌다. 지금까지 나온 발표와 분야가 달랐다. 꾸벅대며 졸던 학생들까지 잠에서 깨 낮은 목소리로 서로 수군거렸다. 발표자인 구마자와만이 태연했다.

"지금부터 아벨 다양체의 거울 대칭성에 관해 발표하겠습니다."

드물게도 기노시타가 불쾌함을 드러내며 작게 말했다.

"이와사와 이론이 아니잖아."

분명 구마자와의 연구 주제는 이와사와 이론의 p진 표현이었다. 이번 합숙에서도 그 주제로 발표하겠다고 미리 고누마에게 전해두었다. 그랬는데 예고와 다른 분야의 용어가 잇달아 튀어나오리라고는 그 자리에 있던 모두가 상상하지 못했다.

술렁거림에도 아랑곳하지 않고 구마자와는 발표를 시작했다. 고누마의 표정은 읽어낼 수 없었다. 얼굴 아래쪽을 손으로 가린 채 구마자와의 열기 넘치는 발표에 귀를 기울였다. 팔짱을 낀 기노시타가 혼잣말을 뱉었다.

"교수님, 화나신 거 같은데."

이 연구실에 끈 이론 전문가는 없다. 그런 분야를 연구한다는 것은 연구실에 남아 있을 의미 자체를 흔들 법한 행위다. 심지어 합숙에서 고누마에게 감회가 깊은 이와사와 이론을 내버린 채 어떠한 양해도 구하지 않고 다른 분야를 발표하기 시작한 것이다. 싸움을 거는 셈이나 다름없었다. 하지만 고누마는 구마자와의 발표를 제지하지 않았다.

구마자와가 섬세하게 짜낸 말들은 하나의 이야기였다. 끈 이론에서 비롯된 믿기 어려운 추측과 그 추측을 서서히 함락해가는 양상. 하지만 추측을 제압하기란 만만치 않다. 어깨를 잡으면 다리가 도망치고, 허리를 붙잡으면 위아래로 분열한다. 그래도 강하게 인내하며 못을 박음으로써 수학자는 거울 대칭성이라는 불가사의한 현상을 조금씩 함락해간다. 그리고 구마자와의 연구에는 거울 대칭성의 급소에 결정타를 가할 가능성이 숨어 있었다.

15분을 한참 넘긴 발표가 끝나자 고누마는 얼굴을 가렸던 손을 내렸다. 입꼬리가 일그러져 있었다. 불쾌한 것이 아니라 웃음을 억지로 참고 있기 때문이다. 그 모습에 료지는 안도했다. 료지도 터져나오는 웃음을 참을 수 없었기 때문이다.

구마자와도 교수님도, 모두 수학의 세계에서 살아가는 주민이다. 나만이 아니다. 나는 고독하지 않다.

학생들은 모두 입을 다물었다. 애초에 내용을 이해한 사람은 구마자와 외에 고누마와 료지뿐이었다. 고누마는 히죽거리는 얼굴로 잔뜩 긴장한 구마자와와 서로 노려보았다.

"이와사와 이론에서는 손을 떼겠다는 건가?"

"허락해주셨으면 합니다."

"지금까지 우리가 해왔던 분야와 동떨어져 보이는데."

"료지의 프랙털도 실제 해석학이지 않습니까? 이와사와 이론과는 상관없을 겁니다. 그게 아니면 료지는 특별하다는 말입니까?"

"저 녀석이." 이렇게 말한 건 기노시타다. 하지만 구마자와도 고누마도 전혀 눈길을 돌리지 않았다.

"혼자 할 수 있겠어? 내가 지도하지 못할 수도 있어."

"반드시 해내겠습니다."

"반드시라는 말은 되도록 내뱉지 않는 게 좋아."

다시 한번 고누마는 화이트보드에 쓰인 이야기를 바라보았다. 보통 노력으로는 혼자서 이 정도까지 연구를 진척시킬 수 없다. 구마자와의 집념을 느낀 사람은 료지만이 아니었다.

"알았다. 마음껏 해봐. 산술기하학이긴 하니까. 단, 결과를 내지 못하면 졸업도 못 할 거야. 그래도 하겠어?"

"하겠습니다." 바로 답했다. 펜을 꽉 쥔 구마자와의 손이 하얬다. 고누마는 다시 진지한 표정으로 돌아와 말했다.

"힘내라."

평범한 격려가 아니다. 마치 고누마가 구마자와에게 보내는 결별 선언처럼 들렸다.

료지는 두 사람의 대화를 머나먼 세계에서 벌어지는 일처럼 지켜보았다. 모두가 세미나실에서 나간 뒤에도 료지는 한동안 남아있었다. 다나카가 부르러 올 때까지 료지는 의자에 앉은 채 구마자와의 발표를 돌이켜보았다.

밤이 되어 아무 일도 없었다는 양 뒤풀이가 시작되었다. 모두의 표정에 성취감이 가득했다. 고누마도 학부생들과 어울려 연애사로 이야기꽃을 피웠다. 여느 때처럼 다나카에게 붙잡혀 있던 료지는 풀려나자마자 구마자와와 사나를 찾았다. 세 사람이 나눠야 하는 이야기가 있는 것 같았다.

하지만 두 사람은 이미 뒤풀이에서 사라져 있었다.

그날 밤, 끝내 둘과는 마주치지 못했다.

술자리가 꽤 무르익자, 다 같이 밖으로 나가 기노시타가 준비한 불꽃놀이를 즐겼다. 불꽃이 원을 그리고 연기가 자욱하게 피어나는 곳에서 료지는 소리 없는 미소를 지었다.

수학이라는 불타오르는 배에 우리는 함께 타고 있다. 배에서 떨어지는 사람이 있는가 하면, 스스로 내리길 선택하는 사람도 있다. 불꽃이 강해질수록 배는 앞으로 나아간다. 젊은 재능이라는 연료를 소비하며 배는 끝없이 나아간다.

료지는 그 배를 탄 것에 자긍심을 가졌다. 그리고 배가 종착지에 닿을 수 있다면 자신은 기꺼이 하얀 재가 되어도 상관없었다.

구 ——————————— 사나

예약 시간보다 10분 일찍 가게에 들어섰다. 당연히 사나는 아직 오지 않았다.

구마자와는 안내에 따라 창가 쪽 자리에 앉았다. 유리창 너머로 보이는 밤의 캠퍼스에는 인기척이 없다. 운동부와 동아리 방들이 멀리 떨어져 있어서 그런지, 밤이 되면 캠퍼스 중심부에서는 썰물처럼 사람들이 사라졌다.

무심결에 주위를 둘러보았다. 천장에 달린 샹들리에가 은은한 빛을 내고 테이블마다 계절에 어울리는 꽃이 장식되어 있다. 학창 시절에는 그저 넓은 강당이었던 곳인데 지금은 훌륭한 프렌치 레스토랑이 되었다.

학교 밖에서 온 손님을 이 레스토랑에서 대접한 적은 있다. 하지만 개인적으로 지인과 식사하기 위해 찾은 것은 처음이다.

사토미에게는 학교에서 손님과 식사 약속이 있다고 말해두었다. 거짓말은 아니고, 실제로 켕기는 구석도 없다. 10년이나 전에 헤어진 사람이다. 연애 감정은 벌써 오래전에 끝을 맺었다. 이제와서 어떻게 해볼 속셈도 없는데 왠지 죄책감이 들었다.

약속 시간에서 5분이 지나도, 10분이 지나도 사나는 나타나지 않았다. 입구에 여성의 실루엣이 보일 때마다 심장이 뛰었다. 그것도 몇 번 반복되니 허무해져서 구마자와는 창밖에 의식을 집중해보았다.

연구실에 전화가 온 것은 지난주였다. 학생이 돌려준 전화를 받으니 반가운 목소리가 들렸다.

"여보세요. 저, 사이토 사나예요."

통통 튀는 듯한 목소리. 갑자기 목이 말라서 침을 삼켰다. 말을 섞는 것은 6년 만이었다. 미국의 샬럿에서 받은 국제전화도 이렇게 시작되곤 했다. 구마자와는 입술에 침을 묻히고 답했다.

"구마자와입니다."

"아, 오랜만이야…… 나 기억하지?"

"당연하지. 그런데 무슨 일이야?"

사나는 인터넷 뉴스를 보고 깜짝 놀라 전화를 걸었다고 했다.

지난달, 료지의 노트를 전부 스캔해서 서버에 올렸다. 반향은 예상을 훨씬 뛰어넘어서 지난 한 달 동안 구마자와는 그에 대응하는 데 매달렸다. 방송, 신문, 잡지 등의 취재진이 한꺼번에 연구

실로 몰려들었다. 그 열기는 콜라츠 추측의 증명이 미치는 충격
을 그대로 보여주었다.

"몰랐어. 료지가 연구 노트를 남겨두었다니."

"본가에 갔을 때 찾았어."

"해독은 했어?"

"전혀. 아직 10퍼센트도 제대로 못 읽어. 설명을 건너뛰어서
뭐가 적혀 있는지도 잘 모르겠고."

"료지는 늘 그렇게 증명했으니까. 답은 미리 정해져 있었고."

사나는 멋쩍은 듯이 말했다. "있잖아. 그 노트 실물 좀 볼 수 있
을까?"

오래된 친구로서 거절할 이유는 없었다. 곧장 약속을 잡고 지
금 사용하는 메일 주소를 알려주었다.

약속 시간에서 15분 정도 지났을 무렵 사나에게서 메시지가 왔
다. 짧은 사과와 함께 앞으로 15분 뒤에 도착한다고 쓰여 있었다.
구마자와는 웨이터를 불러서 요리를 천천히 달라고 요청했다.

그로부터 정확히 15분 뒤에 사나가 나타났다. 베이지색 민소
매 옷을 입고 손수건으로 팔뚝을 닦으면서 구마자와에게 걸어왔
다. 사나의 얼굴이 땀범벅이라 구마자와는 자기도 모르게 웃음을
터뜨렸다. 사나는 개의치 않고 목덜미도 닦았다.

"늦어서 미안. 일이 안 끝나서."

"뛰어온 거야?"

"역부터 전력 질주. 아, 더워."

"그런 구두로 용케도 뛰었네."

사나는 굽이 5센티미터는 될 법한 하이힐을 신고 있었다. 학창 시절에는 운동화나 샌들을 신는 것만 보았기 때문에 구마자와에게는 신선했다. 사나는 검은색의 통이 넓은 바지를 펄럭거리며 맞은편 의자에 앉았다. 뒤로 묶은 머리카락도 가지런하게 고쳤다. 움직임 하나하나가 몸에 익은 듯 보였다.

"얼굴이 땀범벅인데."

"진짜? 싫어, 어떡해."

그러고 보니 사나는 땀을 많이 흘리는 체질이었다. 여름에 밤을 거닐 때면 데오드란트 스프레이를 온몸에 뿌렸고, 잘 때는 한겨울에도 이불을 덮지 않았다. 몇 가지 추억이 구마자와의 뇌리에 떠올랐다가 금세 사라졌다.

"뭐 마실래?"

"물이면 돼. 이렇게 고급스러운 데가 아니어도 괜찮은데."

웨이터가 전채를 테이블로 옮겼다. 그에 전혀 신경 쓰지 않고 사나는 몸을 앞으로 쑥 내밀었다.

"그래서 노트는?"

"여기에는 없어. 연구실에 있지."

김빠진다는 듯이 사나는 몸을 뒤로 뺐다.

"그래, 그럼 빨리 연구실로 가자."

말하자마자 사나는 의자에서 엉덩이를 떼었다.

"밥 먹고 나서도 괜찮잖아."

"매점에서 주먹밥이나 사자. 밥 먹고 연구실로 가면 몇 시가 될 줄 알고. 오늘은 노트를 보려고 온 거야."

사나는 맘대로 웨이터를 부르더니 계산해달라고 했다. 웨이터는 지각한 데다 전채도 먹지 않고 계산해달라는 손님이 어처구니없는 듯했지만, 사나는 털끝만큼도 아랑곳하지 않았다.

둘이 사귀던 시절에도 이랬다. 모든 일이 사나의 뜻대로 진행되고 구마자와는 묵묵히 따를 뿐이었다. 하지만 불쾌했던 적은 없다. 수학에 관해서만 아니면 웬만한 일은 타협할 수 있다.

레스토랑의 계산은 구마자와가 했다. 맘대로 예약한 구마자와로서는 당연한 일이었고, 사나 역시 굳이 신경 쓰지는 않는 것 같았다. 구마자와는 사나의 이런 성격을 좋아했고, 싫어하기도 했다.

두 사람은 매점에 들러서 팔다 남아 20퍼센트 할인 딱지가 붙은 주먹밥을 샀다. 어깨를 나란히 하고 연구실로 걸어가자니 학창 시절로 돌아간 것만 같았다. 구마자와는 자연스럽게 사나의 왼손 약지에 반지가 없는 것을 확인했다.

"어떤 일을 하고 있어?"

"SE. 프로그래밍이야."

사나는 소프트웨어 기업에서 그룹웨어를 개발하는 일을 하고 있었다. 구마자와는 잘 모르는 세계지만, 사나가 스스로 선택한 길이라면 뭐든 괜찮았다.

"미디어아트는?"

"회사 밖에서 하고 있어. 아는 엔지니어랑 이것저것 하고 있는데, 역시 돈벌이는 안 돼."

사나가 박사 과정은 공학부로 진학하고 싶다고 처음 말한 것은 석사 2년 차 봄이었다. 프로그래밍에 흥미가 있다는 걸 알고 있었기 때문에 구마자와는 반대하지 않았다. 하지만 결과적으로 그 일은 둘이 멀어진 계기가 되었다. 수학이라는 매개가 없어지자마자 너무도 쉽게 관계가 무너졌다. 사귄 기간은 3년이 조금 넘었다.

수학 세계의 주민인 료지 역시 공학부로 진학한 사나와 멀어졌다. 돌이켜보면 료지에게 너무나 불행한 일이었다. 자신을 받아들여주던 사람들이 하나둘 떠나가던 와중에 소중한 동기마저 사라지자 료지는 더욱더 고독의 계곡에 가까워지고 말았다.

구마자와와 사나는 한밤중의 이과학부 건물 안을 걸어갔다. 사나는 가늘게 뜬 눈으로 복도를 바라보거나 생물학과 연구실 안을 들여다보았다. 어수선한 연구실 안에서 외국인 유학생이 졸고 있었다.

"이 건물은 하나도 안 바뀌었네."

"낡아빠졌지."

"아, 이 연구실에는 늘 오래된 가면이 걸려 있었잖아. 교수가 아프리카에서 사왔다고. 그 가면, 밤에 보면 엄청 무서웠는데."

"맞아, 그랬지. 3년 전쯤에 퇴임했어."

옛날이야기를 하는 바람에 어쩔 수 없이 둘이 사귀던 무렵이 떠올랐다. 신기하게도 구마자와의 기억에 남아 있는 것은 단둘이 아니라 료지와 함께 셋이 있는 풍경, 그것도 한밤중에 있었던 일들뿐이다. 아침까지 싸우듯이 토론했던 밤이나 셋이 정처 없이 드라이브를 했던 밤.

지금, 이 밤의 어딘가에 료지도 있을 것만 같았다. 구마자와의 옆에 사나가 있으니, 료지도 있어야만 했다. 구마자와는 감상을 떨쳐내듯이 손목시계를 보았다. 시곗바늘은 오후 8시를 가리켰다.

구마자와는 사나를 소회의실로 안내한 다음 학생들의 연구실에 불이 꺼진 것을 확인하고 가슴을 쓸어내렸다. 누군가의 눈에 띄어 묘한 소문이 도는 건 원치 않았다.

소회의실로 돌아가니 사나는 원탁에 앉아 입안 가득 주먹밥을 밀어넣고 있었다. 밥알이 입술 끝에 붙어 있었다. 연한 분홍색 입술이 눈에 띄었다.

"이 방은 옛날이랑 똑같다."

"커피 마실 거면 거기 전기포트로 물 끓여. 커피는 그 아래에 있어."

아이스커피는 남아 있지 않았다.

"나도 일단 손님 아냐?"

"말은 잘해. 6년이나 이 방에 들락날락거렸으면서."

결국 물을 끓인 사람은 구마자와였다. 커피를 원탁에 내려놓는 구마자와에게 사나가 인터넷 뉴스를 인쇄한 종이를 내밀었다. 데오드란트 스프레이의 감귤 냄새가 풍겼다.

수학계 난제 '콜라츠 추측' 해결될까

수학자의 유품에서 증명 발견돼

구마자와는 기사를 훑어보았다. 여태껏 답했던 내용을 그러모은 듯한 기사다. 여름에 접어든 뒤로 구마자와는 셀 수 없을 만큼 취재에 응했다.

"이 기사를 보자마자 분명히 료지 얘기라고 생각했어."

사나의 얼굴에서 땀이 사라져 있었다. 작년에 설치한 에어컨이 조용하게 방 안을 식혀주었다.

구마자와는 책상에 두었던 노트를 건넸다. 사나는 노트를 빠르게 넘겨 보았다. 종이가 팔락팔락 넘어가는 소리를 방 안의 책장들이 빨아들였다.

"온라인으로 올린 노트는 안 봤어?"

"대충 보긴 했어. 실물을 볼 수 있으면 그러는 게 훨씬 낫잖아."

사나는 노트를 덮고 중얼거렸다.

"그건 그렇고 진짜 악필이다."

료지의 글씨는 빈말이라도 읽기 쉽다고 할 수는 없다. 료지의 기세가 오를수록 점점 문자의 형태가 무너져서 다른 사람은 도저히 알아볼 수 없었다. 그래도 료지 자신이 읽지 못한 적은 없다.

"그걸 깨끗이 옮겨 쓰는 것부터 시작해야 해."

"료지는 옛날부터 글씨에 개성이 넘쳤으니까."

그렇게 말하면서도 사나는 노트의 내용을 해독하려고 달려들었다. 노트를 나란히 두고 수식을 옮겨 쓰더니 목덜미에 손을 대고 생각에 빠져들었다. 십대 때부터 사나의 버릇이다. 턱이나 볼을 손으로 짚으면 주름이 생기기 때문에 목덜미를 잡는다고 했다.

구마자와는 그 틈에 노트북으로 잡무를 정리했다. 읽지 않은 채 쌓여 있던 메일을 처리하고 학생이 제출한 논문의 초고를 확인했다. 한동안 펜이 움직이고 종이가 쓸리는 소리, 마우스와 키보드를 움직이는 소리만이 방 안에 울렸다.

같은 원탁에 앉아 있으니 또 다른 기억이 생생히 되살아났다. 셋이 함께 연구에 몰두했을 때도 가끔씩 사나의 옆얼굴을 훔쳐보았던 것. 사귀기 시작한 다음에도 사나가 구마자와에게 의존하지 않고 흥미가 가는 대로 행동했던 것. 구마자와의 집에서 사나가 헤어지자고 한 것.

사나는 만날 때마다 다른 사람처럼 변했다. 자신의 핵심은 소중히 여기는 동시에 유연하게 계속 변해왔다. 구마자와는 사나의 그런 면을 동경했다. 하지만 이 나이가 되고 보니, 자신은 사나처럼 살 수 없음을 알게 되었다. 역시 구마자와는 수학의 세계에서 살아가는 수밖에 없었다.

어느새 손목시계는 10시를 가리키고 있었다. 사나는 겨드랑이가 보이는 데 아랑곳하지 않고 양손을 들어서 힘껏 몸을 젖혔다. 글씨가 빽빽한 노트를 보고 구마자와는 깜짝 놀랐다. 사나의 집중력에서는 공백이 전혀 느껴지지 않았다.

"이 느낌 진짜 오랜만이다. 학창 시절로 돌아간 것 같아."

"좀 알았어?"

"분위기만. 있잖아, 콜라츠 추측은 프랙털이 되는 게 아니었어? 왠지 그쪽에 열쇠가 있을 것 같은데."

'콜라츠 프랙털'이라 불리는 도형은 구마자와도 알고 있다. 콜라츠 추측의 수식을 복소수 평면에 전개하면 자기 유사성이 있는 도형이 그려진다. 료지가 프랙털 연구 전문가였던 점까지 고려하면, 무언가 관계가 있다고 보는 게 타당하다. 하지만 구마자와는 아직 콜라츠 추측과 프랙털의 관계를 찾아내지 못했다.

"글쎄."

지금은 그렇게 답할 수밖에 없다. 차갑게 식은 커피를 마시면서 사나는 투명한 눈동자를 구마자와에게로 향했다.

"료지에게 콜라츠 추측은 얼마나 중요했던 걸까?"

료지가 세상을 떠난 지금, 진짜 목적은 영원히 알 수 없다. 다만 콜라츠 추측을 선택한 데에서 특별한 의미가 느껴졌다. 구마자와를 수학의 세계로 다시 데려온 계기. 비좁은 만화카페 구석에서 읽었던 길고 긴 편지. "이제부터 해결하려고." 료지는 1학년 때 그렇게 말했다.

구마자와는 물 끓는 소리에 다시 현실로 돌아왔다. 따뜻한 커피를 타려고 사나가 물을 끓이고 있었다. 사나가 뜨거울 물을 컵에 따르며 말했다.

"료지의 노트를 공개해도 괜찮았던 거야?"

"왜?"

"다른 수학자가 해독할지도 모르잖아."

오늘 아침에도 미국 유학 시절의 동료가 메일을 보냈다. 전 세계의 해석학, 수론, 기하학 전문가들이 머리를 맞대고 '미쓰야 노트'를 해독하는 중이라 했다. 영국의 연구기관은 프로젝트 팀까지 꾸린 모양이었다. 평범한 수학자라면 몰라도 군론과 프랙털에서 수학사에 남을 만한 업적을 이룬 미쓰야 료지의 증명이니 신빙성이 낮지 않았다.

"나는 읽어내지 못했으니까 어쩔 수 없어. 무려 콜라츠 추측 증명이야. 수학계 전체를 고려하면 누가 이해하든 중요하지 않아."

사나는 따뜻한 김이 오르는 컵을 쥐고 원탁으로 돌아왔다.

"료지는 구마자와가 알아주길 바랐다고 생각해. 틀림없어."

"만약 그렇다면 그 녀석이 나를 과대평가한 거야."

료지는 구마자와가 마음속 깊이 원했지만 손에 넣지 못했던 재능을 끌어안은 채 죽었다. 료지가 남긴 증명의 진위도, 료지의 마음도, 이제 와서는 알 도리가 없다.

다만 사나의 말투에서는 료지의 유지를 자신에게만 떠넘기는 듯한 느낌이 들었다. 그 당시 료지 곁에 있었던 사람은 구마자와만이 아니다. 오래전 이 연구실에는 고누마도 사나도 있었다. 그만 가시 돋친 말을 내뱉고 말았다.

"그때 수학은 왜 그만둔 거야?"

구마자와는 묻자마자 후회했다. 그야말로 원망밖에 없는, 한심한 질문이었다. 사나는 커피를 마시더니 진지한 얼굴로 답했다.

"그만뒀다기보다는 여기 밖에도 세계가 있다고 생각했을 뿐이야."

어색한 분위기를 얼버무리듯 구마자와는 새까맣게 변한 창밖으로 시선을 돌렸다.

"막차는? 너무 늦으면 집에서 걱정하지 않아?"

"혼자 사니까."

구마자와는 연애는, 하고 말하려다 입을 다물었다.

사나는 가볍게 일어서더니 하이힐 소리를 울렸다.

"그만 갈게. 주먹밥 잘 먹었어."

"역까지 바래다줄게."

"괜찮아. 가깝잖아. 너도 그 정도 배려는 하게 됐구나."

사나는 아무렇지 않다는 듯 기대에 찬 눈으로 구마자와를 바라보았다.

"그러고 보니까 내가 줬던 펜은 아직도 쓰고 있어?"

"……아니, 이제는 안 써."

그 볼펜은 그 뒤로 쓰지 않고 버리지도 못한 채 책상 깊숙한 곳에 처박아두었다. 분명 두 번 다시 쓰지 않으리라.

"그렇겠지. 그럼 앞으로 잘 부탁해."

구마자와는 두 사람의 관계에 '앞으로'가 있을 줄 상상도 못 했다.

사나는 몸을 돌리며 방금 전까지 손을 두었던 목덜미를 보였다. 그러고는 뒤도 돌아보지 않고 복도를 걸어갔다. 구마자와는 머릿속에 남은 사나의 미소를 떨쳐내며 방으로 돌아갔다.

"슬슬 돌아갈게." 사토미에게 메시지를 보냈다. 휴대전화 배경화면에 떠오른 딸의 얼굴에는 웃음이 가득했다. 수학자란 일반인과 똑같은 발상으로는 밥벌이를 할 수 없다. 하지만 그 말이 평범한 사람으로서 걸어야 할 길을 벗어나도 괜찮다는 면죄부는 아니다.

창밖을 내려다보니 캠퍼스를 큰 보폭으로 걸어가는 사나가 보였다. 유리창에는 피부가 우중충한 중년 남자가 비쳤다. '서른여섯인가' 하고 구마자와는 새삼 생각했다.

8 ——————————————— 옳은 사람

눈을 뜬 료지의 시야에 가장 먼저 들어온 것은 아침 햇살을 쬐고 있는 컵라면 용기다. 야식으로 먹은 건데 배가 부른 탓에 그만 잠들어버린 것 같았다. 소회의실 안에 화학조미료 냄새가 진동했다.

노트가 어지럽게 널브러진 원탁에서 몸을 일으키고는 교수실로 가 싱크대에 남은 국물을 버렸다. 시선이 절로 책상에 향했다. 늘 서류가 산더미처럼 쌓여 있었는데 지금은 깨끗하게 정리되어 있다. 책상뿐 아니다. 고누마의 물건은 전부 흔적도 없이 방에서 사라졌다.

이 방은 내일부터 다른 사람이 쓸 것이다.

고누마가 국립수리과학연구소로 옮긴다는 사실을 알게 된 것은 두 달 전이었다. 격주로 열리는 연구실 세미나 후에 고누마가 료지를 불렀다. 교수실에 들어가자마자 고누마가 이야기를 꺼냈다.

"내년 이후의 일에 대해서인데."

그에 대해서는 이미 봄부터 몇 번이고 이야기를 나눴다. 예정대로 되면 료지는 내년 봄에 박사 학위를 취득한다. 학부는 2년, 석사는 1년 만에 수료했지만 박사를 수료하는 데는 남들만큼 애를 먹었다. 주제로 정한 가케야 추측이 강적이었던 것이 가장 큰 문제였지만, 어떻게든 굴복시켜서 성과를 올렸다. 논문은 지난달에 막 통과된 참이다.

국내를 넘어 전 세계에서 료지에게 연구원 제안을 보내왔다. 특히 기하학 연구자들은 료지의 졸업만을 목이 빠지게 기다렸다. 대학이든 기업이든, 료지가 원하면 아마 어디든 들어갈 수 있을 터였다.

하지만 료지는 이미 진로를 굳게 정해두었다.

"저는 이 연구실에 남고 싶습니다."

전부터 수차례 같은 대답을 했다. 선수를 빼앗겼다는 듯이 고누마가 머리를 긁적였다.

"네 마음은 잘 안다. 하지만 바깥세상을 경험하는 것도 나쁘지 않아. 학교에는 언제든 돌아올 수 있어."

"바깥세상에는 뭐가 있는데요? 저는 여기가 좋아요."

료지에게 이 연구실은 처음으로 자신을 받아들여준 곳이다. 자신이 있어야 할 세계가 바로 이곳에 있다. 수학의 세계에서 살아가는 료지에게 이보다 마음 편한 곳은 없었다.

소파에 앉은 고누마가 입을 열었다.

"나는 9월 말에 국립수리과학연구소로 옮긴다."

곧장 말뜻을 이해하지는 못했지만, 이내 료지는 몸이 굳어버렸다.

"여기서, 나가신다는 말씀이세요?"

"그래, 10월부터 국수연 연구원이다. 벌써 내 후임 교수도 정해졌어."

"두 달밖에 남지 않았잖아요."

"합숙이 끝나면 정리를 시작할 거야."

"갑자기 왜요? 무슨 일이 있으신 건가요?"

"아직 사십대다, 나도."

고누마의 눈빛에는 동정이 섞여 있었다. 고누마는 료지와 눈을 마주치지 않고 책장에 꽂힌 졸업논문들을 바라보았다. 고누마는 이곳으로 료지를 불러들인 장본인이다. 그랬던 고누마가 이렇게 어이없이 눈앞에서 사라진다니, 있을 수 없는 일이다.

"조금 더 현역으로 활약하고 싶다."

국립수리과학연구소에는 교육 기능이 없다. 학생은 받지 않으며 직원들은 말 그대로 자신의 힘으로만 연구 성과를 올려야 한다. 웬만큼 승진하지 않는 이상 급여는 사립대학 교수보다 적다. 환경은 험난하지만, 학생들 교육이나 잡무에서 해방되어 수학에 몰두할 수 있다. 그곳에서는 당연하다는 듯이 오륙십대 수학자들도 최전선에 나서 활동하고 있다. 어떤 면에서는 수학자에게 낙원 같은 곳이기도 하다.

"얼마 전에 어머니가 돌아가셨다. 식도암이었어. 외할머니도 암으로 돌아가셨으니 혹시 가족 유전일지도 몰라. 어쨌든 이제 내 혈연은 아무도 없어. 아내도 아이도 없으니까 혹시 일자리를 잃어도 가족까지 고생시키지는 않아."

고누마는 혼잣말처럼 중얼중얼하다가 갑자기 거친 목소리를 냈다.

"새삼 인생을 돌이켜보았는데 내가 살아온 흔적은 오로지 수학에만 있어. 내 나름 대로 많이 노력했다. 하지만 수학에 인생을 건다면 한번 제대로 걸고 싶다. 나는 대학 교수로 끝나고 싶지 않아. 부디 이해해다오."

"교수님도 성과를 올리셨잖아요."

"이 정도로는 부족해. 더 할 수 있다. 아무튼 시간이 부족해."

"교수님을 필요로 하는 학생이 잔뜩 있어요."

"나는 이미 전성기에서 내려왔어. 더는 미룰 수 없다. 부탁이다. 나는 수학자로 살다 죽고 싶어."

두 사람은 스승과 제자가 아니라 대등한 입장에서 얼굴을 마주 보았다. 료지도 고누마를 설득하기 어렵다는 걸 알았다. 하지만 납득이 되지 않았다.

료지에게 고누마는 처음으로 말이 통한 사람이다. 그런 고누마와 떨어진다니, 스스로 몸을 찢는 것 만큼 고통스러운 일이었다.

목구멍에서 쥐어짜는 듯한 소리가 나왔다.

"어째서 더 빨리 알려주시지 않았나요?"

답은 없었다. 료지는 고개를 숙일 수밖에 없었다. 고누마의 목소리가 들려왔다.

"내가 너를 여기로 불렀지. 네가 박사를 받을 때까지는 돌봐주고 싶었는데, 국수연에서 10월에 오지 않으면 다음 기회는 언제일지 알 수 없다고 하더구나. 이번 기회를 놓쳤다가는 꼼짝없이 퇴임할 때까지 교수를 해야 할지도 몰라."

그렇게 싫은데 애초에 왜 교수가 되었을까. 교수가 되지 않았다면 나 역시 이렇게 비참한 기분을 느끼지 않았을 텐데.

료지는 가슴에 소용돌이치는 원망을 입에 담고 싶지 않았다. 그 말을 내뱉으면, 스스로 이 자리에 있는 것조차 부정하는 셈이 될 것 같았다.

"교수가 된 시점에 현역으로 활동하는 건 포기했었다. 그런데 말이다. 너희가 일반화된 문샤인을 완성했을 때, 나는 기쁘기보다 먼저 너를 질투했다. 질투하고 후회했지. 왜 나는 그렇게 빨리 포기했을까 하고. 그래서 한 번 더 도전해보려 한다. 분명 나는 감독보다 선수로 타고난 거야."

고누마가 평온한 목소리로 물었다.

"내가 없어도, 여기 남겠다는 거지?"

"남겠습니다."

이 연구실 또한 료지의 일부였다. 고누마가 떠난다 해도 그 사실은 변치 않는다.

답은 들은 고누마는 내년 이후의 진로에 대해 후임 교수와 상담해두겠다고 말했다. 다만 료지가 원하면 교와 대학은 얼마든지 연구원 자리를 마련해줄 것이라고 덧붙였다. 빈번하게 언론에 보도되는 료지는 이 대학교에서 손에 꼽히는 유명 인사다. 그런 인재를 멀뚱멀뚱 다른 곳으로 뺏기는 멍청한 짓은 저지르지 않을 것이다. 고누마는 그렇게 예측했다.

"후임 교수는 어떤 분인가요?"

"오랫동안 미국에서 활동했어. 이번에 교수로 취임하면서 귀국하는 거고. 수론과 기하학에서는 나보다 훨씬 유명한 교수님인데, 히라가 도시히코라고 들어본 적 있지?"

구마자와의 방에서 본 적 있는 이름이다. 분명히 끈 이론의 총설을 쓴 저자로 구마자와의 연구 주제와 관련이 깊은 사람이었다. 료지의 표정에 드리운 그림자의 의미를 눈치챈 고누마가 뒤이어 말했다.

"걱정하지 마. 이와사와 이론이나 군론에도 정통한 학자니까 연구실 학생들 지도도 문제없이 해줄 거다. 너에 대해서도 미리 말해두었고."

고누마가 무슨 말을 전했을까. 새로운 교수도 수학의 세계에서 살아가는 사람일까? 축 처진 료지의 어깨를 고누마가 붙잡았다.

"미안하다."

료지에게는 료지의 인생이 있고, 고누마에게는 고누마의 인생이 있다. 그런 사실쯤은 알고 있었다.

고누마의 흔적이 없어진 교수실은 마치 처음 보는 방 같았다. 료지는 창문을 등지고 바퀴가 달린 의자에 앉아보았다. 고누마가 평소에 보던 풍경. 나는 줄곧 이 자리를 목표했다. 여기에 앉으면 수학자로서 인정을 받은 것이라고 생각했다. 하지만 고누마는 스스로 이 자리를 버렸다. 그렇다면 나는 이제 무엇을 목표해야 하지?

내일 히라가라는 남자가 취임한다.

료지는 의자에 몸을 묻은 채 한동안 고누마에 대해서 생각했다.

—

몸 전체가 허여멀건 남자였다.

정수리를 덮은 머리카락은 새하얗고 입 주위에는 흰 풀 같은 수염이 나 있었다. 주름투성이 버튼다운칼라 셔츠는 칙칙한 흰색에 오래 입은 듯한 면바지는 색이 바랜 베이지였다. 몸집이 작은 데다 비쩍 마른 탓에 실제 나이인 쉰여섯보다 훨씬 더 들어 보였다.

학생들을 교수실로 불러 모은 히라가는 평온한 목소리로 말했다.

"히라가라고 합니다. 20년 이상 해외에서 연구를 해왔습니다. 일본에서 일하는 건 정말 오랜만이군요."

미국 남부에 있는 샬럿 대학교는 이과 명문으로 널리 알려져 있다. 히라가는 그 대학에서 10년 동안 교수로 일했다. 일부 학생들은 히라가의 경력만 듣고도 주눅이 들었다.

"누가 미쓰야 료지입니까?"

료지가 앞으로 나서자 히라가는 미소라고는 전혀 없이 오른손을 내밀었다. "잘 부탁하네."

"네." 료지가 어중간하게 오른손을 내밀자 히라가가 먼저 손을 잡았다. 의외로 힘이 셌다.

"소문은 많이 들었어. 활약이 대단한 것 같던데. 일반화된 문샤인에 성공했다든가 프랙털의 난제를 해결했다든가."

"일반화된 문샤인은 저 혼자 해낸 게 아닙니다."

히라가는 표정을 바꾸는 대신 수염을 살짝 움직였다.

"주저자는 자네 아닌가?"

"사나와 구마자와가 도와준 덕에 증명할 수 있었습니다."

료지가 돌아보자 두 사람이 자세를 바로잡았다. 히라가의 시선이 한순간 그쪽으로 향했지만 이내 료지의 얼굴로 돌아왔다.

"그러니까 자네 말은 이런 뜻이로군. 나 혼자 문제를 해결한 것이 아니다. 공동 연구자들의 공헌이 없었다면 해결할 수 없었다."

"맞습니다."

"마음은 잘 알겠어. 하지만 사람들은 그렇게 보지 않아."

히라가가 천천히 걸음을 내디뎠다. 료지뿐 아니라 학생 모두에 말하듯이 손짓을 섞었다. 마치 강의를 하는 것 같았다.

"왜냐하면 논문의 주저자가 자네이기 때문이야. 논문의 독자들은 공동 연구자들이 얼마나 공헌했는지 알 수 없다. 하지만 제1저자의 공이 가장 크다는 사실은 분명히 알 수 있지. 그러니 자네가 어떻게 생각하든 일반화된 문샤인은 미쓰야 료지의 업적이야. 학계에서 살아갈 생각이라면 그 정도는 알아두게."

히라가는 걸음을 멈추지 않았다.

"하나만 더 말할까. 수학의 세계에서는 완전한 증명을 제시한 자만이 해결자로서 인정을 받는다. 즉, 증명에 조금이라도 구멍이 있으면 해결자가 아니라는 뜻이야. 그 구멍을 수정해 완전한 증명을 만들어내야 해결자가 될 수 있어."

히라가는 료지의 앞으로 돌아가서야 걸음을 멈추었다. 움푹 팬 눈이 료지에게 다가갔다.

"그런데 자네의 증명에는 구멍이 있어."

냉철한 시선에 눌린 료지가 반걸음 뒤로 물러섰다. 유리구슬처럼 투명하고 흔들림 없는 두 눈이 료지의 동요를 꿰뚫어 보았다.

"3차원의 가케야 추측. 논문을 읽어봤는데, 정말 굉장해. 나도 읽으면서 굉장히 흥분했어. 최근 1년을 통틀어 손에 꼽을 만한 성과라고 생각해. 하지만 불완전해."

히라가는 화이트보드 앞에 섰다. 고누마가 있던 무렵에는 학회나 세미나 안내가 빼곡히 적혀 있었지만 지금은 새하얗다. 펜을 손에 든 히라가가 느닷없이 맹렬한 기세로 수식을 적기 시작했다.

순식간에 료지가 쓴 증명의 일부가 정확하게 재현되었다. 손을 멈춘 히라가는 우쭐한 기색도 없이 담담하게 말했다.

"자네의 증명에서는 이것이 자명하다 했지만, 사실은 자명하지 않아."

료지는 반론을 하려 했지만, 몸이 앞으로 기우뚱할 뿐 목소리가 나오지 않았다. 히라가의 지적은 전혀 의식하지 못한 영역이었다. 틀림없다고 굳게 믿었던 한 문장이 갑자기 높은 벽이 되어 눈앞에 우뚝 섰다. 제방에 작은 구멍이 뚫리면 그곳부터 전체가 무너진다. 료지의 얼굴이 붉게 달아올랐고 입안은 바짝 말랐다.

"료지."

사나가 옆에서 불렀다. 반론하라는 뜻이 틀림없었다. 하지만 무슨 말을 해야 할지 떠오르지 않았다. 히라가는 반론이 없음을 확인하고는 투명한 눈으로 주위를 둘러보았다.

"검토자가 미쓰야 료지의 명성에 휘둘렸을지도 모른다. 뭐, 논문의 증명에 구멍이 있는 건 드문 일도 아니니까. 내가 하고 싶은 말은, 잘못하면 다른 누군가가 3차원 가케야 추측을 완전히 해결할지도 모른다는 것이다. 나 외에도 이 결함을 눈치챈 연구자가 있을 테니까."

안타깝다는 듯이 히라가는 고개를 좌우로 저었다.

"지금 당장 수정에 착수해. 그러지 않으면 자네는 최고의 패스를 한 축구 선수가 되고 말 거야. 골을 넣지 못하면 아무 의미도 없어."

해산한 학생들은 모두 막연한 불안감에 휩싸였다. 의도했는지는 모르지만 히라가는 압도적인 '옳음'을 무기 삼아 일방적으로 료지를 꺾었다. 고누마와 전혀 다른 방식이었다. '옳음'이라는 예리한 칼날 앞에 다들 움츠러들었다.

"저 사람 뭐야?" 소회의실에 돌아온 사나가 분개했다. 대학원생이 된 뒤에도 세 친구의 근거지는 소회의실이었다. 료지는 흠씬 혼난 아이처럼 고개를 푹 숙였다.

"저게 미국식이야?"

"저런 방식도 있겠지. 그리고 미국이랑 뭔 상관이야. 저 사람 방식이야."

구마자와가 중재하듯이 나섰다.

"유이치, 저쪽 편이야? 료지가 엉망진창으로 당했잖아."

사나는 사람들 앞에서도 태연하게 '유이치'라고 성이 아닌 이름으로 불렀다. 처음에는 다나카가 꽤나 놀렸지만 이제는 주위에서도 전혀 신경 쓰지 않는다. 머지않아 두 사람이 사귄 지 3년이었다.

"편 가르는 건 아니잖아. 다만 히라가 교수님도 틀리지 않았다는 말이야."

"말하는 방식이라는 게 있잖아. 처음 봤는데 갑자기 저게 뭐야."

"그만큼 료지를 신경 쓰는 거야. 냉정히 생각해보면 대단하긴 해. 남의 논문을 통째로 암기한 거니까."

두 사람이 말하는 중에도 료지는 입을 다물고 있었다. 마치 보이지 않는 힘이 목을 조르고 있는 것 같았다. 사나가 료지의 얼굴을 들여다보았다. "괜찮아?"

료지는 사나를 보고 이어서 구마자와를 보았다. 두 사람을 안심시키듯이 고개를 끄덕이고 싸구려 볼펜을 힘껏 움켜쥐었다.

"당장 수정해야 해."

노트에 삐뚤빼뚤한 글자를 써나가는 료지의 뒷모습을 구마자와는 조용히 바라보았다. 보기 힘들다는 듯이 사나는 소회의실에서 나가버렸다.

수학의 세계에서 '옳음'에 이길 수 있는 것은 없다. 아무리 멋진 해법도, 참신한 발상도, '옳음' 앞에서는 무력하다. 그래서 그때 한마디도 반론할 수가 없었다. 히라가가 보여준 바늘구멍에 실을 꿰는 듯한 치밀함이 료지에게는 없었다.

구마자와는 격려도 위로도 하지 않은 채, 료지가 펜을 서걱서걱 움직이는 소리만을 듣고 있었다.

—

단골 술집은 10월인데도 젊은이들의 열기 때문에 더울 지경이었다. 가난한 학생들이 저렴한 가게에 모여 밍밍한 술을 들이붓듯이 마시며 왁자지껄 떠들었다. 료지는 셔츠 소매를 말아올리고는 물수건으로 팔뚝을 닦았다.

구마자와가 테이블 맞은편에 앉은 기노시타에게 물었다.

"구직 중에도 계속 빡빡머리였어요?"

"그랬지."

"아무 말도 안 해요?"

"기합이 들어갔다고 한 사람은 있어."

기노시타는 웃으면서 잔에 든 술을 들이켰다. 이번에는 사나가 물었다.

"컨설턴트는 무슨 일을 해요?"

"금융공학의 관점에서 경영에 조언을 한다……고 하는데 나도 잘 몰라."

오늘 술자리는 기노시타의 취직을 축하하기 위해 마련되었다. 길었던 구직 활동에 마침표가 찍혀서 기노시타의 표정에도 한결 여유가 감돌았다. 이미 한참 전에 진로를 결정한 다나카까지 들 떠 보였다. 다나카는 트레이드마크였던 긴 머리를 짧게 정돈해서 앞머리에 가려져 있던 드넓은 이마가 그대로 드러났다.

"기노시타는 옛날부터 그런 데 관심이 많았지."

"수학은 쓸모없다고 단정하는 게 싫거든."

또 술잔을 기울였다. 기노시타는 꽤 취해 있었다.

"IT든 건축이든 기계든, 수학이 쓰인다고. 저기 무식한 고등학 생은 수학 따위 공부해봤자 무슨 의미가 있냐고 하지 않냐? 나도 비슷한 말 자주 들었어. 수학과에서 박사까지 했다가는 취직할 곳이 없을 거라고. 암튼 그런 놈들한테 한 방 먹이고 싶기도 해."

얼굴이 빨개진 다나카가 요란스럽게 자기 가슴을 두드렸다.

"그런 무식한 고등학생을 내가 갱생시키면 되는 거지."

"부탁해, 다나카 선생님."

다나카는 있는 대로 고민한 끝에 연구자의 길을 포기했다. 내년부터는 고향인 호쿠리쿠에서 공립고등학교 교사를 할 예정이다. 과목은 물론 수학이다.

사나는 자신이 마실 매실주를 주문하고는 구김살 없이 웃으며 돌아보았다.

"선배들 졸업을 배웅할 수 있어서 다행이에요."

"사이토는 정말 공학부로 갈 거구나."

다나카가 침울하게 중얼거렸다.

"그렇게 어두운 얼굴 하지 마세요. 다른 학교로 가는 것도 아닌데."

사나는 박사 과정을 공학부에서 밟기로 했다. 이미 입학시험도 치렀다. 구마자와는 수학과 박사 과정으로 진학하기 때문에 둘은 내년 봄부터 다른 연구실로 나뉜다. 기노시타가 솔직하게 물어봤다.

"사이토는 예술가를 목표하는 거야?"

"아뇨, 아뇨. 아트는 그냥 취미예요."

사나는 학부를 졸업하는 동시에 천문 동아리를 그만두고 미디어아트에 몰두하기 시작했다. 공학부에 진학하기로 마음먹은 계기도 미디어아트인 듯했다. 정보과학과 미술을 융합한 분야가 미디어아트라고 몇 번씩 설명을 들었지만, 료지는 여태 무엇을 하는지 짐작조차 하지 못했다.

"구마자와는 사이토의 작품 본 적 있어?"

"없어요. 정보과학도 미술도 관심이 없어서."

"그래 놓고 남자친구냐." 하고 기노시타가 핀잔을 놓았지만 구마자와는 꿈쩍도 하지 않았다.

"유이치는 여자친구가 다른 학부로 가는데 괜찮아? 정말 괜찮아?"

이번에는 다나카가 짓궂게 놀렸다.

"매우 괜찮아요. 반대할 이유도 없고."

"오히려 반대했으면 헤어졌을걸요."

태연하게 웃는 사나를 다나카는 어처구니없다는 듯이 보았다.

"쓸데없이 걱정했네. 야, 료지. 왜 그래? 기운이 없잖아."

테이블을 둘러싼 다섯 명 중 료지만 말수가 적었다. 애초에 수다쟁이는 아니지만 계속 입을 다문 채 콜라만 마시는 것이 이상했다.

"히라가 교수님한테 크게 당한 뒤로 계속 이래요."

구마자와가 말하자 다나카가 료지의 어깨를 두드려주었다.

"수학에 관한 일에서 네가 지다니 드물긴 한데 너무 우울해하지는 마. 어려운 문제도 아닐 것 같은데. 착착 정리하고 다음 연구로 넘어가면 되잖아."

료지는 다나카의 응원에 전혀 반응하지 않고, 콜라의 기포들이 터지는 것만 바라보았다.

"어, 뭐야? 어려운 거야?"

동요한 다나카가 사나에게 도움을 요청했다. "어려운 것 같아요" 하고 사나가 답했다.

료지의 머릿속 한편에서는 늘 그 문제가 똬리를 틀고 있었다. 걷어차고, 때리고, 찌르고, 부수고, 비틀어도, 높은 벽은 꿈쩍도 하지 않았다. 뛰어넘으려 해도 너무 높고, 돌아가려 해도 끝이 없고, 땅속으로 파고 들어가도 벽이 계속되었다. 이 벽을 초월하지 않으면 우울한 기분이 사라지지 않을 것 같았다.

처음 겪는 일이었다. 해결되지 않는 문제는 뒤로 밀어두면 그만이었다. 죽기 전까지 몇 번이고 도전할 수 있었다. 하지만 이 문제만은 곧장 해결해야 했다. 조바심이 더더욱 료지를 궁지로 몰았다.

기노시타가 술잔에 든 것을 입안으로 흘러넣었다. 숨이 막힐 듯한 알코올 냄새가 났다. 이럴 때 다른 사람들은 독주라도 마시며 기분을 전환할까? 지금껏 피해야 한다고 여겼던 알코올에 한 번 기대볼까 하는 마음이 들었다.

기노시타가 구마자와의 연구로 화제를 옮겼다. 구마자와는 같은 연구 주제로 박사 진학이 결정되었다.

"처음에는 어찌 되려나 했는데 어떻게든 되는 법이네. 나는 요즘 세미나에 잘 나가지 않아서 모르는데 순조로운 거지?"

"일진일퇴하고 있어요. 논문 투고도 박사 과정 이후로 미룰 것 같고요. 간신히 석사 논문은 쓸 수 있을 것 같지만요."

구마자와는 입을 다문 채 쓴웃음을 지었다.

"료지에 비하면 저는 한심하지요."

그 말을 들은 다나카가 이번에는 한숨을 쉬었다. "아아" 하고 소리까지 냈다.

"구마자와, 네 녀석의 그런 점이 싫어."

나직이 뱉은 혼잣말에 테이블이 조용해졌다. 구마자와는 어안이 벙벙한 얼굴로 다나카를 보았다. 농담하는 것 같지는 않았다.

"다른 사람들 앞에서는 겸손해도, 너 사실은 죽기보다 지는 걸 싫어하잖아. 시험공부는 안 한다고 하면서 남몰래 죽어라 공부하는 성격이잖아. 말하면 어때서 그래? 나는 료지에게든 누구에게든 지고 싶지 않다고."

얌전히 듣고 있던 구마자와의 눈빛이 점점 공격적으로 변해갔다.

"굳이 그런 말을 할 필요는 없으니까요. 다나카 선배, 자기가 포기했다고 학자를 목표하는 사람을 질투하지는 마세요."

"뭐? 지금 그 말이 본심이구나. 그렇게 나를 계속 무시했었냐?"

지체 없이 기노시타가 끼어들었다.

"야, 내 취직 축하해주는 거 아니었냐?"

그 한마디에 다나카와 구마자와 모두 입을 다물었다. 어떻게든 수습해보려고 사나가 동급생에 대한 소문을 떠벌이기 시작했다.

술자리는 어딘지 맥이 빠진 채 끝났다. 료지는 머릿속 한구석에 어른거리는 문제에 사로잡혀서 마지막까지 거의 대화에 참여하지 않았다.

돌아가는 길에 두 선배와 헤어지고 셋이 나란히 걸었다. 한동안 누구도 입을 열지 않았다.

"내년부터 어쩔 거야?"

구마자와가 먼저 입을 열었다. "몰라" 하고 료지는 솔직히 답했다. 료지에게는 내년 봄보다 눈앞에 닥친 문제가 중요했다.

"교와 대학에서 가르칠 수 있을지도 모르겠는데, 히라가 교수님하고는 얘기한 적 없어."

"교와 대학에 얽매일 필요는 없어. 네가 원하기만 하면 어디든 갈 수 있으니까."

고누마도 비슷한 조언을 했었다.

"너무 신경 쓰지 마. 모두들 료지를 걱정하고 있으니까."

사나의 격려는 순수하게 기뻤지만 연구실 멤버들을 걱정시키는 것도 힘들었다. 역시 하루라도 빨리 가케야 추측의 증명을 완성해야 했다.

사거리에 다다르자 사나와 구마자와는 나란히 오른쪽으로 꺾었다.

"내일 보자." "잘 자."

두 사람은 딱 붙어서 구마자와의 아파트 쪽으로 향했다. 조금 걸어간 곳에 있는 가로등 아래에서 사나는 구마자와에게 의지하듯이 팔을 둘렀다. 료지는 그 뒷모습을 배웅하고는 사거리에서 똑바로 걸어갔다.

밤길의 가로등 아래에 몇몇 얼굴이 떠오른다. 고누마는 더 이상 없다. 다나카와 기노시타도 졸업과 동시에 취직한다. 사나는 공학부로 진학한다. 료지를 이 세계에 붙잡아주던 밧줄이 차례차례 끊어지고 있다. 이제 곁에 있는 사람은 구마자와뿐이다. 단 하나 남은 밧줄만은 절대로 놓치고 싶지 않았다.

도중에 가로등이 없어져서 밤길에 어둠이 더욱 짙어졌다.

검은 바다에 표류하는 배가 불타고 있다. 본 적 있는 배다. 육지와 연결해주던 밧줄이 전부 끊어져서 조수가 이끄는 대로 바다를 떠돌고 있다. 맹렬하게 불타는 배 위에 료지가 있다.

배를 움직일 연료가 필요하다. 이대로 계속 가면 결국 바닷속 깊이 가라앉을 뿐이다. 계기가 필요하다. 한 발짝 앞으로 나아갈 계기가.

아파트 앞을 지나쳐서 조금 떨어진 편의점까지 걸어갔다. 젊은 점원은 계산대에 멍하니 서서 인사도 하지 않았다.

료지는 차가운 술들이 진열된 냉장고 앞에 서서 눈에 띄는 캔맥주를 잡았다. 알루미늄 캔이 너무 차가워서 손가락이 달라붙을 것 같았다. 의욕이라고는 없는 점원에게 캔을 내밀자 비닐봉지에 담아주었다.

캔 하나만 든 비닐봉지를 들고 아파트로 돌아갔다. 늘 펴져 있는 이부자리 위에 책상다리를 하고 앉아서 캔 맥주를 땄다. 거품이 내뿜어져 널브러진 논문과 노트 위로 날아갔다. 코를 가까이 대기만 해도 머리가 어질어질했다.

입을 쭈뼛거리며 가까이 가져가서 핥듯이 맥주를 조금 빨아들였다. 보리의 쌉쌀함이 혀에 남았다. 그 맛을 씻어내듯이 이번에는 힘껏 캔을 기울였다. 탄산이 목구멍 속으로 한꺼번에 들어온 탓에 기침이 나왔다. 폐 속에서 술 냄새가 나는 듯했다. 이번에는 캔의 입구에 입술을 제대로 붙이고 꿀꺽꿀꺽 알코올을 마셨다. 캔은 금세 텅 비었다.

곧장 하늘에 붕 뜬 것 같은 기분이 들었다. 온몸에 열이 오르는 탓에 더워서 참을 수 없었다. 눈앞에 깜박이는 불빛들이 오고 갔다. 무심결에 곁에 있던 논문에 손을 뻗었다. 료지 자신이 적은 3차원 가케야 추측의 증명. 히라가가 지적한 부분이 싫어도 눈에 들어왔다.

"아!" 하고 료지는 외쳤다. 느닷없이 벽을 깨부술 방법이 번뜩였다. 서둘러서 종이와 펜을 잡고 생각의 흐름대로 쓰기 시작했다. 이렇게 간단한 걸 왜 지금까지 깨닫지 못했을까. 얼굴 가득 웃음을 지으며 료지는 펜을 움직였다.

무엇이든 해낼 수 있을 것 같은 자신감이 료지를 감쌌다. 지금이라면 어떤 문제든 풀 수 있어. 뭐든 볼 수 있어.

강렬한 메슥거림이 찾아든 것은 몇 분 후였다. 화장실로 뛰어들어 위 속에 있는 것을 토해내자 머리가 짓눌리듯이 아팠다. 입안을 물로 헹구고 싶었지만 두통 탓에 일어설 수도 없었다.

어느새 료지는 의식을 잃어버렸다. 정신이 들었을 때는 열어둔 커튼 너머에서 아침 햇살이 들이치고 있었다. 어젯밤과는 다른 간헐적 두통이 남아 있고, 가슴에는 타는 듯한 불쾌함이 가득했다. 다시 조금 토한 다음에 입안을 씻고 화장실에서 기어나왔다.

이불을 뒤집어쓰면서 어젯밤 단 몇 분 동안 찾아왔던 자신감을 떠올렸다. 손을 뻗어 수식을 적은 노트를 잡았다. 자신이 적었지만 기억에 전혀 남아 있지 않았다. 마치 다른 사람이 료지에게 빙의해서 쓴 것 같았다. 그런 경험은 처음이었다.

　중요한 내용은 지금껏 생각했던 것과 그리 다르지 않았다. 다만 쓰여 있는 것은 서문의 일부에 불과했다. 그다음에 어떻게 전개될지 궁금했다.

　맥주는 가볍게 우울함을 달래보려고 산 것이다. 더 이상 술을 마시고 싶지는 않다. 강렬한 메슥거림, 두통, 권태감. 두 번 다시 느끼고 싶지 않다. 하지만 그 감각들과 맞바꾸어 또다시 자신감을 손에 넣을 수 있다면. 가케야 추측의 증명을 완성할 수 있다면. 알코올을 뒤집어쓸 각오는 되어 있다.

　컨디션이 회복되면 다시 시험해보자. 뇌가 쪼개지는 듯한 두통을 앓으며 료지는 남몰래 결심했다.

9 ———————————— 천분

이과학부 교수회의가 시작되고 두 시간이 지났다.

출입구와 가장 가까운 자리에 앉은 구마자와는 자꾸만 손목시계로 시선을 옮겼다. 약속 시간이 점점 다가왔다. 여유 있게 출발하려 했지만, 이 상태로는 제시간에 도착하기도 아슬아슬했다. 그나마 지갑은 품속에 있었다.

기다란 테이블 상석에 학부장이 자리를 잡고 그 곁에는 사무국장이, 양옆에는 신하처럼 교원들이 나란히 앉아 있다. 결석한 사람들이 꽤 있지만, 그래도 회의에는 약 마흔 명이 출석했다. 이름은 교수회의였지만 각 연구실의 대표들이 멤버이기 때문에 부교수인 구마자와도 참석했다. 회의에 출석한 이들은 대부분 노트북으로 몰래 다른 일을 하거나 멍한 눈으로 엉뚱한 방향을 보았다.

의제는 학부생의 조기 졸업에 대한 것이었다.

료지가 처음 조기 졸업을 한 이래 지금껏 몇몇이 학부를 조기 졸업하고 대학원에 진학했다. 하지만 조기 졸업자들은 대부분 대학원 수료와 동시에 다른 조직으로 떠나서 다시는 교와 대학에 돌아오지 않았다. 우수한 학생들을 붙들어둔다는 당초의 목적이 이뤄지지 않고 있기 때문에 제도의 존속에 반대하는 이들도 적지 않았다.

게다가 애초에 조기 졸업 제도가 료지 때문에 만들어졌다는 소문도 있다. 당시 학부생이면서 수학사에 남을 만한 성과를 올린 료지는 '21세기의 갈루아'라고 떠받들어지며 미디어의 주목을 받았다. 그런 료지를 대학 광고에 이용하기 위해 급조한 것이 조기 졸업 제도라는 말이다. 하지만 이미 당시 학장도, 학부장을 맡았던 교수도 모두 퇴임하여 학교에 남아 있지 않다. 이제 와서 진실을 확인하기란 불가능했다.

무의미한 논의가 이래저래 한 시간 넘게 계속되었다. 열띠게 논쟁하는 이는 일부에 불과하고 다른 이들은 흥미 없다는 듯한 표정이었다. 구마자와는 논의를 흘려들으면서 논문 초고를 다듬었다.

"구마자와 교수님은 어떻게 생각하십니까?"

느닷없는 질문에 절로 "네?" 하는 소리가 나왔다. 반대파 교수가 어딘지 험악한 목소리로 말했다.

"교수님도 조기 졸업 제도와 관계가 있지 않습니까? 미쓰야 료지의 친구니까요."

친구. 나에게 친구라고 할 권리가 있을까?

그 무렵, 박사 과정 대학원생이던 그때, 구마자와는 료지를 버렸다. 의도하지 않았더라도, 결과적으로 그렇게 되었다. 사나와 이별하고 자신의 연구에 몰두해서 히라가를 따라가길 선택했다.

고민하는 척하면서 얼버무리려 했지만, 질문한 교수가 계속 노려보고 있었다. 별수 없이 무난하게 답했다.

"친구인지 아닌지는 제쳐두고, 이 일은 학부뿐 아니라 대학 전체가 논의해야 할 주제라고 생각합니다."

"교수님, 지금까지 제대로 들었습니까? 먼저 이과학부의 뜻을 정리한 다음에 학장님께 제안하자고 이야기하지 않았습니까. 갑자기 대학 전체라니……."

상대 교수가 점점 흥분했다. 사무국장이 동정하는 눈빛으로 구마자와를 보았다. 학부장은 자신과 상관없는 일인 양 손등을 긁어댔다. 구마자와는 진지한 표정으로 맞장구를 치는 척했다.

돌이켜보면 그 조기 졸업부터 료지의 불행이 시작되었는지도 모른다.

그때로 돌아가 다른 선택을 한다면 지금과 다른 결말을 맞았을까?

─

료지가 증명을 발표했던 3차원의 가케야 추측은 러시아 수학자가 완성해냈다. 히라가가 불완전함을 지적하고 석 달이 지난 뒤였다. 그 직후 열린 연구실 세미나에서 히라가는 료지를 앞에 세우고 타인이 만들어낸 '완전한 증명'을 해설하게 했다. 자신의 증명 어디에 구멍이 있었고, 그 구멍이 어떻게 메워졌는가. 그것을 말하기란 너무나 굴욕적이라 몸이 불타는 듯했을 것이다.

해설을 마친 료지에게 가장 앞줄에 앉았던 히라가가 말했다.

"수학을 한다는 건 이런 일이다. 옳지 않으면 아무런 의미도 없어."

히라가는 료지의 얼굴을 들여다보더니 불완전한 증명이 쓰인 논문을 집어들었다.

"자네가 여기에 적은 건 수학이 아니야. 단순한 아이디어지."

구마자와는 고개를 푹 숙인 료지를 동정하면서도, 왠지 냉담하게 바라보았다. 오랫동안 품고 있던 환상이 소리를 내며 무너지는 것 같았다.

료지의 논문은 불완전했지만 박사 과정을 수료하는 데에 충분하고도 남을 실적이었다. 료지에게는 프랙털의 연구 성과도 있었기 때문에 여전히 수학계에서 평가가 낮지 않았다. 박사 과정 수료 후에는 그대로 연구실의 조교수가 되어 연구를 계속할 예정이었다.

그러는 사이 구마자와는 히라가에 심취하고 있었다.

끈 이론의 일인자인 히라가는 구마자와의 연구 주제인 거울 대칭성에도 해박했다. 자연스레 연구 내용에 대해 상담할 기회가

늘어났다. 히라가는 친절하거나 정중하지는 않았지만 늘 구체적
으로 지도했다. 언제나 수식을 활용해 구마자와가 검토한 내용의
타당성을 설명했다. 수학자끼리 대화할 때는 언어보다 수식이 훨
씬 명백한 수단이다. 그 자리에서 이해하지 못해도 노트를 반복
해서 읽다보면 나중에 깨닫기도 했다.

히라가는 항상 옳았다. 설령 자신의 지적 탓에 연구가 후퇴하
더라도 히라가는 결코 망설이지 않았다. '옳음'보다 우선해야 할
것이 없기 때문이다.

굳이 말해 료지와 고누마는 엄밀성을 추구하기보다는 본질을
찾아내는 것을 중시했다. 한편 히라가는 한 치의 결점도 용인하
지 않으면서 치밀하게 논리를 구축하려 했다. 화려하지는 않지만
견고한 방식이다.

어느새 구마자와는 착실하게 실적을 쌓아가는 히라가와 자신
을 겹쳐 보았다. 료지 같은 수학자가 될 수 없다는 사실은 학부생
시절부터 알고 있었다. 자신은 료지처럼 '볼 수 있는' 인간이 아니
다. 하지만 히라가라면 될 수 있을지 모른다.

히라가는 고누마가 세운 연구실 구조에 조금씩 손을 댔다. 격
주로 하던 연구실 세미나는 매주로 늘어났다. '코어 타임'이라고
해서, 학생이 반드시 연구실에 있어야 하는 시간도 생겨났다. 여
름마다 하던 연구 합숙도 두 해는 했지만, 그 뒤에 폐지되었다.

히라가가 취임하고 처음 했던 합숙에서 료지에 대한 실망은 더
욱 깊어졌다.

예년 대로 이즈 고원의 연수원에서 연구 발표가 시작되었다. 앞선 해까지는 교수인 고누마가 가장 먼저 발표했지만 애초에 합숙을 탐탁지 않게 여긴 히라가는 발표를 거부했다.

첫 발표자는 조교수인 료지였다. 마주보는 모양으로 앉은 히라가는 지루하다는 듯이 하얀 수염을 쓰다듬었다. 화이트보드 앞에 선 료지의 얼굴은 창백했다.

"그럼 저부터 시작하겠습니다."

말끝이 떨렸다. 구마자와는 료지의 박사 논문 발표회를 떠올렸다. 그때도 료지의 목소리는 긴장 탓에 떨고 있었다. 듣는 이가 가엾게 여길 수밖에 없을 정도였다.

자신의 발표를 준비하느라 여념이 없었던 구마자와에게도 오랜만에 료지의 연구 성과를 듣는 자리였다. 프랙털의 규칙성에 착안하여 생각해낸 새로운 해석 방법. 료지가 나눠준 인쇄물에는 본 적 있는 모양이 그려져 있었다. 불타는 배. 료지가 프랙털에 사로잡힌 계기다.

억지로 자신을 북돋는 것인지 료지의 목소리는 거의 비명처럼 들렸다. 마치 불타는 배에서 살려달라 외치는 것 같았다. 배에 남길 고집해서 탈출하지 못한 승객.

료지는 자기 유사성이 있는 도형들에 공통되는 수식이 존재함을 증명하려 했다. 그런 수식이 실제로 있다면 온갖 프랙털을 자유자재로 해석할 수 있다고 했다. 구마자와는 거의 이해하지 못했다. 실은 이해하려는 마음조차 들지 않았다.

료지가 발표를 끝내자마자 학생들의 시선이 히라가에게 쏠렸다.

"아주 매력적인 결론이군."

느슨해지려던 공기를 다시 팽팽하게 조이듯이 "하지만" 하고 히라가가 말을 이었다.

"이 짧은 시간에 나는 자네의 결론에서 커다란 구멍을 두 개 발견했다. 스스로 알면서도 그런 건가? 아니면 정말로 눈치채지 못했나?"

대답 대신에 료지는 힘없이 고개를 좌우로 저었다.

"분명히 자네 정도로 재능을 타고난 사람은 없을지도 몰라."

히라가의 말이 칭찬도 얼버무림도 아니라는 것은 평소의 태도에서 알 수 있었다.

"자네에게는 과정을 건너뛰고 느닷없이 결론부터 꺼내는 버릇이 있어. 꼭 예언자 같아. 실제로 고도의 지성은 예언과 가깝다고도 하지. 하지만 예언이 옳다고 어떻게 설명할 수 있지? 설명하지 못하는 한 자네 이론은 억측에 지나지 않아. 답을 말하는 거라면 누구든 할 수 있어."

칭찬한 다음에 비판하는 것은 히라가가 늘 하는 방식이다. 료지는 한동안 분을 삭이듯이 발끝을 내려다보았다. 하지만 쥐고 있던 펜을 내려놓고 창백한 얼굴인 채로 충혈된 눈을 히라가에게 향했다.

"그래도 실례에 적용된다면 예상이 옳다고 확인될 겁니다."

료지가 반론하는 것은 드문 일이다. 료지는 조금이라도 자신을 향한 반감을 느끼면 마음을 닫아버린다. 료지가 히라가에게 뭔가 말대답을 하는 것은 처음 보았다.

"물리 쪽 인간들은 그래도 괜찮겠지만 우리는 수학자다. 수학자란 정확했을 때 비로소 존재 의의를 지닐 수 있어."

히라가는 태연하게 말하며 티끌만큼도 흔들리지 않았다.

"제 이론이 옳지 않다고, 어떻게 단언할 수 있습니까?"

"그럼 반대로 가르쳐주게. 자네는 왜 그 이론이 옳다고 생각하는 건가?"

"저에게는 보입니다. 그것이 바로 명백한 증거입니다."

"그러면 우리에게도 보여줘. 지금 당장."

히라가는 노골적으로 비웃었다. 료지의 창백하던 얼굴이 붉게 변했다.

"수학이란 진실을 누구든 알 수 있는 형태로 표현하는 것 아닌가? 증명할 수 없는 망상을 지껄이는 건 수학이 아냐. 그것을 맹신하는 이도 수학자는 아니다."

토론의 승패는 누가 봐도 명백했다. 료지는 얼굴이 붉으락푸르락하면서 아랫입술을 세게 깨물었다. 송곳니가 파고들어서 당장이라도 피가 날 것 같았다. 붉게 충혈된 눈이 구마자와에게 향했다. 도움을 청하는 것이리라.

구마자와는 가능한 자연스럽게 보이도록 턱을 괴는 척하며 료지의 시선을 피했다.

상대는 히라가다. 도와줄 수 있을 리가 없다. 애초에 료지가 모두들 이해하게끔 증명했다면 창피를 당할 일도 없었다. 망상을 지껄이는 게 아니라 '수학'의 언어로 표현했다면.

구마자와는 세미나실 벽을 바라보는 사이에 검은 상념에 사로잡혀갔다. 급속하게 퍼져나가는 경멸을 더 이상 스스로도 멈출 수 없었다.

저 자식은 수학자가 아니야.

왜 지금까지 저게 천재라고 생각했지?

앞으로 시선을 돌렸을 때 이미 료지는 그 자리에 없었다. 방구석에서 추위를 참듯이 잔뜩 웅크린 료지를 구마자와는 차가운 눈으로 보았다.

—

사나와는 지독한 방식으로 헤어졌다. 하지만 관계를 원래대로 되돌릴 마음은 없었고, 지독했다고 해서 '이별'을 다른 방식으로 다시 할 수도 없었다.

박사 과정에 진학한 뒤로 만나는 것이 띄엄띄엄해졌지만, 사나의 태도는 변함없었다. 만나면 말하고 싶은 만큼 말하고, 먹고, 잤다. 전에는 별로 신경 쓰지 않았던 사나의 자유분방함에 구마자와는 갈수록 짜증이 났다. 사나가 어떻게 생각했는지는 모른다.

그날 밤, 두 사람은 구마자와의 방에 있었다. 사나는 구마자와에게 자기 작품을 보러 오라고 끈질기게 꼬드겼다. 눈앞에 팸플릿을 들이대는 바람에 할 수 없이 읽어보았다. 어두운 방 안에 다

채로운 조명들이 화려하게 빛을 내고 있는 사진. 천장부터 늘어진 끈에는 유리구슬이 수없이 매달려 있다. 솔방울 같은 오브제가 빈틈없이 놓여 있는데, 설명을 읽어보니 스피커인 모양이었다.

"관심 없어."

구마자와는 팸플릿을 방바닥에 던져버렸다. 사나는 주워서 테이블 위에 놓았다. 평소라면 이쯤에서 포기하는데, 그날따라 기분이 상했는지 사나가 쏘아붙였다.

"지금 왜 던졌어?"

"나는 예술 같은 거 몰라."

"왜 던졌는지 물었잖아."

사나의 눈빛에서 강한 의지가 느껴졌다. 먼저 눈을 피한 건 구마자와였다.

"어차피 그것도 금방 싫증 낼 거잖아. 수학처럼."

'아차' 하고 생각했지만 한번 뱉어낸 말은 거두어들일 수 없다.

"무슨 뜻이야?"

사나의 입술이 버석버석해 보였다. 화가 나서 흥분하면 침이 마른다는 말을 들은 적이 있다. 구마자와는 '지금쯤 사나의 입안은 바싹 말랐겠지' 하고 엉뚱한 생각을 했다.

"딱히 수학에 싫증이 났던 건 아니야."

"그러면 왜 그만뒀어?"

"내가 하고 싶은 일을 할 수 있는 곳이 공학부라고 생각했으니까."

"그러니까 간단히 말해 싫증이 난 거잖아. 그럴 거면 처음부터 공학부에 가지 그랬어."

"질리는 것도 버릇이야" 하고 구마자와는 덧붙였다. 사나의 눈에 눈물은 없었다. 그저 경멸만 엿보일 뿐이었다.

"알아줄 거라고 생각했는데."

"남의 일 따위를 어떻게 알아."

그 말이 결정타였다. 사나의 눈빛이 낯선 사람을 바라보듯 변해갔다. 구마자와는 한 발짝도 물러나지 않았다. 유치한 비아냥거림이 입 밖으로 나왔다.

"미디어아트인지 뭔지 모르겠지만, 앞으로는 수학 근처에도 오지 마."

벽에 대고 말을 거는 듯이 아무 반응이 없었다. 아아, 이제, 다 틀렸다.

"바보 같아. 진짜."

사나의 눈에 물기라고는 전혀 없었다. 사나는 갑자기 가방과 종이봉투에 자신의 물건을 담기 시작했다. 트레이닝복과 속옷, 칫솔, 화장품. 컴퓨터에 꽂혀 있던 이어폰을 힘껏 뽑아내더니 주머니에 쑤셔넣었다. 머그컵에 맺힌 물방울을 닦아내고 타월로 둘둘 감쌌다. 구마자와는 그 모든 과정을 말없이 바라보았다. 자기 방인데도 어디 있어야 할지 모르겠어서 침대 위에 책상다리로 앉았다. 모든 걸 체념해서 뭔가 말할 생각도 들지 않았다.

이내 짐이 모두 꾸려졌다. 양손에 종이봉투를 든 사나는 현관

앞에 우뚝 섰다.

"다시는 오지 않을 거야."

구마자와는 돌아보지도 않았다. 침대 위에서 벽지만 바라보았다. 반응이 없는 걸 본 사나는 구두를 신고 문손잡이를 돌렸다.

"나를 좋아했던 게 아니라 수학을 할 줄 아는 여자를 좋아했던 거구나."

그런 건 아니야. 구마자와가 얼굴을 돌렸지만 이미 사나는 보이지 않았다. 구마자와를 밀어내는 듯 문이 소리를 내며 닫혔다. 사나가 떠나면서 어떤 표정을 지었는지, 구마자와는 알지 못한다.

그 뒤로는 학교에서 마주쳐도 서로 모른 척했다. 료지가 세상을 떠나기까지 둘은 한 번도 대화를 나누지 않았다.

—

구마자와는 대학 정문 앞에 서 있던 빈 택시에 올라탔다. 식당 이름을 말하자 기사는 "예"라고만 답하고는 출발했다.

약속 시간에 맞출 수 있을지 아슬아슬했다. 히라가는 시간관념이 희박한 인간을 싫어한다. 다행히 길이 막히지 않는 것 같았다. 제발 늦지 마라, 하고 기도했다.

해가 지는 시간이 부쩍 빨라져서 6시 전인데도 벌써 조금씩 어두워졌다. 구마자와는 택시 뒷자리에서 아침에 읽었던 메일을 떠올렸다.

독일의 수학자 팀이 '미쓰야 노트'를 완벽하게 해명했다는 소문이 돌고 있다. 미국의 동료가 보낸 메일에 그렇게 쓰여 있었다. 곧이곧대로 믿을 수는 없었다. 이런 소문은 대체로 거짓이거나 당사자들이 착각한 것에 지나지 않는다. '완벽하게 해명'이라는 호들갑스러운 표현을 쓴 것 역시 수상했다. 그런데도 마음속에는 불안한 구름이 잔뜩 끼어 있었다.

식당에는 약속 시간에 딱 맞춰 도착했다. 서둘러서 택시비를 내고 뛰어들 듯이 식당 문을 열었다. 카운터 자리에 앉은 히라가는 이미 작은 사기잔을 기울이고 있었다. 옆에 앉는 구마자와를 느긋이 돌아보았다. "일단은 세이프군."

"죄송합니다. 교수회의가 늦게 끝나서."

변함없이 하얀 셔츠에 베이지 색 바지. 오래된 감색 재킷은 의자 등받이에 걸어두었다. 언제 봐도 늘 똑같은 옷차림이다. 히라가는 가벼운 안주를 먹으며 말했다.

"일일이 출석해야 하나? 나는 그랬던 기억이 없는데."

히라가의 명성이라면 그래도 괜찮았겠지만, 삼십대 부교수에게는 배짱이 필요한 일이다. 게다가 최근 구마자와는 료지의 노트를 공개한 일로 학교 내에서 주목을 받고 있다. 교수회의를 빠졌다가는 무슨 소문이 돌지 알 수 없었다.

구마자와는 주문을 받으러 온 점원에게 녹차를 부탁했다.

"술은 안 마시려고? 자네 술 좋아했잖아."

"오늘은 사양하겠습니다. 다른 볼일이 더 있어서."

거짓말이었다. 봄에 풀비스 이론을 검토하기 시작한 이래, 몸이 알코올을 받아들이지 않게 되었다. 습관이었던 저녁 반주도 끊었다. 얼마 전 분위기에 맞추려 맥주를 딱 한 잔 마셨는데 곧장 토해버렸다. 알코올을 입에 머금으면 그 방에 가득 찼던 냄새가 머릿속에 되살아났다. 흙빛으로 메마른 피부. 노랗게 탁해진 눈빛.

"그렇군" 하며 히라가는 개의치 않았다.

그 뒤로 한동안 히라가의 새로운 생활에 대해 이야기했다. 교수에서 퇴임한 봄, 히라가는 영국으로 이주했다. 오랫동안 해외에서 생활한 탓인지 일본의 문화가 맞지 않는 듯했다. 학창 시절에 살았던 영국으로 이주해서 어디에도 소속되지 않은 채 지인의 직장을 전전한다고 했다.

"이동이 잦아서 큰일이겠는데요."

"아니, 즐거워. 정처 없는 방랑객 같다고 할지. 가방 하나만 들고 마음 가는 대로 다니네. 오늘은 케임브리지, 내일은 UCL 같은 식이지. 음식도 예전보다 맛있어졌는데, 종류가 적어서 아쉬워."

기분 탓인지 일본에 있던 시절보다 히라가의 표정이 밝아진 것 같았다. 교와 대학에서 교수를 하던 시절에는 늘 잡초를 씹는 듯한 표정이었지만, 지금은 이런저런 족쇄에서 해방되었기 때문인지 얼굴이 편안해 보였다.

"자네는 어떤가? 딸은 건강하고?"

"예, 덕분에. 승진한 뒤로 평일에는 잠든 얼굴밖에 보지 못합니다."

"그런 법이야. 잡무만 잔뜩 시켜서 도저히 수지가 맞지 않아. 게다가 가족은 수학 같은 걸 이해해주지 않으니까. 다른 수학자들도 이해를 받지 못하는데, 자네는 부인이 수학을 하지 않으니 더욱 그렇겠지."

히라가는 젊었을 때 이혼했다. 이유를 들은 적은 없지만, 수학을 향한 집착이 유독 강하기 때문 아니었을까 짐작했다.

눈앞에 대구 살이 올라간 초밥이 나왔다. 히라가는 초밥을 한입 가득 먹으며 만족스러운 표정을 지었다.

"맛있어. 역시 일본의 초밥은 뭔가 달라. 공기 때문일까?"

슬슬 하려던 이야기를 꺼내야 했다. 느긋한 분위기를 깨자니 마음이 불편했지만 피할 수 없는 일이었다.

"내년 일본수학회에서 강연해달라는 요청을 받았습니다."

히라가는 다시 진지한 얼굴로 돌아가서 수염을 만졌다. "미쓰야 료지에 대한 건가?"

'미쓰야 노트'에 대해 유럽에서는 어떻게 논의하고 있는지 조금이라도 알고 싶었다. 독일 팀이 해명에 성공했다는 소문의 진위도 확인하고 싶다. 잠시 귀국한 히라가를 붙잡아서 자리를 마련한 것도 그 때문이다. 구마자와는 침을 삼키며 답을 기다렸지만, 돌아온 것은 김빠지는 말뿐이었다.

"관심 없어."

그렇게 말하더니 히라가는 구마자와를 노려보았다. 나무라는 듯한 말투가 이어졌다.

"이제는 자네 일이 아닐 텐데? 노트를 공개한 시점에서 자네 역할은 끝났어. 자네에게는 자네만 할 수 있는 일이 있어. 스스로도 알지 않나?"

누가 말해주지 않아도 스스로 끈 이론의 일인자라고 자각하고 있다. 지금까지 다른 누군가 할 수 없는 일을 해왔다.

하지만 풀비스 이론을 증명하는 것 역시 자신의 일이 아닐까.

"설교할 셈은 아니지만"이라고 전제를 달고 히라가가 말했다.

"자신의 실력을 과신하지 말게. 내 후임이 아니었다면 자네는 아직도 조교수였을 거야. 끈 이론을 한 덕에 지금의 지위에 있다는 걸 기억하게."

구마자와는 반론을 도로 삼켰다. 보통 빨라도 사십대는 되어야 부교수가 될 수 있다. 삼십대 중반이라는 이른 나이에 승진할 수 있었던 것은 틀림없이 히라가 덕분이다. 그의 직계 제자인 동시에 후임으로 추천을 받았기 때문에 부교수로 승진하고 연구실의 대표가 되었다. 히라가가 자신의 은혜를 생색내는 것은 아니었다. 사실을 말할 뿐이었다.

"인간에게는 천분天分이 있어. 무엇을 하려고 수학자가 되었는지, 다시 한번 천천히 고심해보게."

바른말이었다. 연장자로서 히라가의 의견에는 틀린 점이 없다. 지금 당장은 감정을 누르고 참아 넘길 수도 있다. 하지만 결국 구마자와는 그러지 않았다.

"제 천분은 료지의 자취를 잇는 것입니다." 단숨에 말했다.

료지가 만화카페에 찾아왔던 그날 밤, 구마자와의 천분은 정해졌다. 료지가 없었다면 교와 대학 부교수인 구마자와 유이치 역시 없을 것이다. 천분에 따라야 한다면, 구마자와에게는 자연스레 료지의 일밖에 떠오르지 않았다.

"지금까지 했던 연구는 어쩌려고?"

히라가는 변함없이 조용히 말했다. 격노하는 낌새는 없었지만, 마음속 깊은 곳에서 끓어오르는 감정이 구마자와에게는 빤히 보였다.

"계속할 겁니다."

"자신의 연구를 계속하면서, 미쓰야 료지의 연구도 떠안을 셈인가. 그는 프랙털 전문가였어. 끈 이론과는 관계가 없네."

술잔을 비운 히라가는 새롭게 찬술을 주문했다. 더욱더 말수가 늘어났다.

"착각하는지 모르겠는데, 나는 미쓰야 료지가 무능한 수학자라 생각하지 않아. 오히려 터무니없을 정도로 감각이 예리했지. 그 점은 인정해. 하지만 그 때문에 그의 연구는 부업처럼 해서는 감당할 수 없어. 리만 가설이나 호지 추측 같은 문제에 홀려서 평생 헛수고를 한 수학자를 수십 명은 봐왔어. 그렇게 될 각오도 있나?"

아내와 딸의 얼굴이 떠올랐다. 점점 기울던 마음을 간신히 다잡았다.

"미쓰야 료지와 친했다는 건 알아. 자네 마음도 알 것 같고. 하지만 나는 이러라고 자네를 키웠던 게 아냐. 구마자와 유이치의 능력을 그런 데 써서는 안 돼. 자네가 전력을 다한다면 일본의 수론과 기하학은 앞으로 30년은 세계에서 겨뤄볼 수 있어."

미국 유학도, 귀국 후의 지위도, 모두 히라가의 도움으로 가능했다. 자신을 아껴주는 것은 충분히 알고 있다. 말할 수 없을 정도로 감사하게 생각한다.

구마자와는 말없이 찻잔 바닥에 가라앉은 찻잎을 내려다보았다.

"어이가 없군." 히라가는 찬술을 단숨에 들이켰다. 가느다란 목의 울대뼈가 위아래로 움직였다.

"교수님도 초조할 때가 있습니까?"

구마자와는 빈 잔에 술을 따랐다.

"나이가 들수록 재능이 줄어든다는 불안이나 절대 가질 수 없는 눈부신 재능에 대한 질투 같은 걸 느끼신 적이 있습니까?"

이런 질문을 하는 건 처음이다. 히라가는 가만히 구마자와의 눈을 마주 보고는 입을 열었다.

"초조해하는 건, 자신감이 없는 인간들이나 하는 거야."

구마자와는 쓴웃음을 지었다. 그래, 교수님은 이런 사람이었지. 쓸데없는 질문이었다.

식사 후 가게 앞에서 히라가와 헤어졌다. 택시에 올라타려던 히라가는 굽혔던 등을 다시 곧게 펴더니 구마자와를 똑바로 보며 말했다.

"후회하지 않도록 잘 생각하게. 이제는 자네 하기 나름이야."

택시를 배웅한 구마자와는 역과 반대 방향으로 걷기 시작했다. 좀더 혼자 있고 싶다. 머리 위에는 늦은 가을의 별자리들이 반짝이며 빛을 내고 있었다.

음식점이 늘어선 거리를 벗어나자 천변 길로 이어졌다. 폭이 2미터 정도인 작은 시내가 흐르고 있다. 그러고 보니 료지와 함께 이 길을 걸은 적이 있었다. 언제였더라.

필사적으로 기억을 뒤졌지만 정확한 시기는 생각나지 않았다.

10 ──────────────── 풀비스

료지의 오른쪽으로 작은 시내가 흐르고 있다. 난간을 붙잡고 아래를 내려다보았다. 콘크리트로 다져진 시내의 둔덕에 빽빽하게 자란 수초가 가로등 불빛을 받아 미끈미끈한 빛을 냈다. 시내는 조금 앞에서 구불구불하게 꺾여 하류는 보이지 않았다. 12월의 바람이 볼을 쓰다듬었다. 얼굴이 화끈 달아올라 겨울의 냉기가 시원하게 느껴졌다.

"괜찮아? 걸을 수 있어?"

등 뒤에서 구마자와의 목소리가 들리자 료지는 억지로 웃으며 돌아보았다. "괜찮아, 괜찮아."

평소와 같은 메슥거림과 두통. 실은 걷기도 귀찮았지만 술 깨는 데 어울려준 구마자와에게 미안해서 말하지 못했다. 료지는 난간에서 손을 떼고 구마자와와 함께 천천히 걷기 시작했다. 머리 위를 두꺼운 구름이 뒤덮어서 달도 별도 보이지 않았다.

"옛날에는 이렇게 안 마셨잖아."

"그랬나?"

"그랬어. 콜라나 우롱차만 마셨지. 오늘 위스키도 마셨지? 물도 안 섞고. 대여섯 잔은 마시지 않았어?"

몇 잔이나 마셨는지는 기억나지 않는다. 술을 마실 때는 늘 그랬다. 다만 취하는 데까지 걸리는 시간이 해가 갈수록 늘어나는 것 같았다. 가장 손쉽게 자신감을 느끼려면 강한 술을 단숨에 마시는 수밖에 없었다.

"학생들한테 맞춰서 마실 필요는 없어. 그 녀석들은 그냥 놀고 싶은 것뿐이니까."

구마자와는 착각하는 모양이었다. 료지는 정정하지 않은 채 "그러게" 하고 답했다.

료지가 교와 대학의 조교수로서 맞이하는 세번째 겨울이었다. 고누마가 약속한 덕인지, 히라가가 손을 쓴 것인지, 어쨌든 료지는 수학만으로 먹고살 수 있게 되었다. 다른 대학에서는 요즘도 직접 연락이 왔다. 조교수라니 말도 안 됩니다, 우리는 정교수로 모시겠습니다, 이렇게 꼬드기는 사람도 있었지만 직위나 돈에는 관심이 없었다. 그 이상으로 낯선 장소와 인간관계의 한복판에 뛰어들기가 무서웠다.

얼마 마시지 않았는지 구마자와의 옆얼굴은 맑고 깨끗했다.

"2차에 가고 싶었던 거 아냐?"

차가운 맞바람이 불어왔다. 구마자와는 목도리에 턱까지 묻었다.

"좀 피곤해. 요즘에는 애들 장단에도 못 맞추겠더라."

숨을 내쉬자 안경 렌즈에 김이 서렸다.

"너도 학생이잖아."

"내년 3월까지는."

박사 과정 수료를 코앞에 둔 구마자와는 최근 들어 후배들과 거리를 두기 시작했다. 그렇다고 해서 료지와 함께 연구를 검토하는 기회가 늘어나지도 않았다. 오히려 몇 달째 박사 논문 집필 때문에 매일 바빠 보였다.

지금 소회의실을 쓰는 사람은 료지뿐이다. 구마자와는 박사 과정에 진학하며 학생 연구실로 이사했고, 소회의실은 료지의 개인 연구실이 되었다. 자연스럽게 대화도 줄어들었고 료지는 홀로 수학의 세계에 몰두하는 시간이 늘어났다.

히라가는 료지에게 지도할 학생을 붙이지 않았다. 료지를 배려한 것인지, 불신한 것인지는 알 수 없었다.

또다시 시내를 가로지르는 바람이 불어왔다. 료지는 다운점퍼로 둘러싸인 어깨를 움츠렸다. 학부 1학년 때부터 죽 입어왔던 옷이다.

"샬럿은 춥대?"

"그렇지는 않대. 노스캐롤라이나는 일본이랑 날씨가 비슷하다던데."

　노스캐롤라이나, 이 단어에서 료지는 가본 적 없는 샬럿 대학을 상상해보았다. 하지만 아무리 해봐도 교와 대학의 이과학부 건물이 떠오를 뿐이었다. 료지에게 대학이란 곧 교와 대학이고, 캠퍼스란 곧 그 낡은 건물이었다.

　두 사람은 역과 반대 방향으로 걸어갔다. 적당한 곳에서 꺾어 역으로 가려 했지만, 어느새 역에서 꽤 멀어져 있었다. 돌아가기도 귀찮아서 그냥 집까지 걸어가기로 했다. 걸어도 30분이 채 걸리지 않았다.

　"그럼 이대로 너네 집에 갈까?"

　말하면서 안색을 살폈다. 구마자와는 무뚝뚝하게 앞만 보았다.

　"오늘은 봐줘."

　벌써 반년이나 구마자와의 아파트에 가지 않았다.

　"귀찮게는 안 할게. 한쪽에서 책이나 읽을 테니까. 아, 맞다. 프랙털 해석법 개발에 진도가 좀 나갔거든. 꽤 그럴듯해졌어. 히라가 교수님은 이래저래 말하지만, 역시 프랙털에는 물리학의 관점도 필요해. 네 의견도 듣고 싶은데. 분명 끈 이론 연구에도 크게 도움이 될 거야."

　눈앞에 미끼를 던져보았지만 구마자와는 꿈쩍도 하지 않았다. 두 사람 사이에 차가운 바람이 지나갔고, 구마자와는 더욱 깊이 목도리에 얼굴을 묻었다.

　"안 되겠지."

혼잣말은 차가운 바람에 올라타 어딘가로 날아가버렸다.

구마자와를 귀찮게 할 생각은 없다. 그저 몇 년 전처럼 함께 같은 문제를 풀어보거나 한가할 때 캠퍼스를 어슬렁거리고 싶을 뿐이다. 모르는 사이에 구마자와에게는 자기만의 세계가 생겼다. 그곳에 료지의 자리는 없다. 반투명한 막에 둘러싸인 그 세계를 밖에서 손가락을 빨며 볼 수밖에 없었다.

"이제 너도 조교수니까. 조금은 교수답게 해."

구마자와는 부드럽게 타일렀다. 친구를 생각해서 말한 것임을 이해했다. 하지만 료지는 어쩔 수 없이 그 말이 완곡한 거절로 느껴졌다. 갑자기 구마자와가 코트 주머니에 손을 넣었다. 휴대전화를 꺼내더니 화면을 보았다.

구마자와는 걸으면서 전화를 받았다. 곧장 술에 취해 화를 내는 듯한 목소리가 새어나왔다. "구와자와 씨, 왜 돌아가셨어요? 서운하잖아요." 연구실의 학부생이 건 전화였다. 구마자와는 쓴웃음을 지으며 말했다.

"오늘은 피곤해서 집에 갈래. 다음에 마시자."

"미국에 가면 못 마시잖아요. 조금만 더 마셔요." 미련을 떨치지 못한 목소리가 그치지 않았다. 료지도 혹시나 해서 휴대전화를 확인했지만, 걸려온 전화는 없었다. 구마자와는 만취한 후배의 수다를 흘려듣고는 전화를 끊었다.

"가주면 좋잖아."

절로 냉담한 목소리가 나왔다.

"피곤하다니까. 그 녀석들이랑은 언제든 마실 수 있고."

구마자와와 마지막으로 밥을 먹은 게 언제더라. 이렇게 나란히 걷는 것조차 오랜만이었다. 스무 살 무렵에는 매일같이 학생식당 같은 곳에서 함께 게걸스레 밥을 먹었다. 그때가 아득한 과거 같았다.

귀갓길의 두 사람은 시내에서 벗어나 주택가 한복판에 이르렀다. 슬슬 아파트 근처다. 모르는 집의 거실 불빛이 길가를 비추었다.

"밥은 제대로 먹는 거야? 요즘 계속 기운 없는 거 같던데."

료지의 낯빛은 거무칙칙했고, 눈 밑에는 먹으로 그린 듯 다크 서클이 끼었다. 뾰루지가 늘어났고, 피부에도 수분이 사라져 있었다.

"자주 밤을 새니까. 나도 지쳤나 보네."

"그래. 뭐, 나도 남 걱정할 처지는 아니다."

집 근처의 편의점이 눈에 들어왔다.

"나는 살 게 있어서. 잘 가."

"어, 들어가."

구마자와는 가볍게 인사하고는 길 앞의 모퉁이를 돌았다.

편의점에 들어간 료지는 곧장 술이 놓인 진열대로 향했다. 네모진 위스키 병을 붙잡고 계산대로 가져갔다. 집에 있던 술은 어젯밤에 바닥이 났다. 얼굴이 익은 지 한참 된 점원이 말없이 바코드를 찍었다. 료지가 지폐를 내밀면 묵묵히 거스름돈을 넘겨준다. 두 사람 외에는 점원도 손님도 없다.

월급은 대부분 본가로 보내는 돈과 술값으로 썼다. 그 외에는 돈을 쓸 일이 떠오르지 않았다.

비닐봉지를 들고 집으로 돌아갔다. 현관을 들어서자마자 부엌에 비좁게 쌓인 빈 술병과 알루미늄 캔이 눈에 들어왔고, 숨이 막힐 듯한 알코올 냄새가 들이닥쳤다. 겨울인데도 작은 날벌레들이 정신 사납게 날아다녔다. 료지는 산처럼 쌓인 술병을 조심스럽게 피해서 안쪽 방까지 갔다. 외풍 때문에 밖과 다를 바 없이 추웠다. 다운점퍼를 벗고 전기담요를 둘렀다.

술기운은 거의 사라졌다. 료지에게는 지금부터가 시작이었다. 회식 자리에서는 다른 사람들 눈치를 보느라 마음껏 마시지 못했지만, 혼자라면 거리낄 게 전혀 없었다.

플라스틱 컵을 물로 씻고 방금 산 위스키를 찰랑찰랑하게 따랐다. 학부 1학년 때 구마자와가 일하던 만화카페에서 깜박하고 가져온 컵이다. 컵을 단숨에 비우자 금세 위장이 호박색 액체로 가득 찼다. 가슴이 타는 듯이 뜨거워졌다. 관자놀이를 얻어맞은 것처럼 어질어질했다.

이내 짓누르는 듯한 불안이 사라졌고 료지는 안도하며 깊은 숨을 내쉬었다. 따뜻한 담요를 두르고 술을 마시는 순간이야말로 하루 중 유일하게 안정을 찾는 시간이었다.

계속해서 술을 마시자 어질어질하던 감각이 차차 진정되고, 그 대신 무서울 정도로 감각이 깨어났다. 낮에는 생각지 못했던 발상들이 차례차례 떠올랐다. 료지는 담요에서 상반신을 꺼내고 노트를 끌어당겨 생각나는 대로 써갔다.

오늘 료지의 눈에 떠오른 것은 암흑 속에서 반짝이는 '티끌'이었다. 무한한 공간에 무수한 입자가 쏟아져내린다. 입자 하나하나는 눈에 보이지 않지만, 분명히 존재하고 있다. 입자들의 집합체는 료지가 마음먹는 대로 형태가 변한다. 어떤 때는 물고기가 되고, 어떤 때는 거목이 된다. 혜성처럼 시야를 지나쳐 가고, 불꽃놀이처럼 아름답게 퍼진다. 더욱더 작은 분자나 원자 같은 단위에서도 '티끌'을 구성할 수 있다. 만들 수 없는 형태란 없다. 료지는 종이 위에서 벌이는 놀이에 정신이 팔렸다.

아직까지 '티끌'의 존재를 눈치챈 사람은 전 세계에서 료지밖에 없다. 이것을 발표하면 수학계는 크게 요동칠 것이다. 문샤인 추측이나 가케야 추측 따위에 신경 쓸 겨를이 없을 것이다. 강력한 진동에 팔다리가 부실한 수학자나 물리학자는 쓰러지고 말 것이다. 그러한 광경을 상상하기만 해도 료지는 진심으로 즐거웠다.

하지만 신중히 발표해야 한다. 박사 수료 직전에 겪었던 일은 료지의 기억에서 결코 사라지지 않았다.

"자네가 여기에 적은 건 수학이 아니야. 단순한 아이디어지."

푹 잠긴 목소리가 메아리쳤다. 서둘러 위스키로 기억을 지워야 한다.

티끌 이론은 구멍 하나 없이 완벽하게 구축해야만 한다. 발표는 그 후에 해야 한다. 이 이론에는 히라가가 지적할 여지가 없는

'옳음'이 필요했다.

갑작스레 위 속에서 무언가가 날뛰었다. 부어오른 식도가 확 뜨거워졌다. 료지는 담요를 걷어차고 화장실로 뛰어들어 변기에 술을 토했다. 위산과 소화물이 뒤섞여 절로 코를 막게 하는 역겨운 냄새를 풍겼다. 또다시 두통이 파도처럼 들이닥쳤다. 평소에 늘 겪던 일이다. 토사물을 모두 내리고 물로 입안을 헹궜다.

몸은 힘들지만 이럴 수밖에 없다.

료지는 윤기를 잃은 머리카락을 쥐어뜯으며 다시금 수의 세계에 몰두했다.

—

소회의실 문이 노크도 없이 열렸다. 원탁에 앉은 채 돌아보지도 않는 료지에게 교무과의 여성 직원이 말을 걸었다.

"미쓰야 교수님, 수학 특론 강의 시간이에요. 벌써 한참 지났어요."

느릿하게 돌아본 료지의 눈은 아래쪽 눈꺼풀이 축 처진 탓에 흰자위가 두드러졌다. 붉은 혈관이 선명하게 떠올랐다.

"오늘 제 차례였나요?"

"그렇다니까요. 얼른 준비해주세요."

직원이 내민 책자에는 수학 특론의 담당교수가 쓰여 있었다. 분명히 오늘 담당은 료지였다. 수첩을 열어보니, 수학 특론이라는 단어와 함께 수업시간이 적혀 있었다. 오후 1시. 벌써 한 시간이나 지났다. 아침에 확인했지만 머릿속에서 깨끗이 사라졌다.

"죄송해요. 까먹었네요."

술 냄새 나는 료지의 숨결을 피하듯이 직원이 얼굴을 돌렸다.

"얼른 가세요. 아직 기다리는 학생들도 있어요."

강의를 빼먹은 게 처음이 아니다. 지각 정도는 그나마 다행인 편이었다. 올해만 벌써 대여섯 번은 무단 휴강을 해버렸다. 스스로도 생활력이 없다는 사실은 알았지만, 전보다 훨씬 주의가 산만해졌다.

직원의 재촉에 강의실로 향했다. 책걸상이 서른 개 정도 있었지만 자리에 앉은 학생은 한 손으로도 헤아릴 수 있었다. 앞줄에 앉아 휴대전화를 만지작거리던 여학생이 고개를 들었다.

"어, 왔네."

지루함에 괴로워하던 학생들의 시선이 동시에 쏠렸다. 료지는 교단에 서서 지각을 사과한 다음 수업을 시작했다. 학부생 강의 정도는 눈을 감고도 할 수 있다. 여느 때처럼 교과서를 적당히 펼치고는 그 페이지에 쓰인 내용을 그대로 베끼려 했다.

하지만 분필을 잡은 순간 "저" 하는 남학생의 목소리가 들렸다. 돌아보니 안경을 쓴 키 큰 남학생이 일어서 있었다. 성이 난 듯한 얼굴로 료지를 보았다.

"교수님은 제대로 강의를 할 생각이 있으세요?"

료지는 학생의 얼굴을 찬찬히 관찰했다. 안경 너머의 눈은 잔뜩 찌푸린 것처럼 작고, 머리카락에는 백발이 섞여 있다. 겉보기에는 료지보다 나이가 많을 것 같았다.

"저희는 등록금을 내고 대학교에 다니고 있습니다. 제대로 그에 걸맞은 교육을 받지 못하면 저희만 손해입니다. 교수님은 다른 수업도 마음대로 휴강하셨지요? 진지하게 공부하려는 학생들에게 불성실하신 거 아닙니까."

요즘 같은 세상에 보기 드문 학생이었다. 묻지도 않았는데 사람들 앞에서 자신의 의견을 밝히는 태도는 싫지 않다. 다만 누군가가 가르쳐주길 바라는 마음가짐이 못마땅했다. 정말로 배우고 싶다면 스스로 전문서나 논문을 읽으며 공부하면 된다. 료지는 적어도 자기가 그렇게 공부했다는 데 자부심을 품고 있었다.

최근 들어 짜증이 늘어났다. 자신이 원인이라고는 생각하지 않았다. 환경이 변한 탓이다. 나는 그대로인데 주변 사람들이 자꾸만 변해갔다. 모두들 차례차례 다른 곳으로 떠나는 것이 이해되지 않았다.

"불성실하다면, 뭔가 문제라도?"

불쾌함을 감추지 않고 말했다. 남학생의 기가 꺾인 것이 느껴졌다.

"받기만 하는 입장에서는 그런 의견을 낼 수도 있겠네. 불성실한 교수를 용납할 수 없다면 자기 맘대로 공부를 하면 돼. 돌아가고 싶으면 돌아가. 학비를 내기 싫으면 내지 마."

료지는 교단에서 내려와 강의실을 나갔다. 붙잡으려 나오는 사람이 없었음은 물론이거니와 아무 소리도 들리지 않았다.

저따위 수업을 내가 할 필요는 없어. 대학원생이라도 가르칠 수 있는 내용이야. 저런 것보다도 나에게는 해야 하는 일이 있어. 교과서 수준의 강의에 낭비할 시간은 없어.

소회의실로 돌아온 료지는 문을 잠갔다. 또다시 교무과 직원이 들이닥치는 건 참을 수 없었다.

책장 아래쪽에 놓아둔 박스를 꺼내니 미리 사두었던 위스키가 나타났다. 료지는 주저 없이 병을 열고는 컵에 술을 따라서 절반 정도 마셨다. 뒤틀렸던 심기가 가라앉고 초조함이 사라졌다. 길고 긴 숨을 토해냈다.

병과 컵을 곁에 두고 계산을 재개했다. 수의 확장이라는 난적과 맞서기 위해서는 알코올의 힘을 빌려야 했다.

전에 보았던 '티끌'을 정확하게 표현할 만한 단어는 수학에도 물리학에도 없었다. 그렇다면 스스로 만들어낼 수밖에 없다.

얕은 잠을 반복하면서 료지는 몇 번이고 새로운 수의 지평으로 가라앉았다. 숨 쉴 수 있는 한 깊게 잠수하고, 잠에서 깨면 다시 뛰어들었다. 빛 한 점 없는 깊은 바다를 손으로 짚으며 헤엄쳤다. 앞이 보이지 않아서 때로는 막다른 길에 이르러 다시 돌아가기도 했다. 같은 길을 빙글빙글 맴돈 적도 있었다. 그래도 조금씩 지도를 넓히며 직감에 따라 물속을 나아갔다.

얼마나 그렇게 했는지는 모른다. 정신을 차려보니 밤이 지나 있었다. 짜증을 내며 강의실에서 뛰쳐나온 게 어제의 일이라고는 생각지도 못했다. 벌써 몇 년이나 홀로 소회의실에서 지낸 것 같았다.

창문으로 내려다본 캠퍼스는 학생들로 북적거렸다. 이미 1교시가 끝나 있었다. 오래전 이 방에 있었던 이들의 얼굴을 떠올렸다. 고누마는 국수연으로 옮긴 뒤 본 적이 없다. 구마자와는 박사 논문 탓에 정신이 없어서 료지의 말에 귀를 기울이지 않는다.

사나는 어떻게 지낼까?

사나가 공학부로 진학한 뒤에는 캠퍼스에서 마주칠 때마다 잠깐씩 이야기를 했을 뿐이다. 마지막으로 만난 건 여름이다. 사나는 친구들 몇 명과 떠들썩하게 이야기하며 걷고 있었다. 사나가 료지를 보고는 손을 흔들었고 똑같이 손을 흔들어 답했다. 그게 마지막이다.

유급이 되지 않았다면 사나도 내년 봄에 대학원을 수료할 것이다. 일단 사나가 신경 쓰인 이상 가만히 있을 수 없었다.

자리에서 일어나자 극심한 두통이 밀려왔다. 훤히 드러난 뇌를 누군가 마구 젓는 것 같은 고통. 반사적으로 위스키를 들이켰다. 방에서 나가려다가 잠시 고민하고 백팩에 위스키 병을 넣었다. 배는 고프지 않았다.

공학부에 발을 들이기는 처음이었다. 이과학부보다 학생이 많은 공학부 건물은 현관홀이 훨씬 넓었는데, 료지는 그 넓은 공간에 그저 멍하니 서 있었다. 어디로 가야 사나를 만날 수 있을까? 현관홀을 오가는 학생들은 료지의 존재를 전혀 눈치채지 못했다.

간신히 학과명을 기억해냈다. 안내도에서 정보과학과의 연구실을 찾아보니 아무래도 다른 건물에 있는 모양이었다.

한 걸음 디딜 때마다 가방 속의 위스키가 찰랑찰랑 소리를 냈다. 료지의 귀에는 알코올의 유혹처럼 들렸다. 복도는 학생들로 붐볐다. 료지는 당장 술을 마시고 싶은 충동을 억누르며 걸음을 옮겼다.

겨우 다다른 곳은 아주 새로운 건물이었다. 어렴풋이 페인트 냄새가 나는 건물을 돌아다니며 연구실마다 팻말을 확인했다. 다섯번째 연구실에서 사나의 이름을 발견했다. 사나의 이름 옆에 '부재 중'이라고 표시되어 있었다. 료지는 머뭇머뭇하면서 문을 열었다.

어수선한 연구실 내에는 컴퓨터와 모니터의 존재가 가장 두드러졌다. 뭔가 작업을 하던 학생들이 한꺼번에 돌아보았다. 다들 누구인지 살피는 듯한 눈빛이다.

"어, 실례합니다. 이과학부 수학과의 미쓰야라고 합니다."

가까운 책상에 앉아 있던 남자가 "아아" 하고 알겠다는 듯한 소리를 냈다. 료지의 이름은 공학부까지 알려진 것 같았다.

"사이토 씨에게 볼일이 있으세요?"

료지는 마치 닭처럼 격렬하게 고개를 끄덕였다.

"어디 있는지 아세요?"

남자는 "글쎄요" 하고 누구에게 하는지 모를 말을 흘리며 방 안을 둘러보았다.

"거기 아냐? 미술관. 저번에 전단지 붙이던데."

방 안쪽에서 나타난 다른 남자가 전단지를 료지에게 건네주었다. 검은 바탕에 하얀 고딕체로 쓰인 '〈빛과 소리〉 전시회'라는 글씨가 눈에 들어왔다. 뒷면에는 전시회장인 미술관까지 약도가 그려져 있다. 이곳에서 몇 정거장 떨어진 전철역 근처다. 질 좋은 종이에 컬러로 인쇄한 전단지는 학생들 솜씨로 보이지 않을 정도였다.

"여기에 있는지는 모르지만요. 전화해보는 게 가장 확실할 거예요."

마른 남자가 빠르게 말했다. 료지는 사나의 전화번호를 모른다.

"이 미술관에 있을까요?"

"사이토 씨는 예술 같은 것도 하거든요. 전시회라고 해야 하나, 암튼 자주 이런 데에 출품하는 것 같아요. 자세히는 모르지만."

남자는 도망치듯이 방 안쪽을 돌아가서 다시 모니터와 마주 보았다. 이 이상 정보를 얻기는 어려울 것 같았다. 료지는 감사 인사를 하고 연구실에서 나왔다.

전철역까지 걸어갔지만 더는 참을 수 없어서 화장실에 들어가 위스키를 마셨다. 담배 냄새에 찌든 화장실에서 료지는 마음이 안정되길 기다렸다.

전철에 타는 것도 오랜만이다. 최근에는 학회도 거의 빠졌기 때문에 학교와 집과 편의점 외에는 갈 일이 거의 없었다. 오전이라 그런지 전철에 사람이 많았다. 모르는 사람들에게 둘러싸이자 갑자기 자신의 입 냄새가 신경 쓰였다. 료지는 목적지에 도착할 때까지 손으로 입을 가리고 코로 숨을 쉬었다.

역에서 나오니 눈앞에 생명력이라고는 없어 보이는 하얀 건물이 우뚝 나타났다. 그 건물이 목적지인 미술관임을 확인한 료지는 정문 쪽으로 돌아갔다. 지루해 보이는 스태프에게 표를 구입하고 미술관으로 들어갔는데, 넓은 로비에서 안으로 연결되는 길이 두 갈래로 나뉘었다. 왼쪽은 상설전, 오른쪽은 기획전으로 이어졌다. 료지는 안내에 따라 오른쪽으로 향했다.

전시회 입구에는 오래된 서양식 건물에 있을 법한 문이 설치되어 있었다. 좌우로 열 수 있는 중후한 문은 아직 새것 같은 콘크리트 벽과 어울리지 않았다. 다른 세계로 향하는 통로가 느닷없이 나타난 것 같았다. 료지는 쭈뼛대면서 문을 밀었다.

한 걸음 내딛어보니 그곳은 밤하늘이었다.

한결같이 짙은 어둠이 사방으로 퍼져 있다. 밝게 빛나는 점들은 무리 지은 별들이다. 셀 수 없이 많은 별. 각각의 빛이 명멸하는 것은 별들의 반짝임이라고 표현할 수밖에 없다. 문이 소리를 내며 닫혔고, 료지 홀로 천체 속에 갇혔다.

무의식중에 혼란스러워졌다. 칠흑 같은 공간에서 거리감을 잃고, 유일한 광원인 별들로 손을 뻗었다. 별이 바로 앞에 있는 줄 알았는데 손이 닿지 않았다. 우주를 유영하는 듯한 부유감이 료지를 감쌌다.

혹시 정말로 별이 가득한 밤하늘을 떠다니고 있는 걸까.

언젠가 사나와 함께 보았던 밤하늘이 기억난다. 그와 동시에 고독을 품고 있던 사나의 눈동자도 떠오른다. 사나는 분명 지금도 타인에게 허락하지 않는 영역을 지키고 있을 것이다.

술을 마셨을 때보다도 강렬한 취기가 돌아서 절로 웅크리고 앉았다. 그 순간, 밖에서 문이 열렸다. 기운 넘치는 태양의 빛이 들이치자 별들은 신기루처럼 사라졌다. 역광 속에 사람 그림자가 서 있었다.

"료지?"

높다란 목소리가 똑바로 귀에 꽂혔다. 이쪽으로 걸어온 사나가 다운코트의 옷자락을 펄럭이며 가까이 다가왔다. 료지는 아직 눈이 부셔서 일어설 수 없었다.

"왜 그래? 어디 아파?"

"괜찮아. 눈부셔서."

출입문은 스토퍼를 걸어두었는지 계속 열린 채였다. 실내를 자세히 보니 별 하나하나는 아주 작은 조명이었다. 세세하게 명멸을 반복하는 인공적인 빛은 햇빛 아래에서 보니 대단치 않았다. 연출만으로 전혀 다른 인상을 주는 것에 감탄했다.

"기획전에 들어간 줄 알았는데."

비틀거리며 일어나는데 사나가 미소를 지었다. 머리카락은 입학 직후처럼 길게 기르고 있었다.

"맞아. 여기가 기획전 입구. 내가 만든 곳이야."

사나는 양팔을 벌리고 천장을 올려다보았다.

"조명도 배경도, 프로그램으로 제어하고 있어. 플라네타륨처럼 예쁘지는 않아도 꼭 떠다니는 것 같지? 어때, 재밌었어?"

"……굉장해, 진짜로."

진심이었다. 이 앞에도 전시품이 있는 것 같지만 료지는 발걸음을 돌렸다. 여기 온 것은 사나를 만나기 위해서지, 전시를 즐기기 위해서는 아니다. 둘이 함께 로비로 돌아가는데, 사나가 쑥스러워하면서 말했다.

"이제 와서 말하기도 뭐한데, 오랜만이야."

"내가 여기 온 줄 알았어?"

사나는 연구실에서 전화가 왔다고 했다. 아까 본 마른 남자가 연락을 한 모양이다. 차갑게 보였는데, 의외로 친절한 사람인지도 모르겠다.

사나는 미술관 내 카페로 가려 했지만, 료지가 거절했다. 오래 있다가는 무슨 실수를 저지를지 몰랐다. 료지의 신체는 이미 자신의 의사가 아닌 알코올에 지배당하고 있다. 두 사람은 로비의 벤치에 앉았다.

료지가 여기까지 온 경위를 말하자 사나가 참지 못하고 웃음을 터뜨렸다.

"다들 좋은 사람이긴 한데 낯을 좀 가리거든. 연락하지 그랬어."

"번호를 몰라서."

"그렇구나. 나중에 가르쳐줄게."

료지는 냉정을 유지할 수 있는 사이에 가장 궁금했던 것을 물어보았다.

"이제 수학은 안 할 거야?"

"지금은 다른 걸 해보고 싶어. 수학이 세계의 전부는 아니니까."

"구마자와랑 헤어져서?"

사나가 입을 벌리고 크게 웃었다. 그 반응은 좀 과장스럽게 보였다.

"전혀, 관계없어. 나 취직해. 소프트웨어 회사의 엔지니어가 될 거야."

엔지니어란 무슨 일을 할까? 수학은 하지 않는 걸까? 분명 안 할 테지. 료지는 혼자 멋대로 결론을 내렸다.

대화가 잠시 끊긴 뒤 사나가 입에 담은 말에는 불안한 기색이 감돌았다.

"저기, 혹시 술 마셨어?"

료지는 눈을 피했다. 사나의 미심쩍어하는 눈길이 느껴졌다.

"조금."

"괜찮아? 지금 평일 낮이야. 강의도 있을 거 아냐."

말없이 무릎 위에 둔 백팩을 내려다보았다. 여기에 위스키를 넣고 다닌다고 말하면 어떤 표정을 지을까? 사나는 료지의 어깨를 붙잡았다. 사나의 손가락이 어깨를 죄였다.

"예전에는 술이라면 입에도 안 대려고 했잖아. 왜 그래? 무슨 일 있었어?"

가슴속 깊은 곳에서 술렁거리는 소리가 들렸다. 귀를 기울여 보니, 료지 자신이 도움을 청하는 소리였다. 구해줘! 누군가 지금 당장 내 곁으로 돌아와줘! 료지는 그 외침을 묵살했다. 도쿄에 올라온 뒤로 몸에 익은 배려가 그렇게 시켰다.

"오랜만에 얘기하고 싶었을 뿐이야. 건강해서 다행이다."

료지는 인사도 하지 않은 채 일어서서 출입구로 걸어갔다. "잠깐만" 하고 사나가 불러 세웠지만 상관하지 않고 계속 걸었다. 돌아보지 않고 미술관을 나가 역으로 향했다. 플랫폼에 줄을 섰다가 전철에 탄 다음에야 겨우 뒤를 보았다. 사나는 없었다.

일단 묵살한 외침은 돌아오지 않는다. 더 이상 다른 사람들은 신경 쓰이지 않았다. 료지는 혼잡한 차내에서 위스키를 꺼내 입에 대고 마셨다. 주위의 승객들이 료지를 노려보고 노골적으로 거리를 두었다. "뭐야, 저거? 술이야?" "전철에서 무슨 짓이야." 누군가 소곤거리는 소리가 들렸지만 아랑곳하지 않고 전부 마셨다.

이렇게 된 거 그냥 종점까지 가버릴까, 그런 생각이 들었지만 학교와 가까운 역이 되자 절로 몸이 문 앞에 섰다. 설령 형식상이라 해도 자신이 있을 곳은 여기밖에 없다. 역에서 나온 료지는 편의점에서 새 위스키를 샀다.

연말의 주택가는 맑게 개어 있었지만, 어딘지 생기가 없었다. 시야를 뒤덮는 티끌은 첫눈이라 착각할 정도로 아름답게 빛났다.

료지는 눈앞을 떠다니는 티끌에 '풀비스'라는 라틴어 이름을 붙였다. 학술 세계에는 라틴어를 존중하는 문화가 있다. 프랙털도 그 어원은 라틴어. 료지는 진심으로 이 새로운 개념을 학계에서 인정받게 하고 싶었다.

풀비스, 풀비스. 자꾸 소리 내어 말하다보면 그 말에 마치 실체가 있는 것처럼 여겨졌다. 불쾌한 냄새가 진동하는 아파트에서 기분 좋게 몇 번이고 되뇌었다. 머지않아 전 세계의 수학자들이 이 단어를 입에 담을 것이다. 21세기 수학을 대표하는 성과가 될 것이다. 그렇게 되리라 믿어 의심치 않았다. 더 이상 히라가도 무섭지 않다.

료지가 두려워하는 것은 오직 하나, 술에서 깨어나는 순간의 깊은 절망뿐이다. 전지전능한 기분이 옅어지고, 불안이나 초조가 고개를 들었다. 방금 전까지 넘쳤던 기운이 눈 녹듯 사라지고 절망으로 추락했다. 이렇게 유치한 이론이 인정받을 리 없어. 벌써 몇 년이나 논문을 발표하지 않았는데 신뢰할 리 없어. 시야를 뒤덮은 티끌을 없애버리려고 발버둥을 쳐봐도 도무지 사라지지 않았다.

그럴 때마다 술이 료지를 구원해주었다. 알코올이 혈관을 타고 퍼지는 시간도 기다리기 어려워서 물처럼 소주를 마셨다. 두통과 구토는 괴로웠지만, 그보다는 절망에서 해방되고 싶은 욕구가 강했다.

가라앉았던 기분이 뜨겁게 고양되고, 춤추고 싶을 정도로 기쁨이 샘솟았다. 조금 전까지 우울했던 기분이 거짓말처럼 유쾌해졌다.

안절부절못하던 료지는 집에서 뛰쳐나왔다. 밖에 나와서야 지금이 밤이라는 걸 깨달았다. 오늘은 분명히 휴일이었던 것 같지만, 평일이었을지도 모른다. 아무래도 상관없는 일이다. 어쨌든 구마자와에게 들려주고 싶었다.

풀비스, 풀비스, 풀비스.

료지는 중얼거리면서 오로지 구마자와의 아파트를 목표로 달렸다. 다운점퍼에서는 썩은 잡초와 비슷한 냄새가 피어올랐다.

금세 숨이 차고 옷 안이 땀으로 축축해졌다. 상관하지 않고 계속 달려서 아파트 계단을 단숨에 3층까지 올랐다. 전에도 그랬듯이 구마자와의 집으로 달려갔다. 대학에 입학한 이래 무언가 중요한 발견을 할 때마다 이렇게 했다. 처음 이야기를 들려준 상대는 언제나 구마자와였다.

초인종을 눌렀다. 두 번, 세 번. 문 너머는 고요했다. 집을 비웠는지도 모른다. 다시 두 번 초인종을 눌렀다. 실내에서 어렴풋이 소리가 들리는 것 같았다.

"구마자와, 나야. 구마자와, 좀 들어봐. 얘기하고 싶은 게 있는데. 문 열어봐. 저기, 없어? 구마자와, 나야, 료지."

복도에 료지의 목소리가 울렸다. 술 탓에 엉망이 된 목구멍에서는 노인과 같은 쉰 목소리밖에 나오지 않았다.

자물쇠를 여는 소리가 들리고 구마자와가 얼굴을 내밀었다. 료지는 기쁨을 숨기지도 않고 현관으로 들어갔지만 구마자와는 안쪽으로 비키려 하지 않았다. 료지가 등 뒤로 현관문을 닫는데도 현관에 서서 팔짱을 낀 채 료지를 바라보기만 했다.

"구마자와, 안으로 들어가봐. 신발 좀 벗을게."

"너, 시끄러워."

료지는 어깨 너머로 집 안을 살폈다. 현관의 조명은 켜져 있지만 집 안에는 불빛이 없다. 자고 있었는지도 모른다. 그러고 보니 구마자와의 얼굴이 묘하게 부어 있었다.

"미안. 그래도 너한테 들려주고 싶었어. 진짜 굉장한 걸 찾아냈어."

"논문으로 쓰면 읽을 테니까, 오늘은 돌아가."

구마자와는 눈가를 비비며 크게 하품을 했다.

"안 돼. 너랑 같이 검토해야 해. 또 구멍이 있으면 안 되니까."

"그것도 네가 알아서 해야지. 나도 피곤하다니까. 지금 자고 있었어. 히라가 교수님이 시켰던 논문 수정을 방금 전에 겨우 끝냈다고."

"그러면 지금부터 같이 검토할 수 있겠네."

구마자와는 질렸다는 듯이 긴 한숨을 내쉬었다.

"돌아가. 논문이 되기까지 네 말은 그저 망상일 뿐이야."

그런 말을 들어도 료지에게는 와닿지 않았다. 망상이 아니다. 왜냐하면 지금도 풀비스는 눈앞에 가득하니까.

"왜 안 믿는 거야? 나한테는 보인다고, 전부 다."

"믿어. 나는 믿지만, 다른 사람들은 논문을 보지 않으면 아무 말도 할 수 없어. 어쨌든 히라가 교수님이 납득할 논문을 쓰기 전

213

에는 더 이상 나한테 오지 마."

또 히라가인가. 철저하게 '옳음'을 추구하는 남자.

구마자와는 억지로 료지의 어깨를 밀어서 밖으로 내보냈다. 료지는 비틀거리다 하마터면 계단을 헛디딜 뻔했다.

"돌아가. 부탁이야."

대답도 기다리지 않고 구마자와는 큰 소리를 내며 현관문을 닫았다. 자물쇠를 잠그는 소리가 복도에 울렸다.

료지는 못 박힌 듯 그 자리에 서 있었다. 여기서 움직이려 해도 어디로 가면 좋을지 몰랐다. 마침내 료지가 있을 곳은 모두 사라졌다.

아파트 계단을 올라오던 옆집 사람이 범죄자를 경계하듯이 복도에 선 료지를 봤다. 슬쩍 시선을 돌리자 당황하며 집 안으로 모습을 감췄다. 료지는 걸음을 돌려 계단을 내려갔다.

아파트 출입구 앞에 맥주 자판기가 있었다. 료지는 망설임 없이 큰 캔을 샀다. 알코올 도수가 낮아 좋아하지 않지만 지금은 술이라면 뭐든 필요했다. 한 모금 마시자 보리의 향이 코를 꿰뚫었다. 한 손에 맥주를 들고 길을 걸었다.

아직도 다른 대학에서 스카우트 제안이 오지만 교와 대학을 벗어날 용기가 없다. 그리고 다른 대학으로 옮겨봤자 자신의 있을 곳이 없는 건 마찬가지다. 고향으로 돌아갈까도 생각해봤지만, 그 시골에서 수학으로 먹고살 수는 없을 것 같았다. 구마자와처럼 교직과정을 이수했으면 좋았을걸. 수학이 아닌 일은 찾아보면 있을까. 하지만 딱딱한 조개처럼 달라붙은 자존심이 다른 일을 용납하지 않았다.

게다가 풀비스 이론을 완성해야 했다. 앞으로 5년, 아니 3년만 있어도 완성할 수 있다. 모든 수학자들이 무릎을 꿇을 완전한 이론. 괴로워도 그때까지 여기에서 분발해야 한다. 히라가에게 당한 수모를 갚을 때까지는.

캔 맥주는 금세 바닥을 보였다. 눈에 띈 자판기 옆 쓰레기통에 버렸다.

머리 위를 보니 맑은 밤하늘에 별들이 점점이 떠 있었다. 이렇게 예뻤나, 하고 생각하며 료지는 별을 향해 두 손을 뻗었다. 당연히 별을 잡을 수는 없었고, 손끝만 거듭해서 허공을 휘저었다. 하지만 계속 손가락을 움직이다 보니 점점 밤하늘의 별이 가까워지는 것 같았다.

밤하늘은 순식간에 접근해왔다. 이번에는 컴퓨터로 제어하는 조명이 아니라 정말로 빛을 내는 별들이 료지를 감싸 안았다.

어느새 몸이 하늘에 떠 있었다. 갑자기 눈앞이 캄캄해져서 눈꺼풀을 닫았다가 다시 열었을 때는 더 이상 별이 없었다. 그저 물속에 있는 듯이 료지의 몸이 흔들거렸다. 주위에 무색투명한 공간이 한없이 이어졌다. 흑도 백도 아닌 투명한 공간. 굳이 이름을 붙인다면, 빛의 색이었다. 예리한 소리가 이명처럼 들려왔다. 정말로 이명인지도 모른다.

그곳은 료지만의 세계다. 다른 누구도 없다. 무릎을 껴안고 몸을 둥글게 말았다. 료지에게 이보다 마음 편한 장소는 없다. 이것이 풀비스의 정체구나. 계속 나를 불렀던 거구나.

나는 영원히 여기에 있고 싶어. 죽어서도, 계속.

종소리와 같은 이명을 들으며 료지는 얕은 잠에 빠져들었다.

눈을 뜨니 누군가 창가에서 바깥을 내려다보고 있었다.

어깨까지 기른 머리카락. 돌아본 이는 사토미였다.

원탁에 기대듯이 몸을 일으키고는 벗어둔 안경을 썼다. 흥분의 여운 때문인지 손바닥이 뜨거웠다.

"눈이 와."

사토미의 말에 바깥을 보니 하얀 조각들이 흩날리고 있었다. 회색빛 구름에서 만들어진 순백색 눈이 떨어져내렸다.

"깨우지 그랬어."

"너무 푹 자서. 그런 자세로 용케 자더라."

벌써 8시가 지났다. 원탁에 엎드려서 30분 정도 자려 했는데 두 시간이나 자버렸다. 체력은 학창 시절과 그리 다르지 않다고 자신했는데 생각보다 쇠약해진 모양이다. 번들거리는 얼굴을 문지르는데 자라기 시작한 수염이 손바닥에 밀렸다.

"옷 가져왔어. 그리고 아침도."

접이식 의자 위에 잘 개어둔 양복과 타월, 그리고 편의점 비닐봉지가 놓여 있었다. 녹차가 든 페트병을 꺼내서 목을 축였다. 주먹밥도 있었다. 얼마 전 사나와 소회의실에서 주먹밥을 먹었던 것이 생각나 왠지 꺼림칙해졌다.

"이런 일까지 시켜서 미안해."

"괜찮아. 나도 오랜만에 연구실에 와보고 싶었어."

"오늘 밤에도 늦을 거야. 장모님께도 전해줘. 돌아가지 못해서 죄송하다고."

"진짜 괜찮다니까."

연구실에 묵자고 결심한 것은 어젯밤이다. 여느 날처럼 검토를 하던 구마자와의 뇌리에 불현듯 무언가 번뜩였다. 번개를 맞은 듯한 충격. 홀로 있던 소회의실에 구마자와의 외침만이 울렸다. 꼭 세계가 뒤집힌 것 같았다.

이미 막차가 가까운 시간이었지만 흥분에 쫓기듯이 사토미에게 전화해서 연구실에 묵겠다고 했다. 내일 아침에 고누마가 연구실에 올 예정인데 집까지 오갈 시간은 없었다. 갈아입을 옷을 가져다달라고 부탁하자 사토미는 군소리 없이 승낙했다. 사토미가 밖으로 나온 동안에는 근처에 사는 장모가 딸을 돌봐주기로 했다.

"모처럼이니까 고누마 교수님께도 인사드리고 가야겠다."

사토미는 결혼식 이래 고누마와 만난 적이 없다. 구마자와는 주먹밥을 허둥지둥 먹고는 타월과 옷을 손에 들었다. "금방 씻고 올게."

화학과의 실험실에는 샤워실이 갖춰져 있다. 약품이 묻었을 때 씻어내야 한다는 명분으로 설치했지만, 실제로는 밤샘 연구자들을 위한 샤워실이 되었다. 누가 보충하는지는 모르지만 언제나 비누와 샴푸 등도 갖춰져 있다. 구마자와가 샤워실을 쓰는 건 교원이 된 이래 처음이었다.

눈을 뜬 뒤로 계속 풀비스에 대해 생각했다. 처음 예상했던 것 이상으로 터무니없는 발견일지도 모른다. 콜라츠 추측의 증명이 시시해 보일 정도로 중대한 일이 일어날 것 같은 예감이 들었다.

새로운 양복을 입고 소회의실로 돌아왔는데, 사토미가 창가에서 료지의 노트를 보고 있었다.

"안 돼!"

뜻하지 않게 큰 소리로 말했다. 사토미가 깜짝 놀란 얼굴로 돌아보았다. 구마자와는 갈아입은 옷과 타월을 대충 뭉쳐서 놓고는 사토미의 손에서 노트를 잡아들어 원탁 위에 두었다. 서먹해진 분위기에 못 이긴 구마자와는 흡사 변명 같은 말을 입에 담았다.

"이건 한 권밖에 없으니까. 조심해서 다뤄야 해."

그 말 때문에 외려 더 어색해졌다. 사토미는 쓸쓸한 눈으로 움켜쥔 자신의 주먹을 바라보았다. 강하게 쥔 손아귀 안에 사토미의 진심이 갇혀 있는 것 같았다. 구마자와는 타월로 머리를 말리는 척하며 시선을 가렸다.

"그 노트를 지금 꼭 해독해야 하는 거야?"

어깨에 타월을 걸고 시선을 드니 사토미가 정면에서 바라보고 있었다. 구마자와는 답했다.

"반드시 지금 해야 해."

사토미는 뭔가 더 말하려 했지만, 복도에서 들리는 발소리에 의식이 쏠렸다. 이내 문이 열리고 고누마가 얼굴을 보였다. 코트의 어깨에 하얀 눈이 붙어 있었다.

"여기 있었나. 방에 없어서 혹시나 했더니."

거북했던 분위기가 흐지부지된 것에 내심 안도했다. 사토미가 일어서서 고개를 숙였다.

"오랜만에 봬요."

"어, 사토미 씨. 잘 지냈어요?

고누마와 사토미가 서서 이야기를 나누는 동안 구마자와는 어질러진 노트와 쓰레기를 정리했다. 잡담이 일단락되자 코트를 벗은 고누마가 슬머시 웃으며 말했다.

"다행이지? 그 소문이 거짓이라서."

"독일 말씀이지요?"

역시나 '미쓰야 노트'를 해명했다는 것은 유언비어였다. 소문의 당사자인 독일의 수학자 팀이 직접 나서서 사실이 아니라고 부정했다.

"그래도 아니 땐 굴뚝에 연기가 날 리는 없어요."

독일의 팀이 풀비스 이론 연구에 뛰어든 것은 사실이었다. 아직 해명하지는 못했다고 해도, 그 나름 진척이 있었기 때문에 소문이 났을 수 있다. 그 외에도 '미쓰야 노트'의 수수께끼를 풀어서 콜라츠 추측을 증명해냈다는 명예를 손에 넣으려 하는 수학자들이 적지 않다.

"그러면 저는 이만 실례할게요."

사토미는 구마자와가 벗은 옷과 타월을 가방에 담고 재빠르게 방에서 나갔다. 고맙다고 말했지만 사토미는 대답하지 않았다. 웃으면서 사토미를 배웅한 고누마는 곧장 수학자의 얼굴이 되었다.

"바로 시작할까?"

4월에 국수연을 찾은 후 몇 차례 둘이서 이야기했다. 하지만 바쁜 탓에 제대로 시간을 내지는 못했고 간략하게 진도를 공유하는 수준에 머물렀다. 새해 초의 이날은 두 사람의 휴가가 겨우 겹친 귀중한 기회였다.

구마자와는 머릿속에 달라붙은 사토미의 쓸쓸한 표정을 떼어냈다. 지금은 노트 해독을 우선해야 한다. 사토미에게 장담했기 때문에 더더욱 어중간히 할 수는 없었다.

"우선 이것부터 봐주세요."

원탁 맞은편에 앉은 고누마에게 논문의 복사본을 건넸다.

"콜라츠 프랙털입니다."

똑같은 구조가 무한히 이어지는 신비로운 도형. 고누마는 별로 흥미롭지 않다는 표정으로 구마자와의 설명을 들었다.

"콜라츠 추측과 프랙털의 관련성은 알고 있어. 인터넷에서 조금만 검색해보면 나오지 않나."

구마자와는 개의치 않고 계속했다.

"저는 풀비스라는 단어가 특정한 현상이나 관계를 가리킨다고 생각했습니다. 그런데 그게 착각이었습니다."

고누마는 설명을 구하는 대신 침묵했다. 갑자기 화제가 전환된 탓에 할 말을 찾지 못했다. 구마자와는 이야기하는 사이에 자신의 예상이 확신으로 변하는 것을 느꼈다. 한층 목소리가 높아졌다.

"풀비스란 '새로운 수'였습니다."

수학의 역사란, 수의 개념이 확장되어온 역사이기도 하다. 자연수에서 정수가 생겨났고, 나아가 유리수, 실수, 복소수가 만들어졌다. 새로운 수의 개념이 등장할 때마다 그때껏 어두컴컴했던 영역에 밝은 빛이 들이쳤다. 수학자들은 그렇게 조금씩 수학의 영역의 확장해왔다.

풀비스란 그 연장선에 있는 새로운 수의 개념이다. 구마자와는 풀비스가 수학의 지평을 개척할 것이라고 예감했다.

"이 개념은 물리학과 밀접하게 관련되어 있습니다."

구마자와는 옆에 쌓아두었던 산더미 같은 전문서에서 한 권을 끄집어냈다.

"료지의 노트에는 물리학 용어가 등장하지 않는데?"

"예, 하지만 료지가 어떤 일을 했었는지 다시 한번 생각해봤습니다.”

‘티끌’이라는 단어가 중요한 힌트였다. 아니, 힌트라기보다는 거의 답이었다. 전문서를 고누마에게 건넸다. 표지를 본 고누마가 외쳤다.

“초끈 이론!”

구마자와의 전문 분야인 끈 이론을 더욱 확장시킨 것이 초끈 이론이다.

물질을 구성하는 최소 단위는 첨단 기기로도 관측할 수 없을 만큼 작다. 모래알보다도, 분자보다도, 원자나 소립자보다도 작다. 그처럼 아주 작은 것들의 움직임을 설명하기 위해 만들어진 것이 초끈 이론이다.

“풀비스 이론에 등장하는 몇몇 새로운 용어는 초끈 이론의 용어로 대체할 수 있습니다.”

구마자와는 하룻밤을 들여 쓴 검증 결과를 내밀었다. 종이뭉치를 훑어본 고누마는 신음을 뱉었다. 묘지의 노트에 쓰인 용어를 초끈 이론의 것으로 바꿔보면 앞뒤가 맞았기 때문이다.

“그리고 아마 풀비스 이론을 이용하면 콜라츠 프랙털은 물론이고 프랙털 전반을 다룰 수 있을 겁니다. 콜라츠 추측의 증명이 진짜라면, 다른 미해결 문제에도 응용할 수 있을지 모르고요.”

생각해내고 아직 하루도 채 지나지 않았지만, 구마자와는 분명하다고 확신했다.

“프랙털이라면 무엇이든?”

"그렇습니다."

"그러면 소수 분포에도 응용할 수 있다고? 리만 가설에도?"

리만 가설의 열쇠라고 하는 소수 분포는 콜라츠 추측과 마찬가지로 프랙털을 이룬다는 사실이 알려져 있다. 풀비스 이론을 프랙털 현상 전반에 응용할 수 있다면, 3세기 동안 이어진 소수 분포의 수수께끼가 풀릴 가능성이 있다. 다시 말해, 수학자와 소수의 전쟁에 종지부가 찍힐지도 모른다.

구마자와는 어젯밤 신의 계시처럼 이런 사실을 깨달았다. 료지의 업적은 그야말로 수학사에 길이 남을 것이다. 조용히 말하는 고누마의 말투에서 뜨거운 고양감이 느껴졌다.

"이 이론은 수학자에게 최강의 무기가 될 거야."

고양감과 함께 깊은 후회가 고누마를 엄습했다. 그때 조금이라도 료지의 이야기에 귀를 기울였다면. 더 빨리 눈치챘을 텐데.

고누마는 뒤통수에 손을 댄 채 웃지도 찌푸리지도 않은 표정을 지었다. "초끈 이론일 줄이야."

"끈 이론을 하는 제가 금방 깨닫지 못한 게 아쉽습니다."

"당연한 일이야. 이 노트를 한 번 읽은 정도로는 수학인지 아닌지도 알 수 없어."

농담이 아닌 모양인지 고누마는 진지한 얼굴로 노트를 넘겼다.

"그래도 아직 검증이 끝난 건 아니지?"

"실은 어젯밤에 막 깨달았습니다."

공략할 실마리는 찾았지만 료지가 본 풍경은 멀기만 하다. 대

체 얼마나 시간을 들여야 료지를 따라잡을 수 있을까? 구마자와
는 깨달음의 기쁨도 잊고 허탈해했다.

"문제 때문에 좌절하지는 않는다."

고누마가 불쑥 내뱉은 혼잣말은 구마자와의 기억을 자극했다.
들어본 적 있는 말이다. 고개를 푹 숙이니 고누마의 높은 코가 두
드러졌다. 고누마가 단정한 얼굴을 일그러뜨리고 말했다.

"언제 들었는지는 잊었지만, 료지가 했던 말이야."

"저도 들은 적이 있습니다."

"그랬나. 입버릇이었을까?"

지금은 풀 수 없어도 죽기 전까지 계속 도전하면 돼. 내가 풀지
않아도, 다른 사람이 풀어도 괜찮아. 그러니까 애초에 문제 때문
에 좌절하지는 않아. 소회의실 어딘가에 있는 료지가 두 사람에
게 말을 거는 것만 같았다.

"우리는 료지의 무엇을 알고 있었을까요?"

어린 료지의 얼굴과 눈감기 직전 늙어버린 료지의 얼굴이 번갈
아 떠올랐다. 전혀 다른 사람이 되었다고 생각했는데, 사실은 아
무것도 변치 않았는지 모른다. 변한 것은 고누마와 사나와 구마
자와였는지도 모른다.

"아무것도 몰랐던 거야."

고누마는 회상에 마침표를 찍듯이 확언했다. 이곳에 모인 것은
감상에 빠지기 위해서가 아니라 수학을 하기 위해서다.

"자, 시작할까?" 고누마는 원탁의 맞은편에서 팔을 뻗어 구마자

와의 어깨를 두드렸다.

그래, 고누마 교수님은 이런 분이었다. 긍정적이고, 학생들과 평등하고, 둔감하고, 제멋대로이고, 조금 억지스럽다. 그 억지스러움이 지금은 믿음직했다.

구마자와와 고누마는 해 질 무렵까지 검토를 계속했다. 구마자와의 발상에 따라 모든 페이지를 읽고 과제 목록을 세웠다. 세세한 점을 포함하면 과제는 수백 개에 이르렀지만 절망감에 사로잡혀 괴롭지는 않았다. 고등학생 시절 수학올림피아드 대회장에서 겨우 몇 문제를 앞에 두고 절망했던 것이 거짓말 같았다.

너무 몰두한 탓에 두 사람은 점심도 거르고 검토를 이어갔다. 기노시타가 연구실에 온 것은 배고픔을 견디지 못해 집중이 끊겼을 무렵이었다.

"교수님, 오랜만에 인사드립니다."

기노시타는 고급 브랜드의 트렌치코트에 쌓인 눈을 떨어내고 방 안에 들어왔다. 주문 제작한 양복은 기노시타의 커다란 몸집에 딱 맞았다. 취직한 곳의 수입이 좋다는 사실은 기노시타에게서 들은 적이 있다.

기노시타의 회사도 도쿄에 있었기에 조교수가 된 이래 가끔씩 만나고 있다. 고누마가 학교에 온다고 하자 기노시타는 일을 마친 뒤 놀러 가겠다고 했다.

"아직도 빡빡머리인가?"

고누마의 말에 기노시타는 "편해서요"라고 말하며 학창 시절처럼 웃었다.

"눈이 안 그쳤나봐요?"

"몰랐어? 지금 폭설이야. 전철도 지연됐다고."

어느새 창문 전체를 뒤덮은 눈 때문에 바깥 상황이 보이지 않았다. 그리고 보니 마지막으로 료지를 본 날에도 폭설이 내렸다.

저녁은 배달 음식을 시키기로 했다. 대학교 근처의 중국집에 전화를 건 기노시타는 원탁에 펼쳐진 료지의 노트를 슬쩍 보았다.

"이게 그 노트야? 진짜 악필이네."

고누마가 웃으며 말했다. "해외 연구자들이 이걸 해독할 수 있을지 불안할 지경이야."

"이해하기는커녕 뭐라고 쓰여 있는지도 모르겠는데요."

료지의 노트를 다시 발견한 뒤로 그리운 사람들과 재회할 기회가 늘어났다. 모두들 료지가 내는 빛에 이끌리듯이 노트 주위로 모여들었다. 발견자인 구마자와 역시 그중 한 명에 불과하다.

"아, 맞다. 구마자와." 기노시타는 품에서 꺼낸 수첩의 한 페이지를 찢더니 구마자와에게 건넸다. 전화번호 같은 숫자들이 쓰여 있었다.

"다나카랑 전화하다가 구마자와를 만난다고 했더니 그 번호를 전해달라던데."

다나카와 지금도 연락을 주고받는 모양이다.

"이게 뭔데요?"

"다나카가 주는 선물 비슷한 거? 전화해보면 알 거라던데."

직접 말하면 될 텐데 여전히 번거로운 사람이다. 훗, 하는 웃음
이 샜다.

"그렇게 전하다니 왠지 다나카다운걸."

고누마도 웃음을 터뜨렸다. "이상한 녀석이죠" 하고 기노시타
가 거들었다.

시간을 10년 이상 되감은 것 같았다. 구마자와는 왠지 기분이
진정되지 않아 주변을 둘러보았지만, 어디에서도 료지의 미소는
찾아볼 수 없었다.

그렇구나. 료지는 죽었구나.

그 순간, 처음으로 구마자와는 료지의 죽음을 사실로 받아들
였다.

12 ——————————— 불멸의 생명

눈앞에서는 언제나 풀비스가 춤추고 있다.

소주가 든 페트병을 양손으로 잡아 껴안듯이 품고 슈퍼마켓 안을 걸었다. 4리터나 되는 술은 품속에서 괜히 더욱 무겁게 느껴졌다. 무릎이 아픈 탓에 천천히 걸을 수밖에 없었다. 지나가는데 다른 손님들이 모두 길을 비켜주었다. 료지는 그들을 노려보면서 계산대로 향했다. 사람들이 피하는 이유를 도무지 모르겠다. 이틀에 한 번 목욕도 하고, 옷도 세제는 쓰지 않지만 잘 빨아 입고 있다. 조금 냄새가 날지 몰라도 겉보기는 분명 평범할 터였다.

겨우 다다른 계산대에서 계산을 마치고 소주를 끌어안은 채 밖으로 나섰다. 집 근처의 편의점이 폐점한 뒤로는 이 슈퍼마켓에서만 술을 사고 있다. 조금 걸어야 하지만 가격이 싸서 좋았다.

얼른 집에 돌아가 마시고 싶었지만 관절통 때문에 걷기가 쉽지 않았다. 아파트에 도착하려면 앞으로 15분은 걸렸다. 잠시 멈춰서니 잊고 있던 옆구리의 통증이 되살아났다. 최근 들어 이따금씩 찌르는 듯한 복통이 밀려왔다. 경제적으로 병원에 다닐 여유는 없었다.

"기름을 채워야지."

변명 같은 말투로 중얼거린 료지는 방금 구입한 술의 뚜껑을 열었다. 가드레일에 기댄 채 병을 입을 대고 조심스레 기울였다. 25도의 알코올이 순식간에 몸 안으로 흘러 들어갔다. 오랜만에 마시는 독한 술이다. 만족스럽게 마시고 뚜껑을 닫자 절로 "아아" 하는 소리가 새어나왔다.

반대편 보도에 여고생들이 료지에게 눈길도 주지 않고 걸어가는 게 눈에 들어왔다. 멍하니 보고 있는데, 갑자기 경찰 두 명이 말을 걸었다.

"이봐요. 잠깐 봅시다."

불심검문에는 익숙해졌다. 질문에 답하고 얌전히 면허증을 보여주었다. 면허를 받고 핸들을 잡은 적은 한 번도 없다. 잡을 기회가 있다 해도 이 상태로는 운전할 수 없겠지만.

"직업은?"

"무직입니다. 얼마 전까지는 교와 대학에서 가르쳤고요."

"교와라면, 그 교와?"

두 경찰 중 젊은 쪽이 깜짝 놀랐다.

"작년 3월까지 수학과 조교수였습니다. 이것 때문에 잘렸지만."

료지는 소주가 담긴 페트병을 가리켰다. 농담이었는데 나이 지긋한 경찰의 안색은 변함이 없었다. 애초에 료지의 말을 믿지 않는 모양이다.

"집은 있지요? 술은 집에서 마셔요. 여기는 모두가 이용하는 보행로니까. 술을 마시는 곳이 아닙니다."

머릿속 한편에서는 끊임없이 풀비스가 날아다녔다. 장황하게 설교하는 경찰의 얼굴이 모기장을 뒤집어쓴 것처럼 보였다. 잠자코 설교를 듣고, "죄송합니다"라고 사과했다. 그걸로 끝이었다. 료지는 등을 돌리고 걸어가는 경찰관들을 한동안 바라보다가 다시 걸음을 옮겼다.

시간이 걸렸지만 아파트에 도착해서 2층 모서리의 집으로 들어갔다. 현관문을 열고 닫을 때마다 대형 비닐봉지에 든 병과 플라스틱이 소리를 냈다. 갈 곳을 잃은 쓰레기는 욕실과 화장실까지 넘쳐났다. 치워야 한다고 생각하면서도 관절통과 게으름에 굴복해서 결국은 그냥 지냈다. 실내도 바깥처럼 추웠기 때문에 다운점퍼를 입은 채 담요를 뒤집어썼다.

소주를 잔에 따르고 수돗물을 더해 반으로 희석했다. 맛은 없지만 절약해야 했다.

늘 펴놓고 개키지 않는 이불은 걸레처럼 납작해졌다. 술을 흘린 자리에는 곰팡이가 피었는데, 티슈로 닦아도 지워지지 않아서 그냥 두었다.

소주를 조금씩 마셨다. 꽤 오래전부터 고향에 돈을 보내지 않았다. 저금을 깨며 생활하는 처지라서 부모에게 보낼 돈은커녕 자신이 먹고살 돈조차 부족했다. 집세와 술값만은 아낄 수 없었다. 술은 위스키에서 싸구려 소주로 바꾸었고 마실 때도 물을 섞었다.

그래도 대학에서 잘린 덕에 좋은 일이 있었다. 수학에 할애할 시간이 훨씬 늘어났다. 자주 빼먹긴 했지만, 조교수로서 잡다하게 소비되는 시간은 결코 적지 않았다. 직장을 그만두고 알게 된 사실이다.

풀비스 이론의 구축은 절정에 이르렀다. 료지는 부연 잔을 한 손에 들고 노트를 펼쳤다. 이 노트에는 수년에 걸친 연구 성과의 정수만 기록해두었다. 이 노트를 바탕으로 논문을 발표하면 순식간에 세간의 주목이 료지에게 쏠릴 것이다. 전 세계의 수학자들이 이 아파트에 모여 가르침을 청할 것이다. 신경 쓰지 않아도 돈이 들어올 것이다. 그렇게 되면 술에 물을 섞지 않아도 될 것이다. 대범해진 료지는 소주를 단숨에 들이켰다.

다음 순간, 료지는 졸도하듯이 의식을 잃었다.

눈을 떴을 때는 저물녘이었다.

아아, 이번에도 살아남았다. 눈을 뜰 때마다 그렇게 생각한다. 한참 동안 제대로 수면을 취하지 않았다. 항상 깨어 있는 것 같으면서 항상 자는 것 같은 상태였다. 때때로 예고 없이 의식을 잃고 몇 시간 지나면 정신을 차렸다. 초점을 잃은 멍한 정신으로 지내다 때가 되면 배터리가 방전된 것처럼 졸도하는 것이다.

술기운이 거의 사라졌다. 허둥지둥 술을 잔에 따르고 물을 섞은 다음 조금씩 입으로 옮겼다.

한겨울의 저물녘에 붉은 노을이 드리웠다. 구마자와는 지금쯤 뭘 하고 있을까? 바다 건너 아득히 먼 곳에서 지내고 있을 구마자와가 떠올랐다.

구마자와는 떠나는 순간까지 료지를 거부했다. 무사히 박사 논문을 제출한 구마자와는 3월에 미국 남부로 떠나갔다. 일찍이 히라가가 교수로 있었던 대학에 연구원으로 채용되었다고 들었다. 짧아도 3년 동안은 그곳에서 지낸다는 듯했다.

연구실 학생에게서 우연히 이사 날짜를 들은 료지는 그날 아침부터 아파트 앞에서 이삿짐센터를 기다렸다. 점심이 지나자 트럭이 도착했고 구마자와의 집에서 이삿짐들이 옮겨졌다. 그 타이밍을 노려서 료지는 초인종을 눌렀다.

그 즉시 열린 문에서 고개를 내민 구마자와는 지긋지긋하다는 표정을 지었다.

"뭐야?"

"지나다가 보니까 이사를 해서. 저거 미국에 보내는 거야?"

료지는 아래쪽을 내려다보았다. 젊은 남자들이 냉장고를 트럭에 싣고 있었다.

"본가에 보내는 거야. 미국에서는 기숙사에 들어갈 거니까."

"아, 그렇구나. 좋겠네. 미국에는 언제 가?"

"내일모레. 미안한데 지금 바빠."

안으로 들어가려 하는 구마자와의 팔을 붙잡았다. 구마자와는 너무 싫다는 표정으로 료지의 얼굴과 손을 번갈아 보았다.

"적당히 해."

"왜 그렇게 피하는 거야?"

"네가 아주 싫은 건 아니야. 그냥 이제 슬슬 각자의 생활을 우선하는 게 좋겠다고 생각할 뿐이지."

이제 와서 무슨 말을 한들 구마자와는 떠나갈 것이다. 내일모레가 되면 일본에서 없어진다. 주위에 있던 사람들이 남김없이 사라져버린다. 료지는 견딜 수 없었다. 최소한 다음에 언제 만날 수 있을지 알고 싶었다. 붙잡은 손을 놓지 않고 말했다.

"그러면 일본에 돌아올 때 연락해."

구마자와는 자신의 팔을 붙잡은 료지의 손을 내려다보았다. 건조한 손톱이 갈라져 있다.

"알았어. 꼭 연락할게."

목소리는 진지했다. 기대해봐도 괜찮을 정도로 진지하게 들렸다. 료지가 손을 놓자, 구마자와는 "잘 가"라는 말을 남기고 안쪽으로 사라졌다. 닫힌 현관문이 두 사람의 관계를 끊어내는 벽처럼 느껴졌다.

그 뒤로 3년이 다 되었지만, 구마자와는 한 번도 만나지 못했다.

낙담하지는 않았다. 헤어지면서 남긴 말을 100퍼센트 믿지는 않았다. 게다가 짧아도 3년 동안 미국에 있을 예정이었다. 그저 귀국한 적이 없는 건지도 모른다. 아니면 연락하고 싶어도 못하든지.

어떻게 생각하든 만나지 못했다는 사실은 틀림없기 때문에 허무할 뿐이었다.

해고 통보를 받은 것은 작년 1월이다. 료지를 불러낸 사람은 히라가였다. 히라가는 교수실의 소파에 마주 앉아서 자신은 전혀 몰랐다는 듯이 한숨을 쉬었다.

"어쩌다 이렇게 됐을까."

히라가답지 않게 머뭇거리며 말을 꺼냈다. 낡은 재킷의 자락을 털거나 셔츠의 주름을 펴면서 시간을 끌었다.

"고향이 시코쿠였나?"

"예, 시골입니다만."

"좋은 곳이겠지."

집 뒤에 있는 광대한 숲이 떠올랐다. 이곳에 와서 그 숲의 아름다움을 조금이나마 표현할 수 있게 되었을까? 히라가는 몸을 앞쪽으로 기울였다.

"대학에서 자네의 해고를 결정했네."

료지는 놀라지 않았다. '조기 졸업을 전한 건 학부장이었는데, 해고는 교수가 알리는구나' 하고 태평하게 딴생각이나 했다. 태연한 료지의 태도에 외려 히라가가 한 방 먹은 것 같았다.

"……알고 있었나?"

235

"언젠가 이렇게 될 거라 생각했습니다."

구마자와가 미국으로 떠난 후 료지는 한층 더 타인과 어울리지 않게 되었다. 밤낮을 가리지 않고 굳게 잠근 소회의실에서 술을 마시며 풀비스에 대해 고심했다. 마음이 내킬 때만 강의에 나가 제멋대로 이야기했다. 료지의 알코올 의존은 공공연한 비밀이 되었다. 학교 측은 조기 졸업을 인정해준 체면 때문인지 여러 차례 봐주었지만, 그것도 한계인 모양이다.

"알고 있는데 왜 술을 끊지 못했나?"

그만 실소가 터졌다. 또 '옳음'이다. 히라가는 언제나 옳다. 이 사람은 분명히 뭔가에 의존한다는 말을 모를 것이다. 히라가의 강인함이 료지는 진심으로 부러웠다.

"그만둘 수 있다면, 그러고 싶네요."

눈가에서 흘러내리는 눈물마저 술 냄새를 풍겼다.

—

2월 초 고누마의 편지가 도착했다.

현관문에 달린 우편함에는 늘 전단지가 구깃구깃 꽂혀 있다. 한참 전부터 비우지 않아서 종이가 가득했다. 하지만 고누마의 편지는 접히지 않은 채 온전히 우편함에 끼워져 있었다. 슈퍼마켓에서 돌아온 료지는 부자연스럽게 돌출된 봉투에 눈길을 주고, 누군가 직접 자신의 이름을 쓴 걸 눈치채서 뽑아냈다. 보낸 이는 고누마 시게유키. 고향에 살던 시절, 고누마와 편지를 주고받았던 일이 떠올랐다.

봉투를 열어 보니 편지지가 한 장 들어 있었다.

오랜만에 연구실에 들렀더니 학교를 그만두었다고 들어서 깜짝 놀랐다, 조만간 식사라도 하자, 괜찮으면 이 번호로 연락해라. 이런 내용이 쓰여 있었다.

두 차례 반복해서 읽은 뒤 편지지를 접어서 다시 봉투에 넣었다. 그러고는 자리에서 일어나 집 밖으로 나왔다. 고누마에게 전화하기 위해서다. 휴대전화는 한참 전에 없앴다.

공중전화가 꽤 줄어들었지만, 대학 생협 앞에 있었던 것이 기억났다. 료지는 발을 질질 끌다시피 하며 캠퍼스까지 걸어갔다.

예전에는 10분도 걸리지 않았는데 이제는 두 배 이상 시간이 필요했다. 정문을 들어설 때 경비원이 노려보았지만 불러 세우지는 않았다.

연말을 맞은 대학에는 낯선 분위기가 감돌았다. 졸업을 미룬 학생들의 쓸쓸함이 갈 곳을 잃고 넘쳐나기 때문인지도 모른다. 중앙에 우뚝 선 이과학부 건물은 캠퍼스의 어디에서도 눈에 띄었다. 소회의실은 어떻게 되었을까? 신경 쓰였지만 연구실에 가보는 것은 내키지 않았다.

생협 앞에는 아직 공중전화가 있었다. 동전을 넣고 버튼을 누르니 신호가 한 번 울리자마자 여성이 전화를 받았다. "국립수리과학연구소입니다" 하고 이상할 정도로 빠르게 말했다. 료지가 이름을 대자 잠시 기다리라고 했다. 네번째 동전을 투입할 무렵에야 겨우 고누마와 연결되었다.

"여보세요, 료지냐?" 반가운 목소리에 료지까지 절로 들떴다.

"고누마 교수님, 편지 감사합니다."

"그래, 학교를 그만뒀다며. 무슨 일이냐? 히라가 교수님께 여쭤도 잘 모르겠던데."

"······이런저런 일이 있었어요."

"한번 만나자. 술집보다 찻집이 좋지?"

고누마는 아직 료지가 술을 마신다는 것을 모르는 모양이었다. 히라가가 아무 말 하지 않았는지도 모른다.

"술집도 괜찮아요. 이제는 술 마실 줄 알아요."

"그렇구나. 무리하지는 말고."

고누마는 국수연 근처에 있다는 맥줏집의 이름을 알려주었다.

통화를 마치고 들뜬 채로 집에 돌아왔다. 지나치다가 눈이 마주친 학생은 마치 들개를 보는 듯한 얼굴이었다.

그날이 오기를 료지는 손가락을 꼽으며 기다렸다. 박사를 수료할 때의 지도교수는 히라가였지만, 료지에게는 고누마야말로 진정한 은사였다. 시골의 고등학생이던 료지를 이끌어 어엿한 수학자로 길러준 고누마. 자신의 수학자 인생을 집대성해서 세운 풀비스 이론을 펼쳐 보여 깜짝 놀래주고 싶었다. "잘했구나" 하는 칭찬을 받고 싶었다.

약속 당일 정성 들여 샤워를 하고 무엇을 입어야 할지 고민했다.

사람과 만나는 것은 거의 1년 만이다. 스웨트 셔츠에 다운점퍼는 아무래도 안 될 것 같았다. 서랍장을 뒤져서 세탁한 뒤로 방치해 먼지만 쌓인 양복을 꺼냈다. 입학식에 나서지 못했던 양복은 그 뒤로도 몇 번밖에 입지 않았다. 이 옷이라면 그나마 멀쩡해 보일 것이다.

셔츠와 바지를 입으면서 위화감을 느꼈다. 배와 허벅지 근처에서 옷이 헐렁거렸다. 말랐기 때문이다. 허리띠를 최대한 졸라매서 옷을 고정했다.

료지는 새삼스레 화장실 거울 앞에 섰다. 그곳에는 비쩍 말라 도마뱀 같은 얼굴을 한 남자가 있었다. 거무스름해진 피부는 나무껍질처럼 버석버석했다. 흰자위는 누렇게 탁했고, 어깨까지 기른 머리카락은 마치 가짜처럼 윤기가 없었다. 눈가와 입가에 생긴 주름 탓에 서른 살보다 훨씬 나이 들어 보였다.

전철로 가는 데도 고생이 이만저만 아니었다. 국수연과 가장 가까운 역으로 가려면 한 차례 갈아타야 했는데, 어디서 어떻게 갈아타면 될지 몰랐다. 역무원을 붙잡고 15분 정도 이야기를 나누고서야 겨우 가는 길을 파악했다. 설명해준 역무원은 피곤해하는 것 같았다.

가게에 도착하니 안쪽의 방으로 안내해주었다. 가구 등은 모두 목제였고, 오렌지색 조명이 실내를 은은하게 밝혔다. 방에는 기다란 테이블에 의자가 열 개나 있었다. 단둘이 만나는 줄 알았던 료지는 점원에게 확인했지만, 분명히 예약자의 이름은 고누마였다.

이윽고 고누마의 뒤를 이어 남녀 여럿이 방으로 들어왔다. 고누마는 쾌활하게 웃으면서 료지의 옆자리에 앉았다. "미안하다. 오래 기다렸어?"

"아뇨, 저, 이 사람들은?"

처음 보는 사람들도 자리에 앉았다. 실내의 조명이 어두워서 얼굴이 잘 보이지 않는 탓에 괜히 섬뜩했다. 대부분 고누마와 동년배 같았다.

"내 직장 동료들이야. 너를 만난다고 하니 다들 보고 싶다고 해서. 마침 자리도 남아서 데리고 왔다. 누가 뭐래도 그 미쓰야 료지니까 말이다. 군론, 프랙털, 기타 등등, 가케야 추측도 있었지."

그들이 보내는 시선에는 기대가 가득했다. 그 기대감에 짓눌릴 것 같았다. 술에서 거의 깨기도 해서 료지는 더더욱 위축되었다.

고누마는 맥주와 요리를 주문하고는 문득 료지의 얼굴을 찬찬히 관찰했다.

"많이 말랐구나."

"그런가요. 체중계가 없어서요."

"어디 아픈 건 아니고?"

"밥을 제대로 먹지 않아서 그런가. 최근에는 생활도 규칙적이지 않고요."

거짓말을 하기 괴로웠지만 고누마는 그 이상 묻지 않았다. 뭔가를 눈치챘는지 그저 조용히 료지의 얼굴을 바라볼 뿐이었다. 빨리 술이 필요해. 맥주가 오는 데 걸린 몇 분이 몇 시간처럼 느껴졌다. 건배를 하자마자 료지는 단숨에 큰 잔의 절반을 들이켰다.

맛 따위는 느껴지지 않는다. 취할 수 있으면 뭐든 좋다. 알코올이 퍼지면 눈앞이 반짝반짝 명멸했다. 시야에서 춤추는 풀비스와 어울려 아름다운 광경이 되었다.

고누마와 교대해서 옆자리에 앉은 연상의 여성이 눈을 빛내며 물었다.

"미쓰야 씨, 지금은 어떤 문제를 다루고 있어요?"

술기운이 돌기 시작한 료지는 점점 말이 술술 나왔다.

"최근에는 계속 새로운 이론을 세우는 데 매달리고 있어요."

"역시 프랙털과 관련 있어요? 아니면 고누마 씨가 가르친 이와 사와 이론?"

"아뇨, 지금은 풀비스입니다."

"풀비스?"

료지는 잔을 비우고는 대답했다.

"네, 풀비스는 모든 수를 아우릅니다. 그래서 저는 티끌이라는 이름을 붙였고요. 최소 단위이면서 동시에 최대 집합이기도 한…… 지금도 보세요. 여기 있어요."

료지는 눈앞의 공간을 가리켰다. 상대방은 얼이 나간 듯 입만 벌렸다.

"저는요, 쿼크[12]보다 작은 단위를 설명할 수 있다고 생각합니다. 그렇지 않으면 앞뒤가 맞지 않거든요. 실험적으로 증명할 수 없으면 존재하지 않는 것으로 친다니, 이상하잖아요. 저는 그 실험주의라고 할지, 암튼 그걸 좋아하지 않아요. 수학을 하는 분이니까 무슨 말인지 아시죠?"

당혹스러운 표정을 지은 채로 여성은 화제를 전환했다.

"3차원의 가케야 추측에 관련한 논문을 보고 감동받았어요. 박사 과정 학생이 해낸 일이라니 믿기지가 않아서……."

"그따위가요." 맥주를 두 잔째 위장에 흘려넣었다. 이제는 친숙한 두통이 찾아왔다.

"저는 수학자가 아니에요. 그냥 아이디어맨이지. 사실은 그렇게 생각하죠? 저는 틀렸다고, 속으로는 비웃고 있죠?"

여성은 잔뜩 굳은 표정으로 말없이 자리에서 일어났다.

료지의 주위로 차례차례 모여든 수학자들은 모두 잔뜩 기대했지만, 이내 환멸하며 멀어져갔다. 료지의 말을 이해하는 이는 한 명도 없었다.

"학교는 왜 그만둔 거예요?"

얼굴이 붉은 남자는 매우 친한 양 료지에게 몸을 가까이 댔다.

"교와 대학은 역시 대단하다고 생각했어요. 같은 연구실에 히라가 교수님이랑 미쓰야 교수님이 함께 있다니, 학생들이 행복했겠어요."

"저는 불행했어요."

"네?" 하고 남자가 되물었다. 료지는 안절부절못한 끝에 절규했다.

"저는 불행했어요! 고누마 교수님이 저를 버리고, 모두들 없어졌어요. 주위에 있던 사람들은 나 몰래 짜기라도 했는지 다들 한꺼번에 사라졌어요. 저는 외로웠어요. 계속 외로웠어요. 혼자 연구실에 있어봤자 아무런 의미도 없어요. 그래서 대학 따위 그만 뒀어요."

모든 사람이 조용해졌다. 상황을 보러 온 점원은 료지와 눈이 마주치자 겁먹은 듯이 고개를 움츠렸다. "나가자." 가장가리에 앉아 있던 고누마가 걸어와서 료지의 어깨에 살며시 손을 얹었다. 료지를 배웅하는 수학자들의 시선에는 더 이상 아무런 기대도 없었다.

고누마가 데리고 간 곳은 뒷골목에 있는 작은 술집이었다. 미닫이문을 여니 드르륵하는 소리가 났다. 한창 붐빌 시간대임에도 손님은 많지 않았는데, 우울해 보이는 남자들이 카운터에 앉아 조용히 잔을 기울이고 있었다. 두 사람은 테이블에 앉아서 소주를 주문했다.

"조금 더러워도 조용하니까 진정될 거야."

고누마는 얼음 넣은 잔에 따른 소주를 맛있게 마셨다. 료지의 눈앞에도 똑같은 잔이 놓였다. 손을 대도 괜찮을지 망설이며 한참을 봤지만, 이내 참을 수 없게 되었다. 잔을 가득 채운 액체를 위장에 넣은 료지는 중얼거리듯 고백했다.

"저, 알코올의존증입니다."

그 말에 카운터에 앉은 손님이 고개를 돌렸지만 금방 다시 앞을 보았다.

"그렇게 술을 피하던 녀석이 알코올의존증이라니."

곱씹듯이 "알코올의존증"이라 반복한 고누마는 앞머리를 쓸어올렸다.

"해고된 것도 술 때문이에요. 강의도 할 수 없게 되었고, 전부다 엉망이 되었어요. 교수님이 슬퍼하실 거라고 생각했지만, 어떻게 할 수가 없어서."

"이제 됐어. 알았다."

제지하는 고누마의 목소리는 온화했다. 지나치게 온화해서 어색할 정도였다. 차라리 호되게 꾸짖길 원했다.

"말도 없이 사람들을 데려와서 미안하다."

"죄송해요. 그런 말을 하고 싶었던 건 아닌데."

"아니, 나는 너와 구마자와를 버렸다. 그런 말을 들어도 어쩔수 없어."

꽤 마셨을 텐데 고누마의 말투에서는 취기가 느껴지지 않았다. 료지도 두통만 극심할 뿐 고양감은 전혀 들지 않았다. 기분이 침울한 것은 술집의 가라앉은 분위기 때문만이 아니었다.

"교수님은 수학자로서 죽을 수 있을 것 같으세요?"

"수학자로서?"

"말씀하셨잖아요. 수학자로서 죽을 수 있게 해달라고."

두 잔째 소주를 입에 대자 갑자기 시야가 뒤틀렸다. 고누마의 얼굴이 구불구불한 하천처럼 길게 늘어나고, 이명이 울리기 시작했다. 그 이명이다. 눈앞에서 불꽃이 확 터지는 바람에 료지는 테이블 아래에 엎드렸다. 잔이 굴러서 바닥에 떨어졌고 요란한 소

244

리를 내며 깨졌다. 카운터의 손님이 다시 돌아보고는 "이봐" 하고 내뱉었다. 고누마가 어깨를 흔들었다. "괜찮으냐?"

료지는 두 팔 사이에서 눈만 움직여 고누마를 보았다.

"교수님은 저를 데려온 걸, 후회하세요?"

고누마는 격하게 고개를 저었다.

"후회하지 않아."

그렇게 말하고는 고누마는 시선을 피했다.

"……하지만 네가 없었다면 분명 학교에 남았을 거다."

료지는 머리로 피가 솟구치는 소리를 들었다. 내 탓이라고 하는 건가? 고함치며 날뛰고 싶었지만 몸이 무거워서 상체를 일으키는 게 고작이었다.

고누마는 아직 할 말이 있는 것 같았지만 말없이 뒷정리를 했다. 사장에게서 건네받은 양동이에 유리 조각을 모아 담고 걸레로 바닥을 닦았다. 뒷정리가 끝날 무렵에는 료지의 감정도 간신히 평정을 되찾았다. 다만 눈앞에서 터진 불꽃의 흔적은 사라지지 않았다. 섬광 너머로 고누마의 얼굴이 희미하게 보였다.

"아직 수학을 하는 거냐?"

후후, 하고 료지는 웃었다. 그렇게 묻길 계속 기다렸기 때문이다.

"제 눈앞에서는 언제나 풀비스가 춤추고 있어요."

자신만만하게 말하는 료지를 보며 고누마는 힘없는 미소를 지었다.

—

수분을 잔뜩 머금은 무거운 눈이 내렸다. 뼈대가 부러진 우산으로는 눈을 막을 수 없어서 료지의 발과 팔이 젖고 말았다. 찢어진 운동화 속으로 스며든 물은 살갗을 베어낼 듯이 차가웠다. 료지는 4리터짜리 소주를 소중한 보물인 양 끌어안고 천천히 집으로 걸었다.

쌓인 눈의 무게를 견딜 수 없어서 료지는 아예 우산을 길가에 버렸다. 하늘에서 내리는 눈송이가 곧장 료지의 얼굴과 손을 적셨다. 머리 위에는 짙은 회색빛 구름이 펼쳐졌다.

눈앞에 빛이 작열했다. 이명이 울리며 온몸에 힘이 들어가지 않았다. 아랫배가 지글지글 타는 듯이 아팠다. 료지는 페트병을 끌어안은 채 길가에 웅크렸다. 고누마와 만난 날 이래 이따금씩 이런 증상이 들이닥쳤다. 일단 증상이 찾아오면 아무것도 할 수 없다. 그저 통증이 사라지길 기다릴 수밖에 없었다. 얼어붙을 것 같은 추위 속에서도 료지의 얼굴에는 비지땀이 맺혔다.

최근 들어 죽는 순간에 대해서만 생각하고 있다.

지금 여기서 죽는다면 풀비스 이론은 어떻게 될까? 논문의 초고는 노트에 정리해두었지만, 유품으로 처분된다면 풀비스 이론은 몸과 함께 영원히 매장될 것이다.

그것만은 피해야 한다. 육체가 사라진다 해도 나는 이론으로서 계속 살아가야 한다. 수학자는 언젠가 죽지만, 수학자가 세운 이론은 수백 년이고 이어진다. 풀비스 이론은 앞으로 몇 세대 동안 존속되어 수학의 영역에 포함되어야 한다. 그러려면 누군가에게 맡겨야만 한다.

맡길 만한 사람은 한 명뿐이다.

하지만 과연 그가 내 뒤를 이어줄까? 그에게는 그의 세계가 있고, 해야 하는 일이 있다. 정체를 알 수 없는 독선적인 이론에 그가 눈길을 줄 것 같지는 않다.

적어도 만날 수만 있다면. 만나서 전할 수만 있다면.

어느 정도 회복되어서 료지는 다시금 걷기 시작했다. 옆으로 불어닥치는 바람을 타고 커다란 눈송이가 온몸을 적셨다.

꽤 가까이 다가가서야 아파트 앞에 서 있는 사람의 그림자가 보였다. 코트를 입은 키 큰 남자가 계단 아래에서 우산을 쓰고 있었다. 남자는 가죽장갑을 낀 손가락으로 안경을 밀어올리며 술을 끌어안은 료지에게 걸어왔다. 료지의 눈에는 벌써 눈물이 고였다.

"구마자와." 눈물과 눈송이가 뒤섞여서 료지의 얼굴을 덮었다.

"약속 지켜줬구나. 이제 일본에 돌아온 거야?"

구마자와는 어처구니없다는 듯이 말했다.

"잠깐 돌아온 거야. 전화 정도는 가지고 다녀. 아무도 네 연락처를 모르니까 아파트 앞에서 기다릴 수밖에 없었잖아. 이렇게 추운데."

"미안해. 진짜 미안해."

료지는 어린아이처럼 울면서 사과했다. 구마자와는 그 깡마른 몸과 품속에 안은 소주에 시선을 옮기고는 아무 말도 하지 못한 채 료지를 따라 계단을 올랐다.

하지만 현관문을 열자마자 참지 못하고 코를 손으로 막았다.

"집이 왜 이래?"

한겨울인데 무수한 날벌레가 발밑을 날아다녔고, 현관 구석에는 구더기가 들끓었다. 산더미처럼 쌓인 술병과 먹다 남은 음식물 쓰레기 때문이었다. 알코올과 토사물의 냄새가 밀려와서 구마자와는 집에 들어가기를 망설였다. "하루 종일 여기서 술만 마시는 거야?"

료지는 듣지 못한 척하며 안쪽으로 들어갔다.

"신발 벗어야 하나?"

"신경 쓰이면 벗지 않아도 돼."

구마자와는 주저하면서도 가죽구두를 신은 채 들어섰다. 코트 옷자락이 집 안의 무언가에 닿지 않도록 조심하면서 신중하게 한 걸음씩 나아갔다.

안쪽도 상태는 비슷했다. 한 번도 개키지 않은 듯한 이불 위만 사각지대였고, 나머지는 바닥이 보이지 않을 만큼 쓰레기가 가득했다. 그 대부분이 유리병과 페트병이다. 료지는 이불 위에 태연하게 책상다리로 앉았다. 머리맡의 탁자에는 논문과 전문서가 널브러져 있었다.

구마자와는 선 채로 이야기를 꺼냈다.

"알코올의존증이라며. 고누마 교수님께 들었어."

말의 구석구석에서 경멸하는 감정이 묻어났다. 집 안까지 들인 이상 숨길 생각은 없었지만, 그래도 료지는 상처를 입을 수밖에 없었다. 구마자와는 고개를 푹 숙인 료지의 표정보다도 방구석에서 날아다니는 날벌레에 신경을 썼다.

"하지만 이 정도일 줄은 몰랐다. 이건 뭐 완전 쓰레기장이잖아. 이제 술은 마시지 마. 우선 가족하고 상담해. 그게 어려우면 시설에라도 들어가고."

"시설이라니, 꼭 병에 걸린 것 같네."

"병에 걸린 거야, 너는."

이런 이야기를 하고 싶었던 건 아니다. 구마자와가 풀비스 이론을 이어받게 해야 한다. 료지는 노트를 들이밀었다. 수년 동안의 연구 성과를 정리한 노트 한 권.

"저기, 이거 읽어봐. 이 노트, 내 수학을 집대성한 거야."

구마자와는 노트를 받지 않았다. 그저 팔짱을 끼고 관심 없다는 듯한 눈으로 내려다볼 뿐이었다. 료지는 할 수 없이 내밀었던 손을 거두어들였다.

"나한테 보여주지 말고, 논문으로 쓰는 게 나아."

"논문으로 만들려면 더 깨끗이 써야겠다."

"일단 심사 통과된 다음에 보여줘. 수학자는 논문을 쓰지 않으면 끝이야."

이런 설교나 하려고 구마자와는 폭설 속에서 기다렸던 것일까? 그럴 리는 없다. 료지는 간절한 눈빛으로 올려다보았지만 구마자와의 입에서는 잔소리만 나왔다.

"이제 고향으로 돌아가는 게 어때?"

"거기에서는 수학으로 먹고살 수 없어."

"수학 같은 건 하지 않아도 괜찮아. 살 수만 있으면 된다고. 전 인류 중 몇 퍼센트가 수학으로 먹고살 것 같아? 네 인생에 수학이 없다 해도, 제대로 살기만 해도 충분히 대단한 거야. 그거면 충분해."

누가 들어도 납득할 만한 바른말이었다. 그렇기 때문에 그 말은 료지에게 어떤 울림도 주지 않았다. 그러기는커녕 눈앞에 있는 이가 난생처음 보는 남자 같았다. 구마자와의 탈을 쓴, 상식 덩어리.

이 녀석은 누구야? 그 정도 말을 들으면 내가 고향으로 돌아갈 거라고 진심으로 생각한 건가?

"수학을 버리라고?"

구마자와는 불편한 듯이 시선을 피했다.

"병으로 몸이 망가질 바에는 수학에서 떨어지는 게 낫다는 뜻이야."

"진짜 그렇게 생각해? 내가 수학 없이 살 수 있다고 진심으로 말한 거야?"

가죽구두의 앞코가 미세하게 위아래로 흔들렸다. 료지에게도 초조함이 전해졌다.

"나는 그저 수학을 하면서 살고 싶을 뿐이야."

구마자와는 여전히 침묵했다. 조금만 더 하면 원래대로 돌아올 것이다. 그 시절의 구마자와가 돌아올 것이다. 료지는 잔뜩 쉰 목소리로 말했다.

"내가 잘못한 걸까?"

그 말은 들은 구마자와는 거북해하는 표정으로 답했다.

"스스로 생각해."

료지의 얼굴이 일그러졌다. 마음속의 단단한 기둥이 맥없이 부러지는 듯한 감각. 아무것도 전하지 못했다. 이렇게 가까이 있는데, 료지의 말은 그 무엇도 구마자와의 마음을 움직이지 못했다. 그저 한결같이 공허하기만 했다.

구마자와는 일부러 그러듯이 손목시계를 보았다. "이제 가야해."

료지는 허둥대며 손을 뻗었다. 그렇게 공허한데도 그만 붙잡으려 드는 자신이 슬펐다.

"벌써? 얼마 있지도 않았잖아."

"아파트 앞에서 한참 기다렸어. 지금 출발하지 않으면 다음 약속에 늦어."

"약속?"

"히라가 교수님과 만나기로 했어. 약속에 늦는 거 질색하는 사람이야."

여기서 헤어지면 다시는 만나지 못할 것 같았다. 하지만 료지는 이미 붙잡아봤자 소용없다는 것을 알았다. 구마자와는 웅크려 앉으며 료지와 눈높이를 맞췄다. 악취를 풍기는 다운점퍼의 소매를 맨손으로 강하게 잡았다.

"잘 들어. 이제 술은 끊어. 병부터 고쳐. 네 몸을 걱정하니까 하는 말이야. 수학도 좋지만, 우선 가족과 상의해. 알았지?"

구마자와는 대답도 듣지 않고 현관으로 향했다. 열린 문으로는 눈과 구름밖에 보이지 않았다.

"잘 있어."

마지막으로 한 번 돌아본 구마자와는 현관문을 닫았다. 바깥에서 들이친 냉기가 료지의 바싹 마른 뺨을 만졌다. 결국 풀비스 이론은 이야기하지 못했다. 그러기는커녕 수학 비슷한 것은 그 무엇도.

료지는 느릿느릿 몸을 눕히고 새삼 노트를 펼쳤다. 아주 작은 티끌들이 무수히 터져나와 아메바처럼 자유자재로 형태를 바꾸었다. 연기가 되고, 안개가 되고, 진흙이 되었다. 세상에서 가장 아름다운 광경이다. 현실 세계에는 결코 존재하지 않는, 수학적 질서 아래 성립된 세계.

아, 그렇구나. 다른 사람들에게는 내 풍경이 보이지 않는구나. 구마자와도 고누마 교수님도 풀비스를 볼 수 없어. 그래서 이 이론이 얼마나 대단한지 모르는 거야.

예전에 어쩌다 료지瞭司라는 이름에서 료瞭가 무슨 뜻인지 찾아본 적이 있다. 사전에는 "분명한 것, 명백한 것"이라고 쓰여 있었다. 이렇게나 확실하고 명백히 보이는 풍경을 공유할 수 없다니, 불행한 일이다.

술병을 기울여서 플라스틱 컵에 소주를 따른 뒤 단번에 들이켰다. 료지는 오른손에 쥔 빈 컵을 물끄러미 보았다. 오래 써서 완전히 불투명해졌다. 구마자와가 아르바이트를 하던 만화카페에서는 좀더 투명했다.

불현듯 그 무렵의 기억이 되살아났다. 그날, 수학의 세계에서 벗어나려 하던 구마자와를 되돌린 것은 콜라츠 추측이었다. 그렇다면, 콜라츠 추측을 해결하면, 구마자와는 다시 이곳으로 돌아올지도 모른다.

료지는 노트를 펼쳤다. 여태껏 수학자들이 떼로 덤벼도 해결의 실마리가 보이지 않았던 난제. 구마자와의 흥미를 돌려놓기 위해서 료지는 그 난제를 해결하기로 했다. 증명은 순식간에 완료되었고, 불과 두 페이지밖에 차지하지 않았다. 풀비스가 보인다면 이런 문제를 해결하는 건 식은 죽 먹기보다 쉽다. 증명의 맨 앞에 한 문장을 적었다.

지금부터 콜라츠 추측의 증명을 적는다.

료지는 가슴속으로 중얼거렸다. 봐, 내 말이 맞지? 지금은 풀수 없어도 죽기 전까지 계속 도전하면 돼. 내가 풀지 않아도, 다른 사람이 풀어도 괜찮아. 풀비스 이론이 남아 있는 한 나는 죽지 않아. 육체가 사라져도 나는 이론으로 다시 태어날 거야.

두 잔째 소주를 마셨다. 웬일인지 두통도 구토도 없었다. 여기가 아닌 다른 곳에 있는 듯한 느낌에만 도취되었다.

눈앞에 깊은 숲이 나타났다. 그 넓고 아름다운 숲. 료지는 숲에 한 발, 두 발 발을 디뎠다. 그렇구나. 드디어 이 숲의 아름다움을 표현할 언어를 손에 넣었구나. 짙은 초록색 나무들을 둘러본 료지는 흥분을 가라앉히지 못하고 달리기 시작했다. 관절통은 느껴지지 않는다. 다시 소년이 된 듯 몸이 가벼웠다.

아무리 안쪽으로 달려가도 숲은 끝없이 이어졌다. 료지는 눈에 보이는 모든 것을 표현할 수 있었다. 숲은 료지에게 멋지기 그지없는 정경을 맘껏 보여주었다. 풀숲을 지나자 시냇물이 나타났고, 시내를 건너뛰니 암벽이 앞을 가로막았다. 암벽을 끝까지 오르자 깊은 계곡이 펼쳐졌고, 어두운 동굴을 빠져나오니 별이 가득한 하늘 아래였다.

손을 뻗은 료지는 하늘 높이 한없이 올라갔다. 이윽고 별들에 둘러싸인 료지를 눈부시게 아름다운 빛이 거두어들였다. 어머니의 배 속처럼 마음이 편안했다.

이게 불멸의 생명이구나. 더는 아무것도 두려워하지 않아도 돼.

시야가 온통 빛의 색으로 뒤덮였다. 영원한 시간이 료지에게 찾아오려 했다.

13 ——————————————— 보이는 자

구마자와는 노스캐롤라이나에서 료지의 죽음을 전해 들었다.

3월, 샬럿은 매섭게 추웠다. 하숙집에서 한창 자던 와중에 국제전화를 받았다. 난방이 약한 방에서 두꺼운 담요를 머리끝까지 덮고 있었기 때문에 전화가 두번째 왔을 때야 휴대전화가 울리는 것을 알았다. 담요에서 팔만 꺼내 발신번호도 확인하지 않고 전화를 받았다. "하이" 하고 일본에서도 미국에서도 통하는 인사말을 냈다.

"구, 구마자와 씨인가요?"

눈이 번쩍 뜨였다. 상대방은 왠지 긴장한 것 같았다.

"사나?"

대답은 그것만으로 충분했다. 사나는 떨리는 목소리를 억누르듯이 낮게 말했다.

"료지가 죽었어."

고드름으로 꿰뚫린 듯이 구마자와의 몸 한가운데가 차가워졌다.

담요를 치우며 벌떡 일어났다. 료지가 죽었다고? 겨우 한 달 전에 만났는데? 너무나 변해버리긴 했지만 분명 료지는 살아 있었다. 살아서, 수학을 하고 있었다.

사나는 참지 못하고 오열을 터뜨렸다. 감정의 파도에 휩쓸려 울면서 띄엄띄엄 말했다.

"죽어버렸어. 방에서. 간경변[13]이었대. 나, 실은 알고 있었어. 료지가 알코올의존증인 거 알았다고. 알았는데, 아무것도 안 했어. 아무것도 못 한 게 아니라 안 했어. 무서워서. 어떡하면 멈출 수 있을지 모르겠어서. 아예 다른 사람이 된 것 같아서 무서웠어. 하지만 그런 게 이유가 될 순 없을 거야. 나는 료지를 버린 거야."

구마자와는 마지막으로 만났던 날을 이야기해야 할지 망설였다. 자신은 버린 정도가 아니다. 직접 손을 댄 것이나 마찬가지다.

"지난달에, 만났어."

"어땠어?"

어땠다고 말할 것도 없다. 료지는 싸구려 소주 냄새를 풍기면서 쓰레기들에 둘러싸여 있었다. 사나에게 그 사실을 말하기는 꺼려졌다.

영결식이 내일모레라고 사나가 알려주었다.

"지금 바로 출발하면 영결식에는 늦지 않을지도 몰라."

"……지금은 못 가. 도저히 손을 뗄 수 없어."

늦어지고 있는 논문 투고를 이달 중에 마쳐야 한다. 작년 말부터 상사가 신경증에 걸릴 정도로 압박을 주고 있었다. 내일도 상사와 얼굴을 맞대고 최종 원고를 확인할 예정이다. 이달 중에 끝내지 못하면, 연구실에서 구마자와의 자리가 없어질 판이다. 사나가 애타는 듯이 말했다.

"제대로 들은 거야? 료지가 죽어버렸다고."

지금은 도저히 어렵다, 다음 달에는 시간을 낼 수 있으니 귀국해서 분향하겠다, 이런 말을 변명처럼 늘어놓는데 사나는 입을 다물고만 있었다.

"그만 됐어."

갑자기 전화가 끊겼다.

불현듯 이른 아침의 매서운 추위가 느껴졌다. 온몸이 땀범벅이었다. 담요를 뒤집어썼기 때문인지, 아니면 다른 이유가 있는지 알 수 없었다. 난방 온도를 높이고 샤워를 했다.

눈을 감고 뜨거운 물을 맞았다. "내가 잘못한 걸까?"라는 물음에 구마자와는 "너는 옳아"라고 말하지 않았다. 한 마디면 충분했다. 료지에게도 히라가에게도 각자의 '옳음'이 있다. 수학과는 상관없는, 삶을 살아가는 데 있어 '옳음'이 있다는 말이다. 누군가 그걸 가르쳐줬어야 했다. 그럴 수 있었던 건 구마자와뿐이다.

왜 말하지 않았는가? 이유는 알고 있다. 술독에 빠진 료지를 보고 마음속 한구석에서 자업자득이라고 생각했기 때문이다. 료지는 증오스러울 정도로 수각을 타고났다. 그런 남자가 명예도 지위도 잃고 진흙탕에서 뒹구는 모습을 보니 구마자와는 마음이 후련했다.

인정하기도 싫고, 누구에게도 말할 수 없다. 그래도 추악한 감정에 휘둘려 괴로워하는 친구를 내버린 과거는 지워지지 않는다. 그럴 의도는 아니었다, 하고 변명하기는 쉽다. 하지만 아무리 변명을 거듭한들 죄책감은 전혀 줄어들지 않았다.

료지를 죽인 건 나다. 나는 그 사실을 누구에게도 밝히지 못한 채 계속 살아가야 한다. 기분 나쁜 감촉을 기억한 채 죽어야 한다.

사나에게는 "내가 죽였다"라고 말하지 못했다. 일단 말하면 죄책감에 짓눌려 부서질 것 같았다. 그럴 수만 있다면 잊고 싶었다.

눈꺼풀 안쪽에 뜨거운 것이 흘렀다. 눈물은 수돗물과 섞여 몸을 적시고 배수구로 빨려 들어갔다. 흐느껴 우는 소리가 욕실을 가득 채웠다. 온몸의 피부가 불어버릴 때까지, 구마자와는 그러고 있었다. 료지의 죽음을 생각하며 운 것은 그때가 처음이자 마지막이다.

다음 달, 잠시 귀국한 구마자와는 료지의 생가로 향했다. 알코올의존증이었던 료지는 간경변증에 걸렸고, 그 때문에 생긴 정맥류가 파열되어 대량의 토혈과 하혈 끝에 숨을 거두었다. 료지는 아파트에서 피투성이가 되어 발견되었다. 노트가 더러워지는 걸 피하려는 듯이, 욕조 옆에 누워 있었다고 한다. 료지의 어머니에게서 받은 노트는 그 뒤로 6년 동안 한 번도 펼치지 않았다.

그다음 사나를 만났다. 공학부를 졸업한 사나는 엔지니어로 일하고 있었다. 구마자와는 사나의 직장 근처까지 갔다. 전철역과 연결된 복합건물에서 만나 카페로 들어가려 했지만, 사나는 "여기면 돼"라고 버텼다. 퇴근하는 이들로 혼잡한 와중에 두 사람은 나란히 벤치에 앉았다.

"장례식에 사람들이 많이 왔어."

모두들 울고 있었다고 한다. 구마자와는 샤워하면서 홀로 울었던 일을 떠올렸다.

설령 료지가 죽었다 해도, 이 세계에서 료지가 완전히 소멸했다고는 여겨지지 않았다. 친구가 죽었기 때문에 슬프기는 했다. 하지만 슬픔과는 다른 감각으로 료지가 아직 어딘가에 있는 것 같은 기분은 버릴 수가 없었다.

"료지, 정말로 없어진 건가."

구마자와의 엉뚱한 대답에 사나는 짜증도 내지 않고 고개를 끄덕였다.

"가끔씩 나도 믿기지가 않아. 하지만 죽었어."

아니야. 죽는 것과 없어지는 것은 별개야. 그렇게 생각했지만 말하지는 않았다. 맞물리지 않는 대화가 계속 이어질 뿐이다.

사나는 피폐했다. 창백한 옆얼굴을 보고, 구마자와는 아름답다고 생각했다. 하지만 사랑스러운 것과는 다른 감정이었다.

"우리는 료지에게 어떤 존재였을까?"

두 사람 앞을 수많은 사람들이 지나쳐 갔다. 사람이 너무 많아 깜짝 놀랄 정도로 커다란 건물이 북적였다. 눈앞이 어지러워서 천천히 슬퍼할 여유도 없다. 그래서 사나가 여기면 됐다고 했는지 모른다.

누가 먼저 벤치에서 일어났는지, 구마자와는 잊어버렸다.

—

일본수학회 연례 학회, 마지막 날.

교와 대학의 구마자와 유이치가 '미쓰야 노트'를 일부분 해독하는 데 성공했다는 소문이 학회 첫날부터 무성했다. 어째 통계수학과 밀접하게 관련된 모양이야. 아냐, 실제로는 단서 하나도 찾지 못한 것 같아. 사실은 자작극이래. 노트는 구마자와가 만든 가짜라고 하던데. 근거 없는 유언비어가 난무하여 무엇이 진실인지 아무도 알 수 없게 되었다. 당사자인 구마자와는 여태 학회에 모습을 드러내지 않은 채 침묵할 뿐이었다. 그러는 것이 외려 억측을 불러일으켰다.

모든 것은 특별 강연에서 밝혀진다. 마지막 날, 수학자들의 기대는 하늘 끝까지 치솟았다.

강연장인 대학 강당은 청중들로 인산인해를 이루었다. 200명이 앉을 수 있는 좌석이 빈틈없이 찼고, 창가까지 이중, 삼중으로 서서 듣는 사람들이 있을 정도였다. 실내는 군중의 체온과 기대감이 가득해서 찜통처럼 더웠다.

"서서 듣는 분들은 무리해서 들어오지 마세요. 위험합니다."

좌장이 안내를 했음에도 강연 시간이 다가올수록 청중은 늘어나기만 했다. 팸플릿에는 '콜라츠 추측의 증명에 대해'라는 간소한 제목이 쓰여 있었다. 프로젝터가 꺼져 있다는 것은 강연자가 자료를 쓰지 않고 칠판에 필기하며 강연한다는 뜻이다.

맨 앞줄에는 해석학과 수론의 거물들이 자리했는데, 그중에 고누마 시게유키도 있었다. 뒤에 앉은 남자가 불러서 고누마는 돌아보았다. 교와 대학에 있을 때의 동료였다.

"교수님도 이 일에 관련이 있으시지요?"

허둥지둥 손을 흔든다. "구마자와 교수와 조금 얘기했을 뿐입니다. 그 외에는 아무것도."

고누마는 이렇게 부정하려다 말고 도중에 삼켰다.

"⋯⋯그러게요. 저도 관련이 없지는 않습니다."

"허, 역시 그런가요."

"다만 저는 미쓰야 료지를 데려왔을 뿐입니다. 그 뒤는 모두 그들이 해냈지요."

고누마의 옆에는 수학계의 거물들과 분위기가 다른 여성이 조용히 강연을 기다리고 있다. 구마자와의 아내, 사토미다. 사토미는 이 강연을 듣기 위해서 처음으로 학회에 찾아왔다. 고누마는 앞선 발표를 같이 들으며 사토미에게 내용을 설명해주었지만 알아들은 것 같지는 않았다. 애초에 남편의 연구를 이해할 수 있다고 생각하지 않는 모양이었다. 그렇지만 남편이 몰두하고 있는 풀비스 이론이라는 것이 무엇인지 분위기만이라도 느껴보고 싶

261

다고 절실한 표정으로 말했다.

강연이 임박했는데도 청중은 계속 모여들었다. 방음을 위해서 강당의 문을 닫아야 하지만, 서서 듣는 사람들이 너무 많은 탓에 열어둘 수밖에 없었다. 학회 스태프가 신호를 보내자 좌장이 사회를 시작했다.

"자, 이제 정각이 되었으니 특별 강연을 시작하겠습니다. 오늘의 강연자는 교와 대학의 구마자와 유이치 교수입니다. 잘 부탁 드립니다."

청중의 박수와 함성이 터져나와서 구마자와는 앉은 자세를 바로잡았다.

—

강단에 오른 구마자와의 오른손에는 때투성이 노트가 들려 있다. 구마자와는 왼손에 마이크를 잡고 청중을 한차례 둘러본 뒤 말했다.

"미쓰야 료지는 6년 전 세상을 떠났습니다."

첫마디에 강연장이 조용해졌다.

"저는 그처럼 수학적 감각을 타고난 사람을 만나보지 못했습니다. 친구로서 슬픈 일이지만, 그를 잃은 것은 수학계에도 크나큰 손실입니다. 부끄럽지만 저는 최근 들어서야 그런 것을 깨달았습니다. 저는 지금껏 자신에 대해서만 생각했기 때문입니다."

구마자와는 노트를 치켜들어 보였다.

"미쓰야 료지가 남긴 노트가 여기 있습니다. 생전에 막대한 시간과 노력을 들여 구축한 이론이 여기에 쓰여 있습니다. 그는 새로운 이론에 풀비스라는 이름을 붙이고, 콜라츠 추측을 증명해냈습니다. 하지만 그가 세상을 떠나고 증명을 이해하는 이도 없어졌습니다."

강단에 선 구마자와는 아내와 눈이 마주쳤다. 사토미는 숨을 죽인 채 바라보고 있었다.

"아쉽지만 저는 아직 이론을 전부 이해하지 못합니다. 하지만 오늘은 그 윤곽만이라도 여러분에게 전하고 싶습니다."

커다란 칠판 앞에 선 구마자와는 분필을 움직이기 시작했다. 막힘없이 출발했다. 도입부는 몇 번이고 고민했다. 프랙털의 기본공식과 풀비스 이론 고유의 용어에 대한 정의.

초끈 이론의 해석에 돌입하자, 청중은 당혹스러움을 감추지 못하고 웅성거리기 시작했다. 중진들 중에는 노골적으로 얼굴을 찌푸리는 이도 있다. 거부하고 싶다면 거부해라. 이 이론은 수학의 미래 100년을 바꿀 것이다. 따라올 수 없다면 두고 갈 뿐이다.

구마자와는 기세를 떨구지 않고, 풀비스 이론의 깊은 곳으로 헤치고 나아갔다. 중반 이후에 무슨 이야기를 할지는 현장에서 정하기로 했다. 더 이상 불안하지 않다. 료지가 이끄는 대로 돌진할 뿐이다. 자잘한 가지는 무시해버리고, 큰 줄기만을 따라 단숨에 치달렸다. 발을 헛디디지 않도록 조심하되 전력을 다해 달려 올라갔다.

강연장의 술렁거림은 점차 잦아들기 시작했다. 이윽고 드문드문 목소리가 들리는 정도가 되었고 결국 청중은 또다시 조용해졌다. 맨 앞줄에 앉은 수학자들은 동요하지 않고 강연의 행방을 지켜보았다. 좌장은 뒤처지지 않으려고 몸을 앞으로 쑥 내민 채 칠판에 집중했다.

이제 구마자와의 마음은 비좁은 강당에서 벗어나 있다.

눈앞에 료지의 생가 뒤에 있던 넓은 숲이 펼쳐졌다. 구마자와는 여기에 료지가 있을 것이라고 확신했다.

잡목림을 벗어나자 끝없는 풀숲이 나타났다. 방향감각을 잃을 것 같았지만 구마자와는 닥치는 대로 뛰어다녔다. 피로도 잊고 료지의 이름을 외치며 달렸다. 료지! 있다면 나를 불러줘! 6년이나 지났지만, 이미 늦었겠지만, 그래도 왔어. 다시 한번만 나한테 기회를 줘. 단 한 번만.

어느새 주위에는 바위가 가득했다. 거센 물살 속으로 망설이지 않고 발을 디뎠다. 바닥을 한 발씩 힘껏 밟으며 구마자와는 나아갔다. 균형을 잃고 손을 짚으면서도 포기하지 않고 나아갔다.

암벽에 매달려서 움푹한 곳에 손가락을 밀어넣으며 몸을 끌어올렸다. 튀어나온 곳에 발을 디디고 중력에 저항하여 정상을 목표했다. 힘이 떨어지기는커녕 갈수록 몸속에서 힘이 솟아났다.

정상에 올라간 끝에 보이는 계곡의 바닥을 향해 전속력으로 내려갔다. 입을 벌린 동굴로 미끄러져 들어가 손으로 더듬으며 출구를 찾았다. 얼마 남지 않았다.

동굴을 빠져나와 도착한 별하늘 아래에 료지는 없었다. 어쩔 줄을 모르는 구마자와의 머리 위에 빛나는 것이 있었다. 젖 먹던 힘을 다해 손을 뻗어도, 펄쩍 뛰어도, 빛에는 손끝이 닿지 않았다.

그래서 자연스럽게 지면에서 떠오른 순간, 구마자와는 무슨 일이 일어나고 있는지 깨닫지 못했다. 몸이 제멋대로 움직이는 듯한 감각. 누군가에게 홀린 듯 나아가야 할 길이 보였다. 구마자와는 순식간에 지상에서 벗어나 별하늘로 빨려들었다. 눈앞에 섬광이 작열했다.

빛 속에서 구마자와는 분명히 료지의 존재를 느꼈다.

여기 있었구나.

여기에 료지가 있다. 잠깐 동안 구마자와는 멍하니 있었다. 주위를 둘러싼 공기가 따뜻하다. 자제가 되지 않아 눈물을 참을 수 없었다. 슬프기 때문이 아니다. 료지는 눈감은 뒤에도 계속 여기에서 기다리고 있었다. 그리고 영원히 이 이론 속에서 살아갈 것이다.

"늦어서 미안." 구마자와는 겨우 솔직하게 말할 수 있었다.

셔츠의 소매로 눈물을 닦고 헛기침을 했다. 강당에 모인 사람들은 한 사람도 빠짐없이 이 순간을 놓치지 않겠다는 듯 시선을 집중하며 사태의 추이를 지켜보았다. 강연을 이해하지 못하는 사람조차도 범상치 않은 일이 일어나고 있음을 알았다.

마지막 한 줄을 정성스럽게 칠판에 적음으로써 두 시간에 걸친 강연이 끝을 맺었다. 드넓은 대지를 뛰어다닌 것 같은 피로가 구마자와의 전신에 밀려왔다.

높다랗게 떠올라 관중석으로 날아가는 타구를 바라보는 듯한 긴장감.

구마자와는 한 박자 쉬고, 조용히 말했다.

"이상입니다."

한순간의 침묵 후, 유리창이 울릴 정도로 박수와 환성이 터져나왔다.

구마자와가 서 있는 자리에서는 맨 앞줄에 앉은 사람들이 잘 보였다. 나란히 앉아 있는 거물들은 인정한다는 뜻으로서 박수를 치고 있다. 가장자리에는 고누마와 사토미가 있다. 고누마는 장대한 벽화를 보듯이 칠판에 쓰인 수식을 꼼짝 않고 올려다보았다. 사토미는 손수건으로 입가를 가리며 울음을 참았다.

청중은 손이 저릴 때까지 박수를 보냈다. 박수가 잦아들길 기다린 좌장이 마이크를 잡았지만, 무슨 말을 할지 난감해했다.

"아니, 이게…… 전부 처음 들은 것들이라 어떻게 말하면 좋을지……."

예정된 시간을 30분이나 초과했지만, 좌장을 비롯해 누구 한 명 불만을 품지 않았다. 질의응답은 생략되었고, 구마자와는 또다시 터져나오는 박수의 배웅을 받으며 강단에서 내려왔다.

복도로 나온 구마자와는 벽에 기대어 웅크렸다. 금방 일어날 수는 없을 것 같았다. 그 노트에 이렇게 막대한 에너지가 담겨 있을 줄이야. 복도를 걸어가는 사람들은 기묘한 분위기에 말도 걸지 못하고 지나쳐 갔다.

구마자와의 시야에 여성용 구두가 나타났다. 고개를 드니 울어서 눈이 퉁퉁 부은 사토미가 보였다.

"왜 울어?"

"몰라. 그리고 발표 내용도 전혀 모르겠고. 그래서 왜 눈물이 나는지 더 모르겠어. 분명히 다른 사람들도 느꼈을 텐데 뭔가 출렁거리는 느낌이 들어서, 그것 때문에 감동을 받았어."

사토미는 입술을 깨물어 다시 넘치려 하는 눈물을 참고 말했다.

"당신이랑 결혼하길 잘했어."

구마자와는 기력을 짜내서 답했다. "나도 그래."

많이 늦었지만, 겨우 여기까지 다다랐다. 하지만 이제 시작일 뿐이다. 할 일이 산더미처럼 남아 있다. 학계에서 합의를 이끌어 내어 수학의 한 분야로 인정을 받아야 한다. 오늘 발표로 얼마나 중대한 일인지 깨달은 수학자도 있을 것이다. 해외 연구자들과도 협력해 풀비스 이론을 전 세계에 널리 알려야 한다.

이런 일은 내가 더 잘한다. 료지가 뿌린 씨앗을 돌봐서 싹을 틔우는 게 내 역할이다.

료지와 마지막으로 만난 날의 불쾌한 감촉은 여전히 남아 있다. 하지만 지금은 빛에 둘러싸여서 느꼈던 그 따뜻함이 더 현실적으로 느껴졌다.

새우처럼 등이 굽은 소년이 부루퉁한 표정으로 창밖을 보고 있다. 구마자와는 최대한 위엄 있어 보이게 말했다. 이런 건 시작이 가장 중요하다.

"입학식은?"

"식장에 가긴 했는데, 길을 잃어서요. 잘 모르겠어서 그냥 여기로 왔어요. 사람이 너무 많더라고요."

"입학식이니까 당연하지."

"교수님도 땡땡이치고 여기 계시잖아요. 저랑 똑같이."

받아칠 말이 없다. 뭔가 교수다운 말을 하려고 했지만 이내 포기했다.

이 건방진 소년이 다나카가 보낸 '선물'이다.

기노시타가 전화번호를 준 이튿날, 구마자와는 전화를 걸어보았다. 전화를 받은 소년은 "통화보다는 메시지가 좋다고 했는데"라며 투덜거렸다. 대체 뭐가 선물인지 모른 채 이야기를 하는데, 점점 소년의 말투에 열기가 감돌았다.

"혹시 구마자와 씨예요?"

둔한 녀석이라고 생각하면서 구마자와는 "맞아"라고 답했다. 소년이 신을 내며 이야기했다.

"다나카 씨가 '그 녀석은 내 사제니까 뭐든 물어봐'라고 했어요."

사제가 된 기억은 없는데. 저도 모르게 쓴웃음을 짓던 구마자와는 이어지는 말을 듣고 표정이 싹 변했다.

"저 '미쓰야 노트'를 해독할 수 있을 것 같아요."

생각지도 못한 말이 튀어나왔다. "뭐?"

"구마자와 씨가 인터넷에 올린 노트를 봤어요. 보자마자 눈앞에 빛이 사방으로 터지더라고요. 보이지 않을 정도로 작은 입자들이 잔뜩 모여서 춤을 추는데, 출렁거리듯이 튀었어요."

아연실색했다. 딱 한 명, 똑같은 이야기를 했던 사람이 있다. 이 소년은 료지와 같은 풍경이 '보이는' 것일지도 모른다.

다나카가 새우등을 한 소년을 데리고 구마자와의 연구실까지 온 것은 그다음 주였다. 얼굴을 보자마자 다나카가 말했다. "구마자와도 아저씨가 다 됐네."

"선배만큼은 아니겠는데요."

정수리로 시선이 향했다. 이마가 더 벗어진 다나카가 가벼운 쓴웃음을 지었다.

"너는 진짜 나이를 먹어도 여전하구나."

소년의 얼굴은 매우 앳됐다. 하얗고 매끈한 얼굴이 정신 사납게 방 안을 두리번거렸다. 그 모습을 보니 어쩔 수 없이 료지가 떠올랐다.

"이 녀석은 내 학생이 아냐. 집도 도쿄고."

다나카의 말에 구마자와는 고개를 갸웃했다. 철석같이 다나카가 가르치는 학생이라고 생각했다. 들어보니 다나카가 사는 호쿠리쿠에서 같이 온 것이 아니라 교와 대학과 가까운 역에서 합류한 것이라고 했다.

"나는 경시대회 접수랑 인솔을 맡아서 했을 뿐이야. 교사 추천이 필요하다고 해서."

"이 아이 열여덟이라고 하지 않았어요?"

"맞아. 그래도 고등학교에는 다니지 않아."

"……무슨 뜻인지 잘 모르겠는데요."

머뭇거리는 다나카의 옆에서 소년이 뜬금없이 물었다.

"구마자와 씨는 사나 씨랑 아는 사이 아니에요?"

사나. 왜 지금 그 이름이 나오는 걸까? 다나카의 얼굴이 굳어졌다.

"야, 그거 말하지 말라고 했잖아."

"어, 왜요?"

"어른한테는 이런저런 사정이 있다고."

구마자와는 순진무구한 소년의 옆얼굴을 보며 물었다.

"사이토 사나를 말하는 거니?"

"아, 역시 아는 사이구나."

소년의 얼굴에 웃음이 떠올랐다. 그 표정에서 사나를 향한 친밀감이 느껴졌다. 이 소년은 사나를 알고 있다. 다나카가 양팔을 벌리고 수습에 나섰다.

"아니, 그게 타이밍을 봐서 설명하려고 했는데. 뭐든 순서라는 게 있으니까……."

"사나 씨는 제 선생님이에요."

다나카의 변명을 가로막으며 소년이 말했다.

소년은 2년 전에 고등학교를 중퇴했다. 너무 지루했기 때문이라고 한다. 고등학교에서 배우는 미분적분이나 행렬은 초등학생 때 이미 통달했다. 고등학교 졸업장의 필요성도 느끼지 못했고, 학교에 친구도 없었다. 학교에 다닐 의미를 찾지 못한 소년은 부모의 잔소리를 막기 위해 검정고시를 치러 합격했고, 그 뒤로는 매일같이 집에서 수학에 몰두했다. 인터넷에는 수학을 매개로 알게 된 친구들이 잔뜩 있었다. 외출하는 일도 거의 없이 집에만 틀어박혀서 생활했다고 한다.

그러던 와중에 사나와 알게 되었다.

"저는 SNS나 블로그로 알게 된 사람들과 그룹웨어로 파일을 공유하고 있어요. 지금 뭐에 매달리고 있는지, 각자 진도는 얼마나 나갔는지를 보고하거든요. 그 그룹웨어를 개발한 사람이 사나 씨예요."

구마자와는 작년 여름을 떠올렸다. 하는 일을 묻자, 사나는 엔지니어라고 답했었다.

"멤버가 소개해서 사나 씨도 저희 그룹에 들어왔어요. 처음에는 나서지 않았는데, 개발자로서 이런저런 그룹에 참가하는 것 같았어요."

"그랬군" 하고 다나카가 중얼거렸다. 설명하길 포기하고는 완전히 청중으로 돌아섰다.

"사나 씨는 본명으로 참가했기 때문에 얼마 지나지 않아 멤버가 눈치챘어요. 혹시 일반화된 문샤인을 증명한 논문의 저자가 아니냐고요. 물어보니 진짜였어요. 구마자와 씨도 그중 한 명이지요?"

"응"이라고 답하는 목소리는 한숨 같았다. 료지가 '21세기의 갈루아'라고 불리게 된 성과. 가장 행복했던 시절이 떠올랐다.

"부끄럽지만 유명인이라는 걸 알고 다들 흥분했어요. 그때부터 사나 씨가 토론의 중심이 되었고요."

오래전에 출전했다고 해도 사나는 엄연히 수학올림피아드 동메달리스트다. 그보다 구마자와는 다른 것에 신경이 쓰였다.

"확인하고 싶은 게 있는데. 사나는, 사이토 사나는 지금도 수학을 하고 있어?"

"그냥 취미라고는 했어요. 하지만 학생 때부터 지금까지 쉬지 않았던 것 같아요."

여름에 사나와 만났던 날을 떠올렸다. 수학과를 떠나고 10년 이상 지났음에도 료지의 노트를 살펴보는 사나의 모습에서는 공백이 전혀 느껴지지 않았다. 그때 깨달았어야 한다. 사나가 아직도 수학을 버리지 않았음을.

다른 학부로 옮긴다고 해서 수학을 그만두는 것은 아니다. 다른 길로 나아간다고 해서 인연이 끊기는 것도 아니다. 사나는 계속 수학을 해왔다. 연구자가 되어야만 수학자인 것은 아니다. 교사인 다나카도, 비즈니스맨인 기노시타도, 엔지니어인 사나도, 모두 훌륭한 수학자다.

나는 사나에 대해 아무것도 제대로 보지 않았다.

구마자와는 후회를 삭이듯이 주먹을 꽉 쥐고 소년에게 이야기를 재촉했다.

"미안하다. 그래서?"

"사나 씨는 온라인을 포함해서 지금까지 만난 사람들 중에 저와 감각이 가장 비슷했어요. 제 나이를 밝히고 이런저런 것들을 배웠어요. 군론에, 이와사와 이론에, 프로그래밍까지요. 학교 선생님은 누구도 그런 걸 가르쳐주지 않았어요. 사나 씨는 제가 유일하게 선생님이라고 인정한 분이에요."

다나카가 약간 주눅이 든 듯이 입을 삐죽 내밀었다.

"콜라츠 추측의 증명이 발견된 건 저희 그룹에서도 화제가 됐어요. 저는 애초에 흥미가 없었지만요. 어차피 뭔가 틀렸을 거라고 생각했거든요. 하지만 사나 씨가 권해서 구마자와 씨가 인터넷에 올린 '미쓰야 노트'를 읽어봤어요. 그랬더니 아까 말한 경치가 눈앞에 확 나타난 거예요."

"이것 좀 봐. 이 녀석이 연말에 쓴 거야."

다나카나 건네준 종이에는 기호와 수식들이 빈틈없이 가득했다. 여기저기 눈에 띄는 독자적인 기호는 료지의 노트에서 본 것과 같았다. 풀비스 이론을 검토한 모양이었다. 구마자와는 주의 깊게 살펴보았다.

절로 눈이 휘둥그레졌다.

작은 글씨로 쓰인 내용은 초끈 이론의 공식이었다. 료지의 노트에는 등장하지 않는 것이다. 이걸 깨달은 사람은 자신뿐이라고 생각했다. 소년이 가슴을 펴고 말했다.

"처음 봤을 때 '이건 초끈 이론의 또 다른 모습이구나' 하고 바로 알았어요. 보이는 풍경이 완전히 똑같거든요. 사나 씨에게 그렇게 말했더니 교와 대학에 입학하라고 추천해줬어요. 저도 풀비스 이론을 연구할 수 있다면 대학에 가봐도 좋겠다고 생각했고요."

소년의 발갛게 상기된 얼굴이 어린아이 같던 료지의 얼굴과 겹쳐 보였다.

이 아이는 틀림없이 진짜다.

다나카가 자랑스럽다는 표정으로 소년과 구마자와를 번갈아 보았다.

"내년 특추생 지도교수는 누구야?"

구마자와의 살짝 벌어진 입에서 말이 새어나왔다.

"저예요."

지원서 마감이 코앞이었다. 그날 바로 서둘러서 특별 추천생 수속을 밟았다. 국내 수학경시대회에서 입상한 덕에 순조롭게 진행되었다. 소년은 료지처럼 경시대회가 성미에 맞지 않는 것 같았지만 사나가 다나카의 힘을 빌려서 거의 억지로 참가시킨 듯했다. 성적에 부족함이 없었던 덕에 명실공히 올봄부터 수학과의 학생이 되었다.

소년을 만난 뒤에 몇 차례 사나에게 전화를 걸었지만 받지 않았다.

지난여름 연구실을 찾아온 사나는 떠나면서 "앞으로 잘 부탁해"라는 말을 남겼다. 사나 자신에 대한 당부가 아니었을 것이다. 그때 벌써 이 소년이 구마자와의 제자가 되리라고 예감했는지도 모른다.

지금 새우등을 한 소년은 응접용 소파에 드러누워 소립자물리학의 해설서를 읽고 있다. 갓 대학생이 되었지만, 이미 지식은 대학원생에게도 뒤지지 않는다. 앞으로 어디까지 뻗어나갈지, 상상조차 할 수 없었다.

소년은 드러누운 채 책을 읽는 게 힘들어졌는지, 탁자에 책을 놓고 다시 소파에 앉았다.

"특추생은 저뿐이에요?"

구마자와가 모니터를 보는 데 아랑곳하지 않고, 소년은 소파에 앉아 목소리를 높였다.

"두 명 더 있다. 입학식이 끝나면 올 거야."

소년은 허벅지 아래에 두 손을 넣고 양다리를 번갈아 흔들었다. 대학생치고는 유치한 몸짓이었지만, 소년에게는 그런 게 어울렸다.

"어떤 사람들이려나?"

"곧 알게 될 거다."

구마자와는 상패도 상장도 없는 부교수실을 둘러보았다. 올해도 슌카상은 받지 못했다. 하지만 전처럼 분하지는 않다. 슌카상 따위는 의식에서 멀리 날려버릴 정도로 강렬한 경험을 했기 때문이다. 숲을 헤치고 료지와 다시 만난 그날을 계기로 등에 찰싹 붙어 있던 것이 떨어졌다.

앞으로 상은 받지 못해도 상관없어. 그 풍경을 또다시 볼 수 있다면.

새로운 이론이 등장했을 때, 사람들은 수학자가 이론을 창조했다고 생각한다. 하지만 수학자가 있든 없든, 엄연히 이론은 늘 존재한다. 창조하는 것이 아니라 찾아내는 것이다.

'이론'을 뜻하는 영어 단어 'theory'는 '보다'라는 뜻의 라틴어 'theoria'에서 유래했다. 단 한 명의 천재가 목격해야 비로소 이론은 이 세상에 모습을 드러낸다. 실험적인 사실을 거듭 확인하는 것만으로는 다다를 수 없는 영역이 분명히 존재한다.

혹시 료지는 저 앞에 있는 광경도 보았을까? 구마자와는 상상도 할 수 없는, 세계의 끝에 있는 영원의 풍경을.

창틈으로 불어오는 바람에 책상 위의 서류들이 흩날렸다. 눈앞에서 춤추는 기호들 하나하나가 빛의 입자처럼 보였다. 구마자와는 그 건너에 있는 등을 구부린 소년에게 시선을 주었다.

봄은 막 시작되었을 뿐이다.

참고 문헌

加藤文元,『数学する精神: 正しさの創造、美しさの発見』, 中央公論新社, 2007.

加藤文元,『ガロア天才数学者の生涯』, 中央公論新社, 2010.

小平邦彦,『怠け数学者の記』, 岩波書店, 2000.

芳沢光雄,『群論入門: 対称性をはかる数学』, 講談社, 2015.

Benoit B. Mandelbrot, *The Fractal Geometry of Nature*, Times Books; 2nd prt. edition, 1982.

Masha Gessen, *Perfect Rigor: A Genius and the Mathematical Breakthrough of the Century*, Houghton Mifflin Harcourt, 2009.

J. C. Lagarias(1985), The 3x+1 problem and its generalizations. *The American Mathematical Monthly*. vol. 92, No. 1 pp. 3-23.

옮긴이 주석

1   에르되시 팔Erdős Pál(1913~1996): 헝가리의 수학자. 오로지 연구에만 관심을 쏟으 며 수학 전 분야에 걸쳐 무려 1500편의 논문을 남겼다.

2   에바리스트 갈루아Évariste Galois(1811~1832): 프랑스의 수학자. 군群의 개념을 처음 으로 고안했다. 그의 연구는 수학은 물론 기하학, 결정학, 물리학에도 응용되었다.

3   이와사와 이론: 일본의 수학자 이와사와 겐키치岩澤健吉가 창시한 대수적 수론의 한 분야.

4   문샤인 추측monstrous moonshine: '가공할 헛소리 가설' 등으로도 부른다. j-불변량 과 몬스터군의 밀접한 관계를 보여주는 수이다. 기묘하고도 우연적이라 이런 이름 이 붙었다.

5   일본의 맨션과 아파트: 우리나라에서 말하는 맨션과 아파트와는 사뭇 다르다. 일본 의 아파트는 2~3층에 저렴한 건축재로 지었으며 관리인 등이 없어 임대료와 관리 비가 비교적 싸다. 그에 비해 일본의 맨션은 철근 콘크리트로 지은 고층 건물로 엘 리베이터와 보안시설 등이 있기에 임대료와 관리비가 비싸다.

6   사상事象: 수학에서 사상이란 실험에서 일어날 수 있는 결과를 뜻한다. 예컨대 주사 위를 던져서 1이 나온다든지, 짝수가 나온다든지 하는 것들이다.

7   끈 이론string theory: 만물의 가장 작은 단위가 점 같은 입자가 아니라 '진동하는 끈' 이라고 하는 이론. 자연계에 존재하는 중력, 전자기력, 약력, 강력을 하나의 원리로 설명하기 위해 창시되었다.

8   필즈상Fields medal: 4년마다 열리는 국제수학자회의에서 뛰어난 업적을 올린 수학 자 두 명에게 주는 상. 토론토 대학의 교수 필즈가 창안했으며 '수학의 노벨상'이라 불린다.

9   망델브로 집합Mandelbrot set: 수학자 브누아 망델브로가 고안했으며 점화식에 따 라 도형을 그려보면 일종의 프랙털이 된다.

10   가케야 집합: 일본의 수학자 가케야 소이치掛谷宗一는 "길이가 1인 선분을 구부리지

않고 1회전했을 때 그려지는 도형(가케야 집합)은 어떤 것들일까? 또 그 도형들 중에서 가장 면적이 적은 것은 무엇일까?" 하는 가케야 문제를 제시했고 그에 관해 연구했다.

11 해석학: 함수의 연속성에 관한 성질을 미분, 적분의 개념을 기초로 연구하는 대수학과 기하학에 대한 수학. 미적분학, 미분 방정식론, 적분 방정식론 등이 있다.

12 쿼크quark: 양성자와 중성자 같은 소립자를 구성한다고 생각되는 기본적인 입자. 지금까지 총 6종의 쿼크가 발견되었다.

13 간경변: 간의 섬유 조직이 말라 굳으면서 오그라드는 병. 바이러스 간염이나 알코올 과다 섭취 등이 주된 원인이다.